PRINCESS SUKEY

鸽子公主

〔加〕玛格丽特·桑德斯 / 著

陈娟 / 译

重庆出版集团 重庆出版社

图书在版编目（ＣＩＰ）数据

鸽子公主 / (加) 玛格丽特·桑德斯著；陈娟译
. — 重庆：重庆出版社, 2022.12
（传世动物文学书系 / 刘丙海主编）
ISBN 978-7-229-17383-8

Ⅰ.①鸽… Ⅱ.①玛…②陈… Ⅲ.①长篇小说－加
拿大－现代 Ⅳ.①I711.45

中国版本图书馆CIP数据核字（2022）第251217号

鸽子公主
GEZI GONGZHU
［加］玛格丽特·桑德斯 著　　陈娟 译

责任编辑：周北川
责任校对：陈　琨
封面设计：璞茜设计

重庆出版集团
重庆出版社 出版

重庆市南岸区南滨路 162 号 1 幢　邮政编码：400061　http://www.cqph.com
三河市金泰源印务有限公司
重庆出版集团图书发行有限公司发行
E-MAIL：fxchu@cqph.com　邮购电话：023-61520646
全国新华书店经销

开本：787mm×1092mm　1/16　印张：17.5　字数：230 千
2023 年 3 月第 1 版　2023 年 3 月第 1 次印刷
ISBN 978-7-229-17383-8

定价：30.00 元

如有印装质量问题，请向本集团图书发行有限公司调换：023-61520678

"传世动物文学"书系（100卷本）简介

　　动物文学资源丰富多彩，被介绍到中国来的外国作品只是其中很小的一部分。到目前为止，图书市场上没有一套成系统、有规模地囊括世界各国动物文学的书系，"传世动物文学"书系就是要把世界各国优秀的动物文学作品，分批次、成系统地介绍给中国的少年儿童读者，让他们对动物文学的多样化有一个全方位、新鲜的了解。本书系计划出版100本。

　　动物不只是冷漠无情、凶猛好斗，它们也有天真单纯、优雅有趣的一面；我们也能发现它们的灵性与智慧，还可感受到它们友爱的家庭氛围，甚至被它们的自我牺牲精神所震撼。动物的世界是人类世界的缩影，动物的生活和人的现实生活一样，有着悲欢离合的故事，也闪烁着打动人的美德。每读一本书就是在森林里上一堂课，从这些森林课堂里孩子们会懂得许多有关人与自然的道理，明白人和动物不是仇敌，而是平等的灵魂。只有理解、尊重并爱护它们，才不会招致它们的误解，才会得到它们善意的回报。

　　让我们走向大自然，走进神秘的动物世界，近距离了解与我们同一片蓝天、同一个家园的朋友——动物。

苏姬公主

译者序

　　一只宠物对它身边的人能产生多大的影响？它仅仅是我们消磨时光的玩伴或用来观赏的小玩意儿吗？

　　《鸽子公主》告诉了我们答案。

　　苏姬原本是一只被抛弃的小鸽子。当我们的小主人公泰特斯发现它时，它在鸽棚角落里奄奄一息，无人问津。泰特斯自幼父母双亡，和自己的爷爷——退休的桑克罗夫特法官——相依为命，情绪稍一激动就会犯结巴。德高望重的法官是位慈爱的爷爷，但理性持重，认为动物是低等生命，饲养宠物毫无意义。尤其在经历了诸多的人生苦难后，法官已经心境苍凉，甚至不知该如何面对退休后的时光。

　　但是，苏姬的到来改变了这一切。

　　泰特斯担心法官爷爷不喜欢苏姬，只好瞒着他偷偷饲养。不久，意外发生了。泰特斯和嘲笑他结巴的同学打了一架，结果被路过的马车撞伤，生死未卜。当法官从女管家那里得知自己的孙子在重伤时仍对苏姬念念不忘，内心受到了极大震撼，深刻体会到了孩子的孤独。他向上天郑重发誓，只要泰特斯能活下来，他将不再反对他养鸽子，并会收养一个孩子，与泰特斯作伴。

　　泰特斯伤好以后，他惊奇地发现苏姬已经"移情别恋"，成了法官书房里的常住客人。

　　与此同时，法官践行誓言，开始四处打听合适的收养对象，但始终没有心仪的人选。在一次偶然的情况下，法官在大街上遇到了伯瑟尼，一个无父无母、被穷苦的廷斯比太太收留的小姑娘。法官最初并不想收养伯瑟尼，可她悲苦的身世、天真的童趣、对小动物们由衷的喜爱，尤其是她对法官特殊的依恋——这和苏姬如出一辙——深深打动了善良的法官，让他改变了主意。

与苏姬和伯瑟尼朝夕相处，法官心灵的坚冰被逐渐融化。他对穷苦大众产生了深切的同情，又陆续主动收养了寄人篱下的英国少年达拉斯和廷斯比家野心勃勃的大女儿艾丽。这两个孩子的性格都有明显缺陷，一个初次见面就撒谎欺骗法官，一个出言刻薄，毫无教养，但他们都渴望突破自己的阶层，有强烈改变自己命运的意愿。就像当初接纳苏姬一样，法官理解他们的不完美，欣赏他们性格中的闪光点，尽其所能为他们提供最好的物质和教育条件，在言传身教的同时给予他们充分的尊重。

渐渐地，法官家原本冷清的大房子变得热闹起来，泰特斯结巴的毛病也不治而愈。孩子们逐渐改掉了身上的不良习气，从起初的相互排斥，到逐渐相互接纳、帮助，真正成为了一家人。

在法官的照料下，苏姬也从最初那只其貌不扬的小鸽子，变成了光芒四射、人见人爱的鸽子公主。事实上，从某个角度来看，除了泰特斯以外，小说里的每个孩子都是法官收养的苏姬。

宠物治愈了主人，主人便迸发出伟大的人格力量，改变身边不幸之人的命运，照亮这个不算完美的世界的一角。我想，这便是这本小说想要传达的思想，它是温暖的、积极的、让人憧憬的。

人性的慈悲是本书最大的亮点，却不是唯一。小说中生动的对话、细致的心理描写、鲜活的人物面孔，无一不引人入胜。

如果你也想知道一只小小的鸽子是如何改变这一切的，就请和我一起翻开这本书，开始我们的心灵改造之旅吧！

目 录
CONTENTS

第一章　鸽子公主　　　　　　　　　001

第二章　布洛杰特太太的看法　　　　010

第三章　幸福时光　　　　　　　　　020

第四章　法官的誓言　　　　　　　　028

第五章　法官的意外发现　　　　　　045

第六章　在鸽棚里　　　　　　　　　057

第七章　来自天堂的鸟儿　　　　　　071

第八章　收养还是不收养　　　　　　078

第九章　又一个意外　　　　　　　　087

第十章　英国少年　　　　　　　　　098

第十一章　欺骗与原谅　　　　　　　112

第十二章　黄色斑点狗　　　　　　　122

第十三章　黑格比和猫头鹰　　　　　129

第十四章　艾丽来访　　　　　　　　140

第十五章　与法官乘车同游 152

第十六章　斑点狗又来了 161

第十七章　大好人泰特斯 168

第十八章　艾丽第二次拜访法官 175

第十九章　达拉斯出手帮忙 180

第二十章　养猫人与法官的家人 187

第二十一章　马菲蒂揭露了一个阴谋 197

第二十二章　法官受惊了 208

第二十三章　埃弗勒斯太太开始揭秘 219

第二十四章　继续揭秘 228

第二十五章　法官的访客 238

第二十六章　寡妇的独生子 245

第二十七章　海特科尔先生拜访法官 258

第二十八章　法官视察全家 263

第一章　鸽子公主

当可爱的小苏姬公主——漂亮的小鸽子——蹲在炉火边，神情恍惚地瞧着燃烧的木头时，在想些什么呢？假如鸽子能回想过去的时光，那么，她的鸟脑袋瓜里回忆起来的，应当是她在这井井有条的家里安顿下来前经历的一连串冒险吧。

她有没有一点儿自己的想法呢？还是像大家说的那样，所有的鸽子都是傻乎乎的？听听她的故事，你自己来判断吧。

话得从头讲起——她可不像那些正往窗子里瞧的鸽子一样是什么寻常的流浪鸽。这一天异常寒冷，没准儿它们还在眼红她栖身的真丝垫子，她的瓷浴盆，她成堆的岩盐和她成盒的饵食呢。风儿猛烈地刮着，温度计一直指示在零度以下，地上也覆盖着白雪。在夏季里，同样也是这些流浪鸽，似乎还曾因为鸽子公主与众不同的生活方式而嘲笑过她，可眼下，它们一定很想和她换个位置吧。

公主是只雅各宾鸽——纯种的，生着一圈几乎遮挡了她脑袋的漂亮毛领，长着细密的枕羽和颈羽，周身的颜色红白相间。

她的父母都是在鸟展中得分不俗的良品，是缅因州的小城里弗港中一个年轻的鸽子迷养的。

这个小伙子叫查理·布朗，他有个叫泰特斯·桑克罗夫特的朋友，也可以更亲昵一点地叫他"结巴泰特"，因为他养成了个坏习惯，

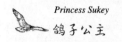

几乎每说一句话前都要屏住呼吸。

巧得很，就在苏姬公主被孵出来的第二天，年轻的泰特斯便走进了查理的鸽棚里。

他进去之前，时钟刚敲过四点。公鸽总会帮着母鸽孵蛋，养育幼鸽。每天早晨十点左右，母鸽子便会离开自己的蛋去找点儿吃的，和其他的鸽子一起在鸽棚周围遛遛弯儿——鸽子是很少闲玩的，就连幼鸽们也都很稳重。母鸽离开后公鸽就会过去孵蛋，一直蹲到下午四点，那时母鸽子就会回巢过夜了。

幼时的公主是只病恹恹的鸽子。本来是有两只病鸽子的，因为鸽子通常一次会生两个蛋。另外那只先死了，雅各宾鸽爸爸以为小苏姬用不了多久也会死去，于是就用喙叼着她离了巢，轻轻地把她安放在鸽棚另一头的地板上。

回家后，这个少年找到了正在阁楼里指挥着几个油漆匠的仆人黑格比。

"瞧……瞧……瞧瞧这是什么，黑格比？"说着，他摊开给鸽子保暖的手掌。

"一只雏……雏……雏鸽，"黑格比说，"而……而……而且实在是个难看的小玩意。"

"我……我……我该怎么处置它呢？"泰特斯问。

"拧……拧……拧断它的脖子，小少爷，"黑格比说，他对油漆匠不放心得多，"这是个苦……苦……苦难的世界，对男……男……男人、女人和鸽子都是。"

"可……可它挺值钱的啊，"泰特斯说，"这是只雅各宾鸽——买它爹妈可花了二十美元呢。"

黑格比又瞧了它一眼。他和这少年都没有因这件性命攸关的事而太过激动。随后，他摸了摸鸽子的嗉囊。

"里头没多少东西了，泰特斯少爷，你得抓紧喂喂它。"

"你……你过来帮帮我吧。"少年说。

"我不……不……不能扔下这些工匠不管。"

"如……如果你不来,"泰特斯回答说,"我就找祖父告状,说你特意找我聊天。他一定会把你给解雇了。"

黑格比顿时勃然大怒。他张口结舌,语无伦次,结结巴巴,身体一个劲儿地往后退——他一努力想词儿就是这副样子。等他终于找到话说时,他的一只脚猛地在地上绊了一下。

和他相反,小泰特斯只要因什么事心潮澎湃就不再磕巴了,而且形成了一激动就往前走的习惯。这样一来,当他和黑格比对话时,两个人形成了你进我退的局面。

油漆匠们笑得前仰后合。黑格比见了,只好慢吞吞地跟在少年后面下楼去了。

泰特斯带着他来到厨房。"布洛杰特太太,"他喊了一声正在给女仆们训话的女管家,"请帮我为这只鸽子做点热乎的吃食。"

女管家盯着那只鸟:"噢,我的天!多恶心的小东西啊!"

此时未来的小公主已经只剩一口气了,惊慌失措的泰特斯叫道:"快点。"

"泰特斯少爷,"女管家暴躁地答复道,"姑娘们正在准备晚餐,你可得等等了。"

"我等不了啦,"少年生气地回答,同时向前走去,"你没瞧见这只鸟已经快死了吗?黑格比,你来跟她说。"

泰特斯眼里喷着火。黑格比骨子里是个懦夫,谁要是真发了火,他就害怕起来。他强忍着心里的不安,用哄劝的语气向布洛杰特太太讨要一丁点儿用热水浇了的"燕……燕……燕麦片"。

布洛杰特太太皱着眉,嘟囔着抱怨:"怎么偏偏在吃饭时厨房里来了男人和孩子。"尽管如此,她还是掏出了自己的钥匙,走进食品储藏室里。没过几分钟,厨房角落里的泰特斯和黑格比的面前便有了

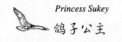

一杯软食，但他们手头上没别的工具，只能用笨拙的手指把食物放到鸽子的小喙里。

幼鸟闻了闻食物，又碰了碰。接着，为了得到食物，她险些从泰特斯的掌控里挣脱出来。

"这……这……这可不行，"少年嚷嚷道，因为她正在用喙啄他的手，"我……我……我们得有根羽毛或小棍才行。"

布洛杰特太太给了他们几根火鸡羽毛和牙签，他们拿在手里，想方设法地夹了一点儿食物喂到鸽子的喙里。

"你得弄套注射器来，"黑格比说，"老鸟在喂它们的孩子时，都是先把喙横着放进幼鸟的喙里，再把食物送下去的。"

"我……我知道，我见过它们喂食的样子，"泰特斯回答说，"你就去药店给我弄一套过来吧。"

黑格比只好去了。他们把一根橡皮管子放进鸽子的喙里，终于能得心顺手地给她喂食了。

等鸽子的嗉囊变得圆滚滚的后，泰特斯要了一个篮子和一些棉絮，把她安置在炉灶的后面。

"把篮子这么放着太碍事了，"布洛杰特太太烦躁地说，"刚好在我们烘盘子的地方。"

"布洛吉花娘，"少年讨好地挽住她的手臂，"这是给你孩子的呀。"

女管家让步了。每当小泰特斯管她叫"布洛吉花娘"，说他是她的孩子时，她就什么都肯为他做了。

她转过身去，皱着眉头对女仆们说："都留神些，谁也别把那个篮子给打翻了。"

泰特斯正往楼上跑，忽然停住脚步，又急匆匆跑了回来。大伙儿都以为他是回来感谢他们的帮忙的，谁知他并不是冲这个来的。

"看……看……看过来！"他板着脸说，"你们谁要是去祖父那里嚼舌头说我养了只鸽子，让我抓到了，我就让谁没好日子过。"

大家相视咧嘴一笑。法官是个好人，可要是受了孙子的蒙骗，他就会变得异常严厉了。

法官没能发现这件事，因为他从来不踏进厨房半步。小鸽子得以茁壮成长，只是并不是在炉灶后面的烘盘架上长大的，因为泰特斯发现她小小的身体本就挺像个火炉了。为了找个地方放篮子，泰特斯占用了一张大餐桌的整整一角。

小泰特斯和老黑格比一天要喂她好几次。一个负责托着她，另一个把食物推送到她的喉咙里。可每当小泰特斯嚷嚷着"万事俱备"时，这个老仆人都会大发脾气。

"到了喂鸽子的时间了，黑格比。"这后半截话泰特斯不敢说，怕被法官听到。如果发现自己房子里竟然养着一只鸟，法官一定会火冒三丈，这让泰特斯担心不已。

说来也真怪，像桑克罗夫特法官这样一位仁慈善良到了骨子里的人，竟然会对低等生命如此厌恶。没错，法官不怎么喜欢动物。他自小是在城里长大的，除了马和牛以外，他身边从来没有出现过别的动物。他对动物们没有主动的喜爱之情，只是会设法让它们得到妥善的照看。他所有的孩子里也没有喜欢动物的。当然了，如果多年前哪个年幼的儿子或女儿跑来对他说"父亲，我想要只狗或猫"，他也不是那种会开口说"不行"的人。

只可惜，他自己的子女们已经全都过世了。多年来，法官不喜欢蠢笨动物的印象早已深入人心。其实，若是有人跑去对祖父说："先生，您家里有个对其他孩子养的宠物眼热坏了的小孙子，可他又不敢开口管您要"，祖父听了也会觉得诧异，只是泰特斯并不知道而已。

法官是个大好人，这是错不了的。他白发苍苍，英俊的阔脸和魁梧的身躯，是好性子、理性决断和显赫声望的标志。他没能给自己赚得慈善家的美名，简直让人费解。早年间他一心扑在工作上，在经

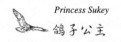

历了丧亲之类的诸多苦难后，便开始四处旅行。后来，他身体出了些问题，便辞去了法官的职位，也放弃了大部分应主动履行的人生职责，开始安度平和的晚年。

可这个晚年并没有到来，重新焕发活力的健康倒是真来了，而当我们的故事开始时，法官正觉得茫然，因为他刚刚发现，他的人生地图已经在他手里上下颠倒了。

他当真没什么可做的。他已经赚了足够日后生活的钱，确实称得上绰绰有余了，可他却开始认真思考要不要把那间早就关了门的律师事务所重新开起来。唯一让他迟疑的就是尊严问题。他已经在法官的席位上坐太久了，以至于很厌烦重新操持事务所的工作——可也不能让自己白白生锈啊。有时候，一想起以后的事，他就会叹起气来——长吁短叹，不知道上天给他预备了什么职责。假如他能未卜先知，没准儿他的叹息会更沉重。尽管如此，职责也会带来它们特有的慰藉。

小泰特斯和他的祖父长得一点儿也不像。法官是个结实而又英俊的大块头，穿戴很讲究，甚至到了吹毛求疵的地步。泰特斯却长得又瘦又黑，吊儿郎当，总是穿得七歪八扭。他的领口灰蒙蒙的，衣裳也是胡穿一气。在外形的任何方面，他都与坐在餐桌对面那位庄严的白发老人毫不相像，可他们之间却偏偏有着神秘的血缘关联。尽管这一老一少在外形上截然不同，却总归还是有些相似之处。他们都能觉察到这些相似，而且用自己的方式深爱着对方。

法官是个饱经风霜的人。妻子、儿女们，都已经离他而去了，剩下的只有这个孩子。他常常若有所思地看着他。假如这个唯一的孙子出了什么意外，古老而又享有盛誉的桑克罗夫特家族就要消失了。

可这天，这个姓氏似乎真的就要消失了。小泰特斯遭遇了一件可怕的意外，祖父的房子也被愁云惨雾给笼罩了起来。这桩祸事的起因，便是这孩子口吃的坏习惯。

　　法官很清楚，一个孩子一旦在生理或精神上有什么和常人不一样的地方，就会不时地蒙受身边伙伴的羞辱，这些人奚落起人来简直是毫无教养。所以他特意请了一个私人教师，让那人每星期花上几个小时，专门给泰特斯纠正口吃的毛病。他还想让泰特斯在家里完成所有的课业，可这孩子坚决不同意，法官也只好尊重他的意见。

　　每次走在街上时，泰特斯总喜欢四下乱看。对于男孩子们来说，模仿他的举止是如此难以抗拒的诱惑，以至于周围总是充满了学舌鸟的叫声。

　　幸运的是，泰特斯长得格外精瘦结实，而且天不怕地不怕。要不然，他肯定在我们的故事开始前老早就被吓坏或受伤了。

　　他总是和别的男孩们一道从学校里出来，从来不等着让老师护送回家。如果有嘲笑声叫他听见了，他就会揪出那个孩子；要是有时间，他还会脱下外套交给朋友，立即投入战斗。他们这群孩子在街上从来不带书，因为他们家里都有复印本。

　　这是个特别的日子，事实证明，对可怜的泰特斯来说，这是灾难性的一天。说来也怪，回家的路已经走了一半，他还一场架都没有打。

　　因为这天放假，用不着上学，他和一个同伴一起去了市区。他们俩正一起慢悠悠地走着，忽然听到一个充满讥嘲的声音：

　　泰特小结巴，泰特小结巴，
　　噢，他可真是顶呱呱！
　　给他点时间，再给他几个词儿，
　　他就能叫你把疯来发。
　　一个'斯'来又一个'斯'，一个'塔'来又一个'塔'，
　　是斯塔姆，还是斯塔特，你不知道吗——

唱歌的男孩没能再唱下去。他的歌太恶毒了，态度太叫人恼火了，小泰特斯没有给他一点儿准备时间，就像旋风一样扑到了他身上。

挑衅的人和被挑衅的人在马路中间滚作一团。在这个夏末泥泞的雨天早晨，没多大一会儿，他们深色的套装和满身的脏污就让他们看起来跟两条狗似的了。

一个年轻的男人就是这么以为的。他驾着一匹快马，和坐在身旁的一个活泼的年轻姑娘聊着天。他漫不经心地瞟了一眼假想中的两条狗，心想它们一定会让路，于是就没怎么避让。

不消说，这两条"狗"根本无意给他让路，反而他们不偏不倚地打着滚挡到了他要走的路上。他只听见泰特斯的仇敌发出了一声惊恐的尖叫，接着四下里便是一片沉默。

吓坏了的年轻人从他的马车里一跃而下。其中一个孩子没受伤，只是吓坏了。另一个则躺在地上，黑黢黢的稚嫩脸庞朝天仰着，双手和前额上全是血。原来马蹄踢中了他，车轮又从他的两腿上碾了过去。

年轻人并没有失去理智。他向没受伤的孩子打听了泰特斯的姓名和住址，把他放到马车里，央求一名路人去通知法官，便飞快地向医院驶去。他的女伴在车里轻轻地捧着泰特斯受伤的头。

桑克罗夫特法官人生中经历的一连串苦难都是慢刀子割肉的那种。他的妻子和孩子们都病了太久太久，受了太多太多折磨，以至于死亡来临的时候，倒像是一种令人欢迎的解放。他不记得自己遭遇过像这么突然的事件，而他那颗饱受磨难和压抑的心早就死了。他生怕自己会失去这最后的珍宝。

他刚巧在俱乐部，一听这消息就乘着马车立刻朝医院驶去。

从俱乐部安静的豪华客房，从读书谈天的安乐人们身边，来到这个充满痛苦和不幸的地方——是多么强烈的对比啊。

在进房间时，法官虔诚地摘了帽子。"上天怜悯他们吧！"当他穿过长长的过道和走廊向他的小孙子住的那间单人病房走去时，他喃喃地说。

病房里有一名头戴白帽的护士。法官礼貌地向她鞠了鞠躬，转身来到病床边。

那就是泰特斯吗——那就是他活泼而又调皮的孙子吗——那个头上打着绷带、苍白而又安静的孩子？

法官伸出双手，握住孩子的手腕。

"我的孩子，"他哀切地呼唤，"我的孩子，你不认识我了吗？"

"他完全没意识了，先生。"护士说。

"他会死吗？"法官问。

"先生，"她抗议似的说，"手术还没做呢——只做了一次检查。"

法官在床边坐了下来。不平的思绪，认命的念头，怨愤的想法，在他的脑子里追来逐去。

最后，他站起身来走到房间后面。"上天的旨意会实现的。"他长长地叹了口气说。

护士偷偷地瞧着他。她年纪还很小。在她看来，还处在精力旺盛的中年晚期的法官，因为生了一头白发，看着倒像个老年人。

"而且是个好人。"她暗暗想。接着，她听到了什么声音。

法官也在听着。他的感觉异常敏锐。他比她早一步听到了轻柔的脚步声和门口的窃窃私语。是医院的护理员过来了，要把他的孩子带去手术室了。

"我就在这里等着。"他说，望着那个安静的小小身躯被抬起，被带走，脸上的表情叫人看了不忍。然而，门一关上，他就在床边跪了下来。

"噢，老天爷啊，宽恕我的孩子吧——如果必要的话，就取了我的命，放了他的吧。我年纪大了，可他还小。宽恕他，宽恕他吧，亲爱的老天爷！"

第二章　布洛杰特太太的看法

这段时间以来，原本可怜兮兮的公主变化不小。自打阳光少年泰特斯一眼看上了她的贵族风范后，她的地位就发生了变化。

现在，她已经是一只三个星期大的活泼的鸟儿了。尽管如此，就像所有良种的鸽子一样，她虽然还没离开她总是向外张望的巢穴，却对周围发生的一切都一清二楚。

小泰特斯的意外发生在中午前后，那会儿他正在回家吃午饭的路上。这会儿已经到了晚上七点，苏姬公主好奇地抬起了她围着毛领的漂亮脑袋，从篮子里向四周张望。

黑格比和女佣们正在准备吃晚餐。一听说家里的孩子出了事，布洛杰特太太就发了一阵可怕的疯，随后就不见了人影，谁也不知道她去了哪儿。

黑格比小声地往外传递着这个消息。法官一直待在医院里，直到晚餐时间才回来。医生们说，泰特斯少爷倒没有什么性命危险，可他们很担心他的神志出问题，因为他的脑子受伤了。

"老爷子的样子可太叫人难……难……难过了。"他继续说道。

黑格比的年纪比法官大多了，可他总是管他叫"老爷子"。

"他坐着，在用……用……用餐呢。"他磕磕巴巴地说。

"才怪，"脸色红润的年轻厨娘说，"孩子险些没命，他才吃不下呢。"

"我说……说……说他在吃了吗？"他反驳道，"他就像猫……猫……猫儿摆弄老鼠一样摆……摆……摆弄着他的食物，只不过摆弄完了他也不会吃……吃……吃而已。"

"他心里愁坏了，"管客厅的女佣满怀同情地说，"我知道这种感觉——有点儿像犯恶心。当年失去我的小弟弟时，我也是这样，两天里一口饭也没吃。那只鸽子怎么样了？"

倒霉的小公主差点儿饿死。她的嗉囊空空如也，正在体验所有幼崽面临严重饥饿时经受的那种折磨。泰特斯总在中午给她喂食，可现在已经是晚上了。她一个劲儿地拍打着红白相间的双翼，发出小鸽子卖力地吸引父母注意时的那种扑簌扑簌的动静。

"安静点，贪……贪……贪吃鬼，"黑格比朝她发起了火，"小……小少爷都快死了，这是给你喂……喂……喂食的时候吗？"

他说的关于孩子的某些事情，鸽子一点儿也听不懂，但她很清楚，这会儿是盼不来食物了，于是她只好发出抱怨的"呜噎"声，接着就缩回自己的篮子里去了。

就在这时，通往大厅背墙的那扇厨房门被猛地推开，布洛杰特太太走了进来。

她是个矮矮胖胖的中年女人，面颊通红，皮肤紧绷，就像容不下她肥胖的身体似的。她的衣服也同样绷得紧紧的，让人瞧着总觉得不太舒服，表情也总是焦躁不安。不过，总的来说，她算得上是一个好女人。

这会儿，她的情绪格外激动。她解开软帽上两边的带子，又猛地将它们塞回去，粗声粗气地说："我去瞧过他了。"

"瞧……瞧……瞧过谁了？"手里端着一张托盘的黑格比突然停下脚步问。

"那孩子。法官在哪儿？"

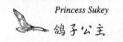

"泰……泰……泰特斯少爷！"黑格比嚷嚷着向后走去，一只脚
又绊了一下。

"没错，安静点——回头我再跟你说。把那只鸽子给我。"

还没等别人碰到鸽子，布洛杰特太太就从厨房的那张桌子一把
抓起了篮子，朝通往楼上的楼梯走了过去。

突然，她又转过身来，问："法官在哪儿？"

黑格比盯着她看了一会儿，说："在……在……在他的书房里——
他让人送咖……咖……咖啡过去。你不过去看……看……看看他吗？"

"为什么不去？"她不耐烦地问，"我为什么不去？"

"我不……不……不知道，"黑格比结结巴巴地说，"只不过，你
一般不会在这个时候找他。"

"带路吧，"她威严地说，"走吧。"

黑格比在她前面蹒跚地上了楼梯，随身的餐具哐当作响。他打
开书房门，布洛杰特太太跟他一起走了进去。

法官站在壁炉前，双手背在身后，神情忧郁。

他望着走进来的布洛杰特太太，似乎一点儿也不吃惊，因为他
的仆人们经常为麻烦事来找他。

"你来了，布洛杰特太太。"他耐心地说。这时，黑格比给法官
倒了一杯咖啡，递给了他。

"我有点儿事情想跟您说，先生。"她摇晃着脑袋回答。

法官看了一眼黑格比。黑格比只得走到外面的客厅，不情愿地
关上了身后的门。

布洛杰特太太这会儿百感交集，心里七上八下的，半晌才迸出
一句话："我去瞧过那孩子了，先生！"

"你去了？"法官急切地问。随即，他转过身来，把咖啡杯放在
壁炉架子上，似乎很高兴能有个由头把它放到一边。

"是的，先生，我去看过那孩子了，而且他还和我说话了。"

"他说话了！"法官兴奋地喊起来，"可是，布洛杰特太太，这是什么意思呢？谁也不能进去啊。"

布洛杰特太太笑了。她知道，法官为人正直，不会不由分说地责备她。

"是这样的，先生。"她轻轻地把装鸽子的篮子放在桌子上，从口袋里掏出一条手绢来，擦了擦她通红的脸，"是这样的。"她一面说着，一面觉得自己慢慢镇定了下来。法官的书房里有一种宁和而肃穆的氛围，而法官本人则让人感觉亲切而心安。"我一听说孩子的头被撞破了，心脏就在肚子里停跳了。哪怕出事的是先生您、我或者黑格比也好哇——可偏偏是家里唯一的这点儿年轻的骨血——实在是太可怕了。'我要去瞧瞧他'，我说，'我要在他死之前去瞧瞧他。'我耳朵里轰隆隆地响，脑子里迷迷糊糊的，像海上的小船一样，可我还是跌跌撞撞地跑到了街上，步行去了医院。为了等您出来，我在医院外边来来回回地走了好几个小时，因为我知道，要是被您看见了，您一定会阻止我的。我一看见您走远，就赶紧跑到门口——按下了门铃。"

法官长长地叹了一口气，强烈的兴趣使得他的头微微地向前倾。

"'我能去泰特斯少爷的病床那里看看吗？'我问他们。"布洛杰特太太继续说道，"不成，他们不让我去。我已经有心理准备了。可是，一个女人要是下了决心，你能阻止得了吗？不可能的，先生。我坐在候诊室里，整整哭了一个小时，他们只好说，我可以到病房里看一小会儿，只要保证不出声就行。

"我下了保证，我也想克制，可是没能克制住。当我走进那间安静的病房，当我瞧着他直挺挺地躺着，乌黑的脑袋上缠着白绷带时，愿上天宽恕我，先生，我便发出了一声尖叫：'泰特斯少爷，我的心肝！'

"他睁开了那双鬼机灵的眼睛，先生，他还瞧了我一眼。'布洛吉花娘，'他说，'去喂我的鸽子，去说给祖父听。'

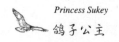
"说完这话，他就又昏睡过去了，我也被撵到了大厅里，唉，还吃了护士们一顿狠狠的训斥！不过，我听到我的孩子说话了，先生，他还是有神志的。"

法官露出烦乱和困惑的表情。

布洛杰特太太急切地说了下去，同时也在敏锐地观察着他。

"于是，先生，我对自己说，'直接回家去，把孩子的话告诉法官，告诉他，假如老天爷能仁慈地宽恕一只从巢里跌落的无辜鸟儿，没准儿他也能宽恕一个无辜的孩子。'"

法官的脸上泛起光来："这么说，家里有只鸽子？"

"的确有，先生，"她一边说一边把公主拉扯了出来，自从发现自己到了一个新环境，鸽子就一直蜷在篮子里，"这是您的小孙子的宠物鸽，因为怕您，所以他一直偷偷养着——噢，先生，他那么渴望能养猫养狗，却只能养这么一只傻乎乎的鸟，看着可真叫人难受！"

这对公主是不厚道的侮辱，可她却大度地接受了，反倒是法官看着布洛杰特太太的眼神严厉了起来。

"先生，"她热切地说，"我服侍您这么多年，一直在琢磨这件事。您对我来说是一个仁慈的好主人，一直在容忍我的错误和坏脾气。可是，先生，当我听到那孩子的灾祸时，我就忍不住自责，因为有件事我一直想做，却从来没有做过。"

法官什么也没说，可他那双坦诚的圆眼睛却一直专注地盯着还在往下说的她。

"您不能让我不再服侍你，先生，除非您把我给撵出去。来这房子里的仆人，还没有哪个是因为您而离职不干的，要么是因为我，要么是因为黑格比。先生，我喜欢您，尊敬您，所以会情不自禁地为您的孙子多作考虑。虽然他老是惹人生气，可也有温柔的一面，多少次我都抱着他的脑袋，为这没妈的孩子直掉眼泪。我好像是这房子里唯一的女人——那些咯咯笑的傻丫头，还有您和黑格比那个可怜的傻家伙，都不能算数。我留着心，总在想，孩子们天生都是喜欢牲畜的，可惜，您就是不肯让泰特斯少爷养上几只打发时间。假如养了宠物，他放了学就会像查理·布朗那样归心似箭，也不会花那么多时间在街上闲闯乱晃、惹是生非了。"

法官皱起了眉头。

"先生，"女人郑重其事地说，"如果我早早地跑来对您说：'您的小孙子和别的孩子一样渴望能养宠物。'您一早就会给他弄到手了。"

"布洛杰特太太，"法官温和地说，"过去的就让它过去吧。"

"可是，先生，您会这么做的，"她眼泪汪汪地说，"您是那种人。泰特斯小少爷在您面前总会把这种感情藏起来，假装自己不想养小马和小狗。他想让您高兴。先生，我一直没吭声，是因为害怕凭空多出来一堆杂事。过去，我嘴里总念叨：'要是他养了兔子和鸟，我要做的事就多了。'可是，当我听到休息日那天早上发生的事以后，我想，那天他本就不用出门上学，如果养了宠物的话，他自然而然地就会跟它们待在一起了。所以我对自己说：'老天爷惩罚我了！'"

她痛苦地抽泣起来，法官感到自己的眼角湿润了。

"布洛杰特太太，"他缓缓地说，"我既惭愧又后悔，也承认我的人生一直都是被这种悔愧充斥着。可是眼泪掩盖不了错误。忘掉你的旧错，按你计划的新路走下去。不要白费力气唱哀歌。我没能察觉自己孙子的某种自然而又健康的本能，这是我的过错。如果老天爷能宽恕他，我们日后就能看到一种不同的景象了。这么说吧，过去我们做错了——将来我们会改进。"

女人敬畏地抬起头来望着他。她只有中等身高，站着的法官比她高出一大截。他挺直了身子，似乎在重新鼓起勇气。他怔怔地望着某处，高大的身躯显得更高了。这个伟岸而善良的男人，虽然并没有忘却或放下他的尊严，却在她这个卑微的仆人面前用谦卑把自己包裹了起来。他说，他做错了。

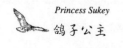

"先生，"她回应道，用女人特有的思维飞快地转到一个新话题上，"我听说，那个最了不起的律师，整个联邦所有律师的带头人物，他——"

听见她欲言又止，法官把目光重新投到她身上，和善地问："最高法院的首席法官吗？"

"没错，先生。我听说他为了棘手的案子来征求您的意见，是这样吗？"

"不完全是，布洛杰特太太，"他微笑着摇了摇头，"不完全是，不过——"

他看了看墙上的钟。他遇到了难事，想自个儿清净，可是，像他这样彬彬有礼的绅士，是不会处心积虑地把她支开的。

可她却领会了他的意思。"请您原谅，先生，"她恭敬地说，"占用了您这么多宝贵的时间，可这只鸽子实在是叫我寝食难安。"

"啊！就是那只鸽子，是吗？"法官一边问一边走上前来。

公主优雅地站了起来。对她而言，朝她探过来的和善的脸就意味着食物，于是她抖了抖翅膀，发出了一声惹人怜爱的"呜噫"声。

布洛杰特太太紧张地望着法官。

"先生，我接受了孩子不清醒时的嘱托。他想让您知道她的存在，想让我照顾她。这个没头脑的东西是在厨房里养大的。不过，既然那个宝贝孩子对她这么上心，我也不敢再把她扔在那里了。没准儿丫头们会用肉汁浇她一身呢！"

这些谈话都挺好，可是，就在这当口儿，公主已经快要饿死了，百般煎熬之下，她做了一件以前从没做过的事。她倚在篮子的边缘上，抬起一只粉红的爪子抓着它爬上去，从篮子里跳出来，在书桌上一溜小跑地奔着法官去了。

"她饿了，先生，"布洛杰特太太说，"如果您不反对的话，先生，我就把她的食物拿过来了。"

法官看着苏姬，目光古怪极了。他对鸟一无所知。除了自己的工作外，他还用心钻研了许多事，可从来没有对低等生命产生过一丝好奇。鸟和其他小动物虽然存在着，可他却从来不愿意花心思了解它们。眼下，他心里惦念着孙子，眼睛望着这只鸽子，脑子里闪出了一大堆念头。和他一样，这只低等动物也是用鼻子发出生命的气息，它饿了，它能让人知道自己想要什么。它跟人类还有多少其他的相似之处吗？

"它这是在干什么？"当那个围着毛领的漂亮脑袋扎进他的手里，用粉色的喙啄着他的手指时，他问。

"为了食物，先生，她在觅食呢。我可以按铃让黑格比带点儿食物进来吗？"

法官正打算说："把它带走。"可又猛地想起这是泰特斯的鸟儿，于是他伸出一只手来，按下了壁炉边的铃。黑格比急匆匆跑进房里，样子莽莽撞撞的，说明他刚走一会儿并没有走多远。

"鸽食，黑格比，"布洛杰特太太威严地说，"喝的水要温乎的，再把泰特斯少爷用来喂鸟的那些个注射器什么的都拿来。"

她一挥手，黑格比就消失了，没一会儿就拿了满满一盒子东西回来了。

"放在这里，"布洛杰特太太说着，在法官的书桌上清出一块地方，"就在这里。"

黑格比把东西放下，看着她。

"拿着鸽子，"她说，"用双手捧好。我来准备食物。"

"让我看看，"布洛杰特太太说，翻弄着盒子里的东西，"太单一了。我们给她吃点小米、沙子、墨鱼泥和泡汤面包。我来把它们混在一起。"说着，她把所有的食材都倒在一个杯子里，像做布丁似的快速地搅拌着。

黑格比看傻了。他本以为布洛杰特太太对鸽子是一无所知的，没想到她这么精明，一直在留心观察他和那孩子以前是怎么照顾鸽

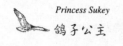

子的。

"不，我不想用注射器。"她把黑格比递给她的注射器推到一边，说，"要我说啊，这只鸟已经长大了，不该再吃软食了。我来做些丸子吧。"说完，她把面包和小米揉到一起，"给我找一根喂食的小棍子，"她左看右看，"这么细的喉管，我可不能用自己的手指把食物硬推进去。"

她四处张望，发现书桌上有一个细长的银质笔套筒，就抓了起来，从手帕上撕下一条布缠在它圆锥形的那一端，把丸子推到公主的喙里。

"这个丸子太难咽了，"她轻快地说，"下个丸子我得在水里先蘸一下。"

黑格比望着法官，似乎在说："她是个心灵手巧的女人吧？"法官一言不发地回看了他一眼，似乎在说："可不是嘛！"

可怜的小公主得到了食物，高兴坏了。她拍打着已经丰满了许多的翅膀，最后用它们拢住了布洛杰特太太的手。她喜欢食物顺着喉管往下滑的感觉，嗉囊一点点地被填满的感觉太惬意了，何况布洛杰特太太还在用咖啡匙一点点地喂水给她喝。

公主已经学会了这样喝水，但这样对她来说并不容易，因为与其他的鸟不一样，鸽子喝水的时候是垂着头的。

喂完公主后，布洛杰特太太仔细地擦干了她的喙，再把她放回篮子里。

接着，她有些尴尬和迟疑地把桌上的水滴清理干净，小心翼翼地从低垂的眼皮下看着法官。

他根本没注意她的举动。他的思绪正在飘荡，身体虽然在房间里，心却守在他那重伤住院的孙子身边。

布洛杰特太太挥挥手，让黑格比出了房间，自己则郑重其事地把篮子放在壁炉前地毯的一角上，随后也退了出去。

公主静静地蹲在她的篮子里，只用一只眼睛留意着法官的举动。

她是一只谨慎的小鸽子，可话又说回来，所有的鸽子都是很谨慎的。它们严肃的性情是从壳里带出来的，很少惦记玩乐，一心只扑在工作和进食上，轻易不肯出屋，这是因为鸽子们眷恋自己的窝，这一点和猫很像。

法官没看公主一眼。她站起来清理了自己的羽毛——这是良种鸽子晚上要做的最后一桩事——随后就入睡了。

可怜的法官沉沉地倒在安乐椅里。一连好几个小时，他都深深地陷在椅子里，陷在悲伤里。到了半夜，他站起身来，走向窗边桌上的电话。

"请帮我接市医院。"随后，他又继续说，"我是桑克罗夫特法官。我的孙子怎么样了？"

"孩子还是那样——情况照旧。"听到这个消息，他呻吟了一声，回到了自己的安乐椅上。

一整夜，他每隔一会儿就从椅子上起身去打电话，随后又坐回来。

一走近桌子，他的脸上就有了些神采，可一听到那个再熟悉不过的回复，他的头就耷拉到了胸口，肩膀也垂了下来，用疲惫的老人才有的步伐走回去。

快到早上时，他挣扎着起身来到桌前，脸上已经没有什么神采了。他已经放弃了希望。但这回，这张脸又亮了起来，还染上了一层奇异的光彩，因为这次他听到的回复是："孩子好些了——神志恢复了些，还说要找你呢。马上过来吧。"

法官像个孩子一样跳了起来。他对着上天举起双手："赞美老天爷——如果孩子能活下来，我会为穷人办两件好事：让另一个孩子分享他的人生，而我本人不会再自私自利——如果他能活下来——如果他能活下来的话。"说完，可敬的老法官像个孩子似的双手捧着脸抽泣起来。

第三章　幸福时光

啊！对公主来说，那是一段幸福时光的开始。

"祖父！"泰特斯虚弱地说，"是我一直在撒谎，可您不要惩罚那只鸟。"他刚开口就冒出了这么一句话。

"嘘，嘘！"法官安慰说，"安静，孩子。你的鸽子在我的书房里呢。睡吧——没什么可担心的。"

接着，他坐了下来，欢喜而又好奇地望着那双紧闭而又疲惫的眼睛。是出于怎样的喜爱之情，或者，往深了说，是怀着怎样的怜惜，怎样的喜爱，才能让一个孩子在几乎受了致命伤后，头一个想起的便是一只再寻常不过的鸟？显然，那只鸽子对他来说比什么都重要。

"医生，"他起身来到此时恰好在房间另一头的白发苍苍的医院院长身边，低声问，"是不是所有的孩子都喜欢动物？"

"据我观察，几乎所有健康的正常孩子都是这样的。"医生回答说。

"这是什么道理？"

"我不知道，"院长直率地说，"我还记得自己小时候对动物有多喜爱，只是现在已经不那么喜爱了。小女孩喜爱她的洋娃娃，小男孩喜爱他的狗。长大后，女人便把她的洋娃娃扔到一边，把那份喜爱转移到自己的女儿身上——"

"男孩——或者说男人，会移情到他的儿子身上。"法官喃喃地说。

医生点了点头："任何动物在年幼时都会对其他种类的幼崽产生兴趣。有些人会把这种兴趣一直延续到成年，有些人则不会。"

"要说男孩子喜欢狗，我还能理解，"法官轻声说，"可鸽子——"

"这孩子惦记的是一只鸽子？"医生询问道，机警地朝病床看了一眼。

"是啊，惦记得很。"

"在打听它的事？"

"是啊。"

"那就好好照顾它吧，"医生说，"如果它死了，千万别叫他知道。"

法官点点头，回到了床边。

回到石头砌的大房子里，医生的建议被一字不改地交代了下去。

"我可不就是这么对您说的吗！"布洛杰特太太兴高采烈地嚷嚷着，"我可不就是这么对您说的吗！"她风风火火地赶到市里，给公主买了一个新篮子回来。

眼见着就要被放进篮子里，公主狂躁不已，没了一点儿贵族风度。

"鸽子就像猫一样，"黑格比望着正忙着把公主往她的新家里引的布洛杰特太太，插嘴说，"它们讨……讨……讨厌改变。"

"可是，亲爱的公主，瞧这雪白的缎带，"布洛杰特太太嘴上像抹了蜜似的，"还有这漂亮的德国稻草。啧啧，真是个漂亮的篮子啊。"

"咕咕！咕咕！"公主把腿抬得高高的，生气地摇着脑袋上的毛领。

"咕咕个什么劲！别咕咕了！"布洛杰特太太的态度十分坚定，"你非住进去不可。法官的书房里可不能放脏兮兮的破篮子，咱们得尽力把你干干净净地养着才行。黑格比，你把那窝稻草清理干净，她可不能再蹲在那里面了。我特意寻了一匹粗麻布好给她做垫子。她用爪子把稻草扒拉得地毯上到处都是——我们也不能再在这里喂她，她是个漏下巴，以后咱们就把她带到储藏室里去喂吧。我可不想让法官把她从他的房间里扔出去。要是她在哪儿出了个什么好歹，咱们全都会挨骂的。"

"法官根本没搭理她。"黑格比嘟囔道。

"他没搭理——你知道的也就这么多了。我亲眼看见他瞧着她，观察她的举动，把她上下打量了个遍。我向你打赌，他对鸽子从来没有这么了解过。"

法官的确在留心观察苏姬公主，这也是没办法的事，因为只要准许泰特斯开口说话，他就会像着了迷似的聊起他的鸽子：她的模样怎么样了？她长大了没有？她那对还不会飞的翅膀下面有一撮小小的羽毛，如今长出来了吗？他问什么，法官就得答什么。所幸如今的他对鸽子还算有所了解，否则，他还会被逼着去多用用功呢。

日子一天天过去了。小泰特斯的身体正在稳定地恢复，一步弯路也没走。医院里的医生们都说他的康复能力非常出色，法官听了，沉默地点着头表示感谢，可还是担心他身上有什么遗传性的疾病。

这天，布洛杰特太太来到法官的书房里。这是一间朝南的雅致房间，外面还有个带大窗的阳台。她到处找公主，可是鸽子一见她来了，就像害怕似的慌忙飞到了外面的阳台上。这下她可越界了，布洛杰特太太有一根用来抽她的细枝条，就藏在一个书架后头。

公主的篮子放在壁炉旁的一块油布上，她只能在自己的篮子蹲着或站着，去阳台和从那儿回来时只能走直线，既不准在房间的角落里流连，也不准飞到书架和桌子上。

方才她正在一张桌子下溜达，啄着地毯上的花朵，所以她一看见布洛杰特太太就飞到了阳台上。

布洛杰特太太却开怀大笑："我今天不打你。我是按吩咐带你去医院看望你的小主人的，记住，你是一只好鸟儿。"

公主乖乖地让她捉起来放进篮子里。布洛杰特太太用一张厚纸把她盖住，用胳膊挎着篮子下了楼。她出门来到大街上，马车夫罗伯劳正在法官的马车上等着她。

橡胶车轮在沥青混凝土路面轻轻地碾过，可公主既不喜欢被幽闭，也不喜欢被颠簸，所以等到了医院时，她俨然已经是一副惊弓之鸟的模样。

泰特斯没说什么话，可是当布洛杰特太太把篮子放在他床上时，他的黑眼睛分明亮了起来。

"呜……呜……呜噎！"他唤了起来，过了一会儿说："她真是个美人儿呀——一位真正的公主！"

苏姬压根儿没把他的赞美放在心上，只知道自己来到了一个陌生的地方。她抬起围着毛领的漂亮脑袋，惊恐不安地望着四周。

她什么声音也没出。每当泰特斯试图抚摸她时，她就会把柔软的后背往后一缩，飞快地朝布洛杰特太太跑去。

"她……她……她已经把我给忘了。"孩子说，样子有些失望。

"你可别这么想，泰特斯少爷，"布洛杰特太太宽慰道，"只要你把她带到某个新地方，她就总是这副样子。"

可事实上，她的确已经忘了泰特斯，或者说，她已经把好感转移到别人身上去了。几个星期后，回到家里的孩子证实了这一点。

他的祖父坚持让他住院，直到身体完全康复为止。皇天不负有心人，泰特斯收拾东西回家的这一天终于来了。他自己一瘸一拐地出了病房，穿过长长的过道和台阶，钻进了正在等他的马车里。

与他同行的是一名护士，因为他的祖父有点儿感冒，正关在家

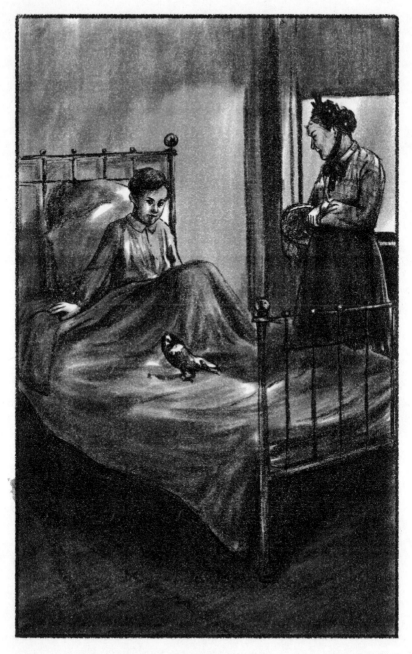

　　"呜……呜……呜噫!"他唤了起来，过了一会儿说:"她真是个美人儿呀—— 一位真正的公主!"

里养病。

马车驶到大门前，泰特斯跛着脚走上台阶，看到了等着他的仆人们。

"大家都还……还……还好吗？"他欢快地打招呼，"我回……回……回来了，好得跟个没事人一样，就是额头上多了条疤，一只脚有点儿跛。"

"祖父在哪儿呢？"他一瘸一拐地往楼上法官的书房走去。

他不是一个乐于表现的孩子，可这天，他却给了他的祖父一个满怀的拥抱，但紧接着，他又似乎因为感情流露太多而不好意思起来，转头问道："鸽子在哪儿呢？"

他的祖父微笑着说："她在那儿呢。"

泰特斯环视四周，只见公主背朝着他，忙忙碌碌的，瞧不出来在忙什么。

他走向前去，看到了一个巨大的针垫，那是布洛杰特太太的所有物，上面插满了大圆头针。原来鸽子正在自娱自乐，先把这些针从上面衔下来，再扔到她的那块油布上。

"她这是在干……干……干吗呢？"孩子惊讶地问。

"我猜是在打发时间吧，"他的祖父回答，"等她把这些针全拔出来后，我就得把它们全捡起来，再插到针垫上，这样的优待可真叫我自豪。"

"好……好……好吧，我从没见过！"泰特斯张口结舌地说，"我从来没见鸽子闲玩过。"接着，他唤了一声，"苏姬！"

苏姬转过头来。

"漂……漂……漂亮的鸟儿。"他继续说道。

"噢，咕咕！"她不耐烦地叫了起来，在油布上走来走去，摇晃着脑袋，脑袋上的毛领跟着不住地颤动，由着泰特斯继续欣赏。

她那鲜色的颈羽上泛着迷人的绿色光泽，泰特斯不由得赞叹起来：

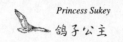

"你……你真是个尤物！"

心里不快活的苏姬发出一连串不流畅的"咕咕"声，接着就飞到了法官的肩膀上。

泰特斯惊叹道："是您让她这么做的吗？"

"我也拦不住。"法官笨拙地伸手撵她。

可她就是赖着不走，还飞快地扭过头来怒气冲冲地瞪了泰特斯一眼，然后亲昵地啄了啄法官的耳朵。

"我把她给宠坏了。"法官无奈地说。

泰特斯一屁股坐到椅子上。

"把她拿去吧。"祖父说着，伸出双手捉住了鸟的整个身体，把她放在孙子的膝盖上。

孩子抱着她，温柔地抚摸着她的头。她奋力地挣扎着，对准他的手指使劲地啄了起来，直到他放开她才罢休。谁知她扭头就飞到法官的膝盖上，好像对他嘀嘀咕咕地讲了一个长长的被人侮辱和伤害的故事。

法官忍不住放声大笑。末了，泰特斯也笑了起来，说："真……真……真是的，我失了自己鸽子的心。"

"别放在心上，"他的祖父说，"你再养些别的鸽子就好了。前几天我已经和一个木匠打过招呼了，让他给你在马厩上面搭一个鸽棚。"

泰特斯用古怪的眼神看了他的祖父一眼。沉默了好一阵子后，他好奇地问："您……您不是说真的吧？"

"我说的就是真的。"

孩子吃惊不小。他在椅子上转了个身，把头搁在自己的手臂上。能养鸽子了——能拥有一个像查理·布朗那样的鸽棚了——能看到属于自己的鸟在里面踱来踱去了，能用孩子最热衷的方式买进卖出、讨价还价了。

"祖父，"过了会儿他才开口说话，这会儿他心情激动，不再结巴了，"我和刚进医院时不太一样了。"

"千真万确！"他的祖父慈爱地说。

"不，先生，"他用手指着公主说，"我原以为我会把她养大，再卖掉她，可现在我不想了。"

"为什么不想了？"

"我不知道，先生。"

"我来告诉你吧，"他的祖父表情和蔼但言语严肃地说，"这个沉痛的教训让你明白，一个孩子可不仅只有腿、肚子和脑子，他还长了颗心。"

第四章　法官的誓言

　　法官经常仰望挂在书房墙上的一张巨幅画作——《这也终将逝去》。

　　这句话出自于一位东方皇帝之口。画中的他端坐在华贵的龙椅上，正在接受臣子们的致敬。他的脸上露出半是悲伤、半是慈悲的微笑，在他高举的手上，可以看到一枚戒指，上面铭刻着："这也终将逝去"。

　　法官没事儿就会看看这幅画。他过去经历了多少事情啊——可这些事情却仿佛永远也不会逝去！泰特斯躺在医院里养病的那段时间可真是难熬啊！那会儿的光景让人觉得他似乎会永远病下去，而他的祖父将永远待在家中，焦虑不安，备受煎熬。谁能料到，只不过过了几个星期，泰特斯就已经回家了，所有的一切和事故发生前一样，照常继续着。

　　这孩子马上就要重返校园了——现在不用再担心会有打斗了。他愿意怎么结巴就怎么结巴，那些没教养的孩子连碰他一下都不敢了。

　　早餐过后，法官读完报纸便去了市里的邮局、银行和他自己的俱乐部，随后就回家了。

　　公主总是等着他，下雨天在壁炉地毯上她的篮子里等着，晴天在阳台上等着。

　　只要他一出现在门口，她就飞过去迎接他，歇在他的肩膀上，用她的喙温柔地蹭他的耳朵，"咕咕"地叫个不停。多少回都是这样。

只要他一把她放在实木地板上，她就会围着他的脚打转。打完转她就会飞回自己的篮子里，蹲在里面望着他。

他已经成了她的最爱了。她喜欢布洛杰特太太和黑格比，对泰特斯也百般忍耐，可要说对法官，那就是爱了。

这天——或者说这天晚上——有点儿不寻常，让她觉得很是不安。下午的时候，法官先是午睡，接着开车出门，又回来吃了晚餐。此时此刻，炉火和白炽灯映照下的房间温暖又舒适，照理说，他应该正坐在他的大椅子上看书，而她这位公主则应该栖在椅臂上，不时让他摸两下脑袋。可今天他却没有照往常的习惯来，而是在房间里走来走去，自言自语地念叨着一个什么誓言。

公主不喜欢这样。她闷闷不乐地发出一连串"咕咕"声，表达自己的不快。

过了一会儿，法官按下了铃。

"珍妮，"他对应声而来的女仆说，"等泰特斯少爷上完课就让他过来。"

半小时后，泰特斯一阵风似的下楼来到了客厅。

"怎……怎……怎么啦，祖父，"他钻进书房问，"您想玩点儿什么——下双陆棋吗？"

"不，"法官说，"我想跟你聊聊。坐下吧。"

泰特斯一屁股坐下，眼睛看着他。

"你生病的那会儿，"法官开口道，"我曾在绝望之中对造物主许下誓言，如果你得到宽恕，为了表示我的感激，我会收养一个无家可归的穷孩子。"

"哎……哎……哎呀呀！"泰特斯皱起他的两道黑眉毛，惊讶地叫起来。

对此，法官并不觉得吃惊。他一直担心泰特斯会对别的孩子产

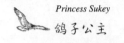

生嫉妒心理。

等了一两分钟，他坚定地继续说："这不是一时的冲动。其实，我一直都知道孤零零地长大对一个孩子来说不是什么好事。孤独容易滋生自负。虽然你我都过得很幸福，可我知道，如果有另一个孩子来分享你的喜怒哀乐，对你来说会好得多。"

"他……他……他会和我打架的呀。"泰特斯忧心忡忡地说。

"我会找一个比你小得多的。"法官回答说。

"噢……噢……噢！"泰特斯如释重负，"那我就可以打败他了。"

"泰特斯，"法官说，"你要知道，世界上很多孩子都不如你生活优越。"

"是……是……是啊，先生，不过他们又脏又懒，而且举止粗俗。"

"如果能找到个年纪小的孩子，我们可以让他改头换面。孩子，我觉得这是我的责任。我的钱足够抚养你和另一个孩子。这世界上的苦难多得可怕，我们应该尽力减少它。"

"我……我……我不想要里弗大街上的那些小崽子。"泰特斯急切地说。

"我会尽最大的努力去找一个家教好些的孩子，"法官斩钉截铁地说，"你知道，我的工作能让我接触到罪恶和罪犯们。我心里对遗传犯罪倾向是很惧怕的。"

"好……好……好吧，先生，"泰特斯叹着气回答，"既然您发了誓，我们就得做到才行。"他站起来走到祖父身边，把胳膊搭到他的肩膀上。

泰特斯是个内向的男孩，可这会儿，他单薄的年轻身体紧挨着法官坐着的椅子，竟然滔滔不绝起来。

法官的嘴唇翕动着。"泰特斯，"他缓缓地说，"我不会像爱你那样爱别的孩子的。说实话，我真有点希望当初没发那个誓，可当时我的处境太艰难了，是老天爷把我救了出来，难道我不该感恩吗？"

"没……没……没错，"泰特斯急忙说，"我们过了段难熬的日子。我在病床上躺了那么久，也想了很多，先生。我对您隐瞒了不少事，以后应该更坦率些才是。我……我……我想，收养个孩子挺好的。我……我……我们会把他教成跟您和我一样的人。"他笑着用自己满头黑发的脑袋在祖父的银发上蹭了蹭，然后就蹦蹦跳跳地回房睡觉去了。

这下子公主高兴了：法官长长地松了一口气，靠在椅背上，把看书的灯拉了过来，随后拿起了一本书。

苏姬飞到他身边。渐渐地，法官看书看得入了迷，忘了抚摸她的白脑袋，她就自己凑过去，轻轻地啄起了他的手。

小泰特斯的病一直从漫长的秋天拖到十二月上旬才慢慢好转。到圣诞节时，他已经开始像原来那样胡冲乱撞了，只是脚还有点儿跛。医生说，这个毛病只能靠时间来治愈了。

虽然跛着脚，可他也不肯歇着，从早到晚地在外面瞎跑，等到圣诞节来临时，哪儿都能看见他的身影了。

按照老习俗，他和祖父每年平安夜都要去市里，逛逛商店，在人群里凑凑热闹。今年的平安夜，他们一吃完晚餐就动身了。如果有人告诉他们，法官的誓言在这个晚上逮到了实现的机会，他们一定会大吃一惊的。

自从和泰特斯聊过以后，法官就一直暗中物色，想找到一个合适的小男孩。他去几所孤儿院看过，还给朋友们写了信。可在这件事上他十分挑剔，尽管孤儿有不少，可到现在为止，每个被推荐给他的孩子都让他觉得不太如意。

"这个节气真喜庆，先生。"小泰特斯说。他正努力地模仿着大人的样子，和祖父肩并肩地大步流星往前走着。

法官点了点头，因为正像泰特斯说的，今年的节气真是不错。地上落了好些雪，最适合滑雪橇了。空气清新而寒冷，却不算太凛

冽，白天万里无云，夜里清朗明亮，让外出成了件乐事。

圣诞惯有的喧嚣无处不在。街上的人熙熙攘攘，商店里顾客盈门。法官和泰特斯没什么可买的。泰特斯早就给祖父和仆人们买了礼物，法官帮他把礼物整整齐齐地包好了，贴了标签，分别放在书架的两个大抽屉里。到现在为止，苏姬公主是唯一见过这些礼物的。

所有的一切都喜气洋洋的，叫人高兴。没人瞧着是难过伤心的。男男女女，老老少少，个个都笑容满面，兴高采烈地说着话。泰特斯左顾右盼，这里瞧瞧，那里看看。正在这时，祖父说："你觉得那个男孩是怎么了？"这句话让泰特斯收起了自己飘忽不定的目光，笔直地朝前望去。

只见一个小男孩穿着长长的大衣，头戴着破旧的毛皮帽子，在他们前面沿着马路快步朝前走着。他的步子时而干脆利落，时而又拖泥带水，踉踉跄跄，甚至会一头撞到商店的橱窗上。有一次撞上后，他还把自己的小脸贴在冰冷的玻璃上，盯着里面的玩具看。

小男孩脸色很白，脏兮兮的，眼里全是惺忪的睡意。泰特斯困惑地问："您说，是不是有谁给他喂了什么东西，所以他才这样摇摇晃晃的？"

"不太可能，"法官说，"这小家伙的脚踝一定是累坏了，你看他的样子。"

小男孩又开始埋头走路了。可这次他摇晃得实在太厉害了，竟然一头栽倒在积着雪的人行道上。他皱着小脸坐在那里，嘴角挂着一抹奇怪的微笑，眼神直勾勾的，可看的并不是路上的行人，而是地上的冰雪。

法官和泰特斯是最先赶到他身边的。"来，"法官低头望着小男孩，"再试试。"说完就把他扶了起来。

小男孩用审视的目光慢慢地瞥了他一眼，然后神秘地微笑起来，说："我的小笨脚撞上了乱跑的幽灵，所以滑倒了。"

"你……你……你是不是生病了？"泰特斯不加遮掩地问。

小男孩用戴着手套的手轻轻地拍了拍身上外套的前襟："他们这些幽灵叫我迟到了，老鼠先生又在玩他的老把戏了。"

"你饿了。"法官说。

小男孩打了个呵欠——一个透出深深的疲惫和虚弱的呵欠，可叫法官吃惊的是，他竟然还想止住呵欠。紧接着，他的小脑瓜就像小鸡啄米似的一个劲儿地点了起来："烤炉里给我留了些吃的，可是还得走老远的路才能赶过去。"

"我们把路堵住了，"法官说——的确有许多路人停在四周听着他们的谈话，"牵着他的手，泰特斯——来吧，孩子，到这家餐馆里来。"

小男孩像梦游似的把手递给泰特斯，由着他们带着进入了一个灯火明亮、金碧辉煌的房间里。

"真……真……真想知道，他心里是怎么想的呢？"泰特斯暗暗地想，"来，小鬼头，把你的帽子摘下来。"

小男孩费力地捂着他那顶毛茸茸的——或者也可以说是光秃秃的——帽子，可是根本拦不住泰特斯，最后，他虽然放弃了反抗，眼里却出现了一丝受伤的意味，盯着正把他那带毛的寒碜物件交给服务员的泰特斯。

随后，他抬起手来，带着孩子气的小小虚荣心，抚了抚被汗水沾在额头上的稀疏的卷发。

"你想吃点儿什么？"等他们在一张小桌前坐好后，法官问他。

"猫咪爱喝牛奶，"他神情恍惚地说，"狗儿爱喝布罗。"

泰特斯看着他，压低了声音对他祖父说，"他……他……他是不是疯了？"

"不，他念的是一支苏格兰小诗。'布罗'是肉汤的意思。他这是累坏了。"法官解释完，又问他，"孩子，要我念菜单给你听吗？"

"那就拜托了，先生。"他羞怯地说完，疲惫却又不失优雅地把

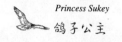

手里摆弄着的菜单递给法官。

法官抬起眉毛，戴上他的眼镜，接过了他给的菜单。

"要牡蛎，先生，"这孩子一本正经地对正在浏览菜单的法官说，"清汤牛肉，还有民主共和冰淇淋。"

民主共和冰淇淋是这家一流餐厅的特色甜点。这个穷得响叮当的孩子似乎对这家的招牌菜很熟悉，泰特斯乐不可支地窃笑起来，笑声还挺大。

他的祖父向他投去充满警示意味的一瞥，不过这孩子并没有听到他的笑声。他懒洋洋地打量着这个豪华的地方，那样子似乎在说："这些我都见识过。"随后，在等着上菜的工夫，他一声不吭地睡着了。

法官和泰特斯仔细地观察着他的模样。

"你看见没，"法官说，"他的脸和手都很脏，衣领却干干净净。他只是外表脏而已。看看他的衬衫袖口，虽然破旧，却白得很——他的外套也缝补得很仔细。"

泰特斯点了点头。法官留意到，泰特斯在打量这个沉睡的孩子时的神色十分和善。见到这一幕，他自己的脸也亮了起来。他这个人既不浪漫，也不喜欢感情用事，可他是一个有信仰的人，他相信上苍的引导。

他是在上苍的引导下遇到这个小男孩的。他马上就能让泰特斯添个弟弟了。可随即他又谨慎地考虑到，这孩子得没什么拖累才行，而且他父母辈也得有个好品性。在他沉思的这段时间里，小男孩一直在沉睡。

"小……小……小鬼头，"片刻之后，泰特斯喊道，"醒醒，吃饭啦。"

孩子睁开眼睛，冲着他甜甜一笑，便镇定地拿起一把叉子。

结果，他又趴在牡蛎、清汤牛肉和冰淇淋中间睡着了。他闭着眼睛把一块面包送进自己嘴里——说真的，他睡着的次数太多了，让泰特斯忍不住纳闷他是怎么把那么多食物吃进肚子里的。

最后，他终于吃完了，可接着又做了一件让法官和泰特斯完全摸不着头脑的事。

用餐巾擦完嘴巴后，他把餐巾放到桌上，解开外套的扣子，把手伸进前胸的位置。

这么做时，他眼里蒙眬的睡意没有了，取而代之的是一抹伤感。他拽出一条小手帕，手帕边上绣着漂亮的狮子和老虎图案。他展开手帕，假装从里面捧出一个什么东西，把它放到桌子上。接着，他把面包和蛋糕的碎屑放到了这不存在的东西前面。

"你……你……你在干什么？"泰特斯毫不避讳地问。

"喂小不点吃饭呀。"小孩一本正经地说。

"什……什……什么小不点？明明什么也没有啊。"

"你没瞧见我的小老鼠吗？"小孩不耐烦地反问。

"老……老……老鼠！"泰特斯惊呼起来，"我的天老爷啊！我可不喜欢老鼠。"

"他已经死了，"小孩轻声说，"被一只猫咪害死了——不是我们家的猫咪。"

"如果他死了，你怎……怎……怎么喂他？"泰特斯带着男孩特有的冷酷追问道。

"可他现在是个小幽灵了。"小孩感到很奇怪，轻轻地摇着头说，"所以我就把他带过来了——你吃饱了吗，小鼠儿？"他温柔地垂下头，贴到桌子上问。

"饱了。"他自己小声地嘀咕着，把那只"幽灵"捧起来，用手帕把他包好，重新贴着他小小的胸膛放好。

法官有一种奇怪的不安感。又是一个动物迷——比泰特斯更糟糕，因为泰特斯没什么想象力，他感兴趣的只是动物们充满活力的身体，而不是他们死后的幽影。

老鼠的插曲一结束，小孩又犯起困来。吃光了冰淇淋的泰特斯

把皮毛帽子扣在小孩的头上，带着他跟在法官身后走到餐厅的门口。

小孩却扑通一声栽倒在门阶上。

"我……我……我敢说，"泰特斯结结巴巴地说，"他这是在祈祷。这……这……这次他肯定会一觉不醒了——一定是被人下了药。"

"这是正常劳累后的反应，也可能是异常的劳累，"他的祖父说，"如果是药的作用，他的睡眠是不会中断的。去叫个雪橇车过来，我们坐车把他送回家去。"接着，他弯下腰，轻轻地摇了摇小孩，问，"孩子，你家在哪里？"

"里弗街45号，"他昏昏沉沉地回答，"廷斯比太太家。"

当他发现自己被抱起来放进了温暖的雪橇皮座椅里时，他睡得比刚才更香了。

"里弗街——里弗街，"法官叹道，"可怜的孩子！"

很快，他们就离开了灯火通明的拥挤街道，在泰特斯格外讨厌的那种狭长而又阴暗的街上穿行起来。

街道那边的民房后面就是码头。白天的纷乱已经结束了，码头变得沉闷而冷清。街上倒还有些生气，尤其是酒馆和小商店附近。

就连里弗街也得过平安夜啊。

"45号，"司机念叨着，"到了。"说着，他把车停在三间灰突突的、叫人看着气闷的民居的中间那栋窄房子旁边。

"光有个建筑的架子而已。"法官抬眼瞟了一眼这几间房子，喃喃地说，"穷人连给房子取暖的煤都没有，我们的华屋里却多的是炭火。"

雪橇停了下来。马铃那欢快的叮当声刚止住，45号民房里一扇窗户的帘子就被拉开了。接着，门打开了，一个穿着棉衣、瘦得像纸片的女人跑了出来，来到他们面前。

"噢，孩子！孩子！——可别让我听见死讯！"

"慈母的担忧。"法官自个儿在心里做了结论。说也奇怪，他的心竟然蓦然一沉：如果这孩子的母亲健在，他就永远得不到他了。

他看着那个激动的瘦巴巴的女人。她把孩子从皮座椅里拽出来，又搂又抱："噢，伯瑟尼！伯瑟尼！你还没死呵。"

"没有死，"法官说，"他只是睡着了。"随后，他把自己撞见这孩子的经历告诉了这个女人。

她抬头听着他说的话，干瘦的脸上露出紧张的表情。过了一会儿，法官就不再说了，因为他发现自己说的话她一个字也没听见。

"我聋了！"她大声说，"比旁边那根铁杆子还聋哩！进来，快进来。"她牢牢地握着孩子的手，回到巴掌大的门廊里，使劲推开门。里面是一个小小的房间，摆着一张桌子，似乎是餐桌。

"等着我们。"法官叮嘱了车夫一声，就跟着她进去了。

桌子上的布虽然是白色的，却破破烂烂的，所有的摆设让空间显得十分局促，法官得小心躲着才能避免撞到头。他原本就心软，现在人渐渐老了，一想到富人和穷人之间那种可怕的不平等，他心里就会涌起一股酸涩的同情。

"这小鬼头怎么会困成这样？"他指着孩子问。

女人看见了他的动作。"哦！先生，"她说，"让他们熬到这么晚真是太狠心了。他们早上九点就开始干活了。"

"干活！"泰特斯跟着说了一遍。

他那清晰的少年嗓音倒是传进了聋女人的耳朵里。

"这孩子啊，"她指着坐在小凳子上直打呵欠的小男孩说，"自打今天早上九点起就一直在干活，只有吃午饭才能得到一个小时的空闲——这是千真万确的，就像我是个活生生的女人一样。"

"他干的是什么活儿？"法官问道。

女人没听见他说的，却也猜出了他的问题。

"工作时间是从九点到下午五点，我可以当着上天的面起誓，我不愿让自己照看的孩子干这样的苦力，实在是因为要喂养这些孩子把我的灵魂都榨干了。"

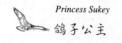

"他干的是什么活儿？"法官在她耳边吼道。

"活儿啊，先生——做纸盒子。您是知道的，一到圣诞节，那些个有钱人就非得弄些盒子装糖果才行。生产盒子的合同都被那些吃人不吐骨头的人给拿到了。这城里有无数个干苦力的孩子，他们不知道如何遵守法律，也对法律一无所知。我倒宁愿老天爷永远不过圣诞节。这日子对有钱人来说倒是快活，您只消掏出您鼓鼓囊囊的钱夹子，相互之间送送礼物，等着节日过完就行了。可穷人呢，一到这时就有干不完的活儿。"

法官皱起了他的白眉毛。

"看看这张桌子，先生，"女人继续说着，"今天晚上五点才摆好——那是穷人们该停下来喘口气的时候。看看面包师卖给我们的酸面包，食杂店老板称给我们的带盐黄油，还有这糖浆和干酪皮。这就是我们的平安夜晚餐，就算这样，它也已经等了我的寄宿客们好几个小时了。"

法官什么也没说，目光却在打量着这寒酸的房间。他估摸着这是一家寄宿旅馆，八九不离十。

瘦小的女人生了一双敏锐的眼睛，知道他的眼神是什么意思。

"是的，先生，我是靠给人提供食宿为生的——自打我丈夫在城里的下水道工作时被毒死后就一直如此。这个寄宿客，"她指着桌子上的一个盘子说，"名字叫马修·琼斯。他在一家皮草店工作——已经过了下班时间了，可因为现在是圣诞，有些个贵妇们今晚非穿黑貂皮不可。他工作的地方光线暗得很，他眼睛又不好，可就算这样，他还是得工作，要不就会被开除。他旁边的是哈里·雷，是个干快运的，只有十七岁，还是个孤儿。这阵子，他每天要开车到凌晨一两点，午饭都只能在坐在他的运货车里吃，得了重感冒。等圣诞过了，他八成会得肺炎。还有法利那个老头儿。他在给一家小公司搬运包裹——可怜的老伙计，到了该睡觉的时候，还跟跟跄跄地在外面受着冻。唉！先生，我们不讨厌工作，我们这些穷鬼愿意整天当牛做马，可我觉得有钱人应该叫我们也过过平安夜。我们会更好地为他们服务的，先生，我们会的。"

法官垂下他白发苍苍的头，低落地点了点。有时，生活里似乎没有欢乐，没有叫人高兴的事，只有严厉的工头和畏畏缩缩的苦工。

"最苦的就是孩子们了，"女人压低声音继续说道，"他们真叫我心如刀绞。我刚上床歇着，他们却连这假期也要工作。我就是在等这只流浪的小羔羊呢。"她望向那个打瞌睡的孩子起伏的身躯，目光顿时柔和了下来。

法官抬起头。"这不是您自己的孩子吗？"他尖锐地问。

女人向泰特斯求助："他说什么？"

泰特斯把问题重复了一遍，她则专心致志地盯着他嘴唇的动作。

"我的孩子！"她激动起来，"噢，没有的事！看看我的头发，先生，跟乌鸦似的，他的卷发颜色却浅得很。"说着，她走了过去，把一只手放在那孩子的头上。

"那么他是谁的孩子呢？"法官问。

女人不耐烦地对泰特斯说："还是你来说吧。他的嘴巴被胡子挡住了，我看不见。"

"父……父母，"泰特斯大声说，"那男孩的父母。他的母亲是谁？"

"母亲！"廷斯比太太跟着念叨了一遍，"不行，我不能说，等我为这孩子找到一位抚养人再说。'苏珊·廷斯比，'他的妈妈临死前躺在这间房子里对我说，'苏珊·廷斯比，你对我来说是个好朋友。等上天派人来接走我的乖宝贝时，就把我的不幸遭遇讲出来，虽然不值得一提——'先生，如今我已经养了这孩子十个月了。我经常自己也没吃的，可这个陌生人的孩子却从来没饿过肚子。"

法官一声不吭地坐了一会儿。这个女人不是孩子的母亲，一明

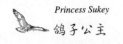
白真相，他就开始意识到他们的脸长得有多么不一样了。廷斯比太太的脸尖削而黝黑，那小家伙的脸却圆润而苍白。

"没错！"她突然喊起来，"那孩子长得胖嘟嘟的。"

法官看着她。她虽然聋，却一点儿也不傻，能敏锐地洞察别人的想法。

"穷人家的孩子大多都是这样，"她继续说道，"酸面包吃多了，就让他们像吹了气似的鼓起来了，他们喝的那么些西北风也起了一样的作用。可是，天可怜见啊，那可不是有钱人家的孩子们身上的腱子肉。一得上肺炎或肺结核，他们就跟阵烟似的没了。"

"问问她，这男孩的母亲是什么出身。"法官对泰特斯说。

"他……他……他母亲是大户人家的夫人吗？"泰特斯大声问，用下巴指着那个孩子。

"夫人！唉，我猜是吧，"廷斯比夫人愤愤然地说，"和您差不多的门户。她生前是纽约城外的一位教师。我知道她娘家的姓氏。她丈夫的姓氏就不值一提了。其实我说出来也不打紧，是史密斯。"

"问问她，那个当丈夫的品行怎么样。"法官说。

"那……那……那个当丈夫的，"泰特斯问，"是个好人吗？"

"他是个滑头鬼。"廷斯比太太简短地回答。

"滑头鬼？"法官嘀咕道，"泰特斯，再问问，多套些话出来。你清楚我想知道些什么。"

"滑……滑……滑头鬼是什么意思？"泰特斯磕磕巴巴地问。他有意说得很慢，把每个字的口型都发得很准。

"小少爷啊，"廷斯比太太不无讥讽地说，"假如你长大娶了妻后就自己离开，把她扔在像这里一样破败的寄宿旅馆里，只偶尔回来一两次，带她和孩子去高档的馆子里吃顿午饭，然后就又扔下他们用面包和糖浆填肚子，那我就会说你是个滑头鬼。"

"我……我……我不太喜欢这个女人。"泰特斯压着嗓子，局促不安地对祖父说。

"不用在意，孩子——她没有恶意。再多问问。那丈夫是做什么营生的？"

泰特斯尴尬地笑了笑，又问："那……那……那个滑头鬼是干什么的？"

"给他的主人打下手，"女人瞟了一眼已经睡着了的孩子，简单地交代道，"有时候赚不少，有时候又穷得叮当响——他是干什么的？"她忽然用食指指着法官问。

"他……他……他是位法官，"泰特斯骄傲地回答，"几年前才退休——因……因……因为身体不好。"说完，他又补充道，"不过他现在已经没事了。"

"噢！"廷斯比太太惊叹道。她仍然盯着法官，意味深长地对他说，"说不定您还在法院里见过他呢。"

廷斯比太太是个十分精明的女人。她看得一清二楚，尽管法官看起来冷冷淡淡的，可心里已经喜欢上那个孤儿了。

"当爹的已经死了，"她简简单单地说，"是当妈的给安葬的——她活着的时候就是人间的圣人，如今是天堂里的圣人了。"

法官什么也没说，只是拿起自己的皮手套，慢慢地往手上戴。

廷斯比太太把她那张紧张而急切的脸凑到他面前。"那个滑头鬼的父亲生前是福音会里的牧师，"她继续说道，"而他的妻子——"

她猛地止住话头。逝去的女人曾经明明白白地交代过她，只能对有意收养她孩子的人透露她娘家的姓氏。可是，廷斯比太太敢肯定眼前站着的就是那个人，于是她决定稍微透露一点儿。

"她娘家姓海特科尔。"她郑重地说。

可法官从没听说过海特科尔，所以看起来没什么反应。

女人急了，一把扯住泰特斯的衣袖："问问他——难道他没听说过海特科尔吗——出了名的肥皂商。所有的杂货店都在卖他家的

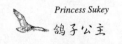

肥皂。"

泰特斯摇摇头。他看出来了，祖父压根儿没听说过这个姓氏。

"你问问，她为什么不向这些自家人求助？"桑克罗夫特法官说。

泰特斯问了她。

"向他们求助！这话说的，难道她没求过吗？一个女人为了孩子是没有什么不能做的。可她自己的爹妈已经过世了。海特科尔家剩下的都是她的叔叔和堂兄，可他们什么都不愿意做——把她最后一封信都给退回来了。"

法官站了起来。"我会叫人来找您的，"他说，"泰特斯，你告诉她，我会把她的事报道出来，再给她帮帮忙。"

泰特斯用孩子特有的方式噼里啪啦地转述道："我……我……我祖父会帮您的。也许他能给这孩子找个家。"

廷斯比太太把一只枯瘦的手放在泰特斯身上，眼睛却望着他的祖父，问："您自己不想收养这孤儿吗，先生？"

法官摇了摇头。

廷斯比太太拧着双手说："我喜欢您的长相，先生。也有些人喜欢这孩子，可我不喜欢他们。"

桑克罗夫特法官微微一笑，然后就把手伸向自己的衣兜。

这个瘦小女人的脸顿时涨得通红："我不是在乞讨，先生。我不要自己挣不来的钱。"法官掏出一只手来，握住了她的手，"泰特斯，和她握握手。"他说。

"祖……祖……祖父，"当他们跨过通往漆黑的狭小门廊的那道门槛时，泰特斯忽然大声说，"您看她！"

廷斯比太太站着为他们举起了一盏小灯，泪珠沿着她的脸庞滚滚落下，她眼里充满了痛苦，甚至是惊恐。

"我泄露了一个死了的女人的秘密，先生，"面对法官询问的眼神，她说，"我出卖了自己的灵魂，不会有好下场的。"

这女人发自内心的痛苦让法官猛地停下了脚步。给她本就不堪重负的后背再添上一副担子，这是多么残忍啊！

他看得出，她是一个诚实的女人。他对人性已经研究了很长时间，就算她想欺骗他也不可能得逞。如果他把孩子从她身边带走的话，以他的人脉和影响力，为男孩找个家是件易如反掌的事。

"夫人，"他又走了回来，彬彬有礼地说，"今天是平安夜，我衷心地希望您过得愉快。如果能让您开怀的话，我愿意把孩子带走，而且保证会给他找到一个好归宿。"

女人又一次抓紧了泰特斯的袖子。她明白了，却又没完全明白。

法官刚说完，她就转身把灯放在饭桌上，高高地举起双手。

"感谢老天爷！感谢老天爷！来吧，小乖乖，廷斯比老妈妈给你找到家了。起来，跟这位先生走吧。"她急急忙忙地唤醒沉睡的孩子，让他站起来，为他戴好帽子。

"这个嘛，"法官迟疑地说，"我没想今晚就把他带走。"

女人没有听清他说的话，尽管她说的话样子好像她听得很清楚。"最好是趁着天黑把他接过去，别让谁看见，也别让谁听见。我是个拖累，不想和那个高雅女人的孩子有什么牵扯。啊！先生，她就像我的姊妹一样。我会想念她的孩子的。"她怀着真诚的歉意把迷迷糊糊的小孩抱在怀里。

"我向您保证，"法官朗声说，"我不习惯鬼鬼祟祟。就算有人知道我从里弗街上接走了一个苦孩子，我也不在意。"

廷斯比太太没听见，泰特斯又兴奋过了头，也没有转告她，法官只好轻轻地耸了耸肩。

"我会想我的孩子的——我会想我的孩子的！"她哭着说，"这房子里就数这娃娃年纪最小了——再见了，宝贝儿——再见。廷斯比老妈妈会找时间溜过去隔着窗子偷偷看看你的。先生，您可别撇下这孩子不管——您的灵魂得走在他前头。"

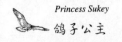
法官微微地笑了。她一察觉到这笑容，就猛地抬起头来，用两只敏锐的眼睛死死地盯着他。

"先生，您不用担心父辈祖辈的事了。我的寄宿客们有天晚上聊过这个。他们中有人说：'我看了杂志上的一篇文章。上面说，我们每个人的先辈里都有当过小偷强盗的。'您相信吗，先生？"

法官此时有些茫然，只顾着往门外走，没顾得上她这些滔滔不绝的话。他一心只想回到自己安安静静的家里，好好地把事情想一想。可他总得给她一个答案。于是他再次转过身来，说："我更希望这男孩的父亲是个正直的人。"

廷斯比太太紧跟在他身后，专心致志地听着，所以听到了几个字。

"男孩——没错！"她朝泰特斯点了点头，赞许地笑着，大声说，"是个实诚的男孩！"

"我说的是，"法官猛地站住，大声说，"我希望您这位小公子的出身是清白的。"

"我的小公子，"她难过地说，"我的小公子——唉，先生，我有三个儿子呢——天知道我怎么才能把他们拉扯大。"

这时，小孩退缩起来。他已经完全睡醒了，小小的脸上写满了不安。

"廷斯比妈妈，"他扯了扯女人的外衣，让她把耳朵低下来凑近他的小嘴巴，"他是第三任好妈妈的丈夫吗？"

"是的，乖乖，是的，"女人一个劲儿地点着头说，"你的第二任妈妈得让你离开啦。要听话，放聪明些。"

孩子万分难过地看了她一眼。他一点儿也不想跟这些陌生人走。可是，过去的事已经教他知道，这种事总会发生的，所以他没有抗议。他用自己的小手握住泰特斯向他伸过来的手，跟着法官走到了街上。

第五章　法官的意外发现

回家的路上谁也没有说话。法官和泰特斯坐在雪橇车的后座上，一直望着对面那个安静得出奇的孩子的那张苍白、严肃的小脸，眼睛几乎没有挪开过。

他这会儿倒没有睡觉。他们能看清楚他那两只褐色的大眼睛，它们像两颗肃穆的星星一样，闪着沉着的光。

当他们回到家前面的那条大路上时，泰特斯礼貌地帮着小孩下了车，往长长的阶梯上走时也一直牵着他的手。

黑格比已经上床睡觉了，女佣开门时露出了值得玩味的表情。谁也没有向她解释什么。还没等摸清状况，她就被叫去让布洛杰特太太立刻来客厅了。

泰特斯把那个小小的陌生人抱到椅子上，开始摘他的帽子和手套。

"布洛杰特太太，"法官对刚赶过来的贤惠的女管家说，"我想让你来照顾这个孩子。现在立刻送他去睡觉。他要是紧张，就让人陪着他一起在房间里睡觉。今晚就别带他洗澡了，他累坏了。明天一早，给他穿戴好后就带他去楼下吃早餐。"

布洛杰特太太惊讶地低头望着脏兮兮的小孩。这是谁呢？她不喜欢孩子——尤其讨厌又穷又脏的孩子——自家的除外。

这时，一只小手悄悄地抓住了她的手，一张忧郁而疲惫的脸正

满怀信任地仰望着她，渴望着第三任妈妈能投来温柔的目光。如果连这都能抗拒的话，布洛杰特太太就不是个女人了。这孩子应该只是来家里过夜的吧。

"好的，先生。"她恭恭敬敬地说，带着不再多瞧法官和泰特斯一眼，而只顾紧跟着她的小男孩上楼去了。

这天晚上，法官爷孙俩都没怎么说话。法官慢慢地喝了一杯热牛奶就去睡觉了。他的日子过得很平静，而这个晚上的经历给他带来了许多需要深思的问题。

泰特斯兴奋极了。圣诞节的来临通常不会让他兴奋过头，可如今家里又来了个孩子，他觉得自己的脉搏都加快了。这个新来的孩子也得有些礼物才行。是该把自己的新礼物分些给他，还是给些旧的就足够了呢？他不想在这件事上征求祖父的意见。他在阁楼上还有不少旧玩具，明天一早，他就让黑格比把它们拿下来，或者，他自己带着那小家伙上去更好。竟然让这么可怜的小不点儿出去干活，真是太可恶了。泰特斯年轻的胸膛里涌动着从未有过的慷慨无私的冲动，渐渐地睡着了。

第二天早上，他吃早餐迟到了。他的祖父已经做完了祈祷，仆人们也都分散了，各干各的活儿去了。黑格比刚把第二轮咖啡送到饭厅里。

"请……请……请原谅，祖父，"泰特斯跟在他身后快步走进来，"黑格比敲门叫过后，我又睡着了。圣诞快乐，快乐多多！"说完，他在桌旁坐下，兴高采烈地左顾右盼。

这间漂亮的长厅里满是阳光。

"可……可……可敬的太阳伯伯，"泰特斯赞叹道，"他照在我身上时，我穿戴起来就更麻利一些。我……我……我讨厌一大早的那种阴暗。小……小孩在哪儿呢，先生？"

法官朝门口看去。黑格比刚为布洛杰特太太和她负责照看的客人把门打开。

接着，滑稽的一幕出现了。布洛杰特太太站在门口，身边站着个面色苍白的漂亮小女孩。她穿着一件好看的白布裙，头发用金色的发带编成了辫子。

法官和泰特斯齐刷刷地望向布洛杰特太太。他们都知道她有一个让她倍感自豪的小孙女。那小女孩偶尔会来家里玩耍，布洛杰特太太总带她来见法官，只为了听他夸她两声，温和地看她一眼。

这次，法官两点都做到了——"圣诞快乐啊，小家伙。过来拿个橘子吧。布洛杰特太太，那个男孩今早怎么样？"

布洛杰特太太推了推那小孩，不过小孩不太愿意离开她而去法官身边。

布洛杰特太太疑惑地问："先生，男孩么？"

"对——昨晚我带回家的那个男孩。"法官回答说。

"男孩吗？先生，"她困惑地重复了一遍，原本就红通通的脸变得更红了，"没有什么男孩啊！先生。"

法官耐心地注视着她。布洛杰特太太年纪大了。最近他已经发现了好几次，她好像变笨了，不能马上理解他说的话。

"昨天晚上我带了个小男孩一起回来，你应该记得吧？"

布洛杰特太太抬头望望天花板，低头瞧瞧地板，又往桌子下面和她身后的客厅看了看，似乎在寻找一个弄丢了的小孩。

然后，她底气不足地说："我是个肉眼凡胎的女人，先生，我没看见什么男孩，先生。他肯定是从门阶那里溜走了。我了解这些穷孩子，他们就跟狐狸一样狡猾。"

"不，他没有溜走，"法官静静地笑着说，"我把他带进家里，交到了你手上。"

布洛杰特太太的脸变紫了，压着怒火对黑格比说："如果昨晚你也在场，而不是上床睡觉了的话，我一定会戳穿你，那是你搞的鬼把戏。"

"别让黑格比当你的替罪羊了，"法官坚定地说，"你自己好好回想一下昨晚的情形。这是件很严肃的事，布洛杰特太太。我把一个小

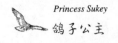

男孩交给了你。我要对他的安全负责。我把他带进了这栋房子里,把他交给你照顾。说吧,他现在怎么样了?"

"老天爷可怜我吧!"布洛杰特太太嚷嚷起来。她尴尬地拧着双手,失控似的望着自己周围,"是您——桑克罗夫特法官——在说话,而我——多琳达·布洛杰特——在听着吗?"

"你只是看上去在听,"法官冷冷地说,"可是你肯定没听明白。请你离开,好好地回忆一下,也好好地在家里找找那个男孩。泰特斯,你是怎么回事?"

"你也疯了不成?"法官很想加上这么一句,所幸他没有这么做。小女孩趁他说话时腼腆地朝他走了过来,泰特斯则一直不错眼珠地盯着她瞧。法官很快把目光转到小女孩身上。他定睛一看,才发现她根本不是布洛杰特家的后辈。眼前这头稀疏的卷发,这双冷峻的大眼睛,他好像在哪里看见过?

"先生,"布洛杰特太太可怜巴巴地吸着鼻子,把她的手绢揉成一团,"您以前从没怀疑过我的话。到了我该辞职的时候了。"

"我没有怀疑你的话,"他心不在焉地说,"只不过——"他又把目光挪到小孩身上。

"这小女孩是你从哪儿弄来的?"他简短地问。

"这就是您昨晚带回来的那个小女孩,先生,就是那个没有什么男孩陪着的小女孩,千真万确。珍妮也瞧见她了——去问她,是不是还有个男孩。"

"哎呀!"法官把手放在桌子上,大声说,"哎呀!"

泰特斯的眼睛都快瞪出来了。他咳了几声,接着大笑起来,笑得连话都说不出来了。

"先生,"布洛杰特太太不安地说,"她外面穿的那身就像个男孩似的,里面却是件小裙子,实在太可怜了,所以我自作主张,把我的孙女儿玛丽·安穿不下的派对礼服裙给她穿上了,原本我是准备拿去送给孤儿院的。"

　　见法官还是没有说话，布洛杰特太太继续说道："可不是嘛，您的确嘱咐的是让我把这个男孩带去睡觉。是我没留心，先生。虽然我很尊敬您，可从没想过要违背上天的旨意，把这小女孩当成小男孩。"

　　"噢，祖父！"泰特斯笑得喘不过气来，差点没滚到桌子下面，"噢！噢！祖父！"

　　法官的神情顿时缓和了。他看了看左右，先是微微一笑，接着变成开怀大笑——这笑声如此爽朗，本来就不傻的布洛杰特太太终于明白了是怎么回事，也跟着笑起来。黑格比发现自己没担上什么过失，也附和着吃吃地窃笑不已。女仆们刚从厨房里上来，准备去屋子里的各处做事，听到这畅快的笑声，也都愉快地笑了起来。

　　"这是圣诞节给你我开的一个善意的玩笑，泰特斯，"法官用手帕擦了擦笑出的眼泪，总结道，"常言说，求什么就来什么。我们原本想的是找个男孩，所以就劝服自己，认为我们找到的就是个男孩。"

　　"那女人是故意骗您的吗，先生？"泰特斯从桌子底下把头探了出来，揶揄地看了一眼他的祖父，又看了看那个小女孩。

　　"不是，她看起来是个诚实的女人，只是因为耳聋，所以我们说的话她听不分明。现在想想，她的确一次也没说过这孩子是个男孩，是我们自己得出的结论。"接着，他对女孩说，"你为什么不告诉我们你是女孩呢？"

　　她朝他静静地微笑起来，这笑容叫他确信她不是有意瞒着他的。而后，他又发现她的嘴唇已经干裂了，当她望着他身后的餐桌时，嘴唇轻轻地动了动。

　　"你饿了啊，"他和蔼地说，"黑格比，把她抱到她的座位上去。"

　　小孩扭头望着布洛杰特太太，希望能和她一起坐到餐桌旁。女管家带着无比欣慰的微笑走上前来，把她抱进椅子里。多亏了这位小小的陌生人，她才能得到法官和善的一瞥。

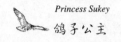

"我得请你原谅，布洛杰特太太，"法官说，"这一切都是误会。这小女孩是个孤儿。我答应给她找个家，可她的打扮让我误把她当成了个男孩。她是由一个善良的女人负责照料的，所以她昨天穿的可能就是那女人儿子的外套。"

"没关系，先生，"布洛杰特太太说，"我应该记得您说过的话才对。现在我想起来了，您清清楚楚地对我说过她是个男孩，不过，就像我说的，您改变不了人的性别。"说完，她换了另一种意味不同的欣慰微笑，摇摇摆摆地走开了。

泰特斯此时已经镇定下来，或者说差不多镇定了下来，因为他每隔两分钟就一定会把餐巾掉在地板上，又要花老长的时间才能把它捡起来。从始至终，他几乎一直都目不转睛地看着小女孩。

她正在吃法官给她的橘子，吃相文雅而安静，一点儿也没把果汁洒到白色的礼服裙上。她一边吃，一边好奇地打量着房间。

性别的问题让法官有些烦恼。他一直以为这是个男孩，结果她却不是，这真是叫他大失所望，因为这样一来，她就不能给泰特斯作伴了。

"孩子，"他和蔼地问，"你叫什么名字？"

"伯瑟尼，"她轻声回答说，"我是小伯瑟尼。我妈妈是大伯瑟尼。"

"小伯瑟尼，"法官说，"这是个好名字。你想吃点儿什么？你想吃米糊吗，玉米糊？"

"随您的意，先生。"

"黑格比，给她拿一点——上面多浇些奶油——我们新英格兰的祖祖辈辈都是吃印第安玉米长大的，给孩子们吃的也是这个。如今我们吃它吃得太少了。"

不知为什么，泰特斯突然害起羞来，不再和小孩说话了。他对女孩一无所知，对她们也不怎么感兴趣，所以法官觉得自己有义务把谈话进行下去。

"你几岁了？"他问。

"七岁，先生。"她回答说。

"你喜欢这个玉米糊吗？"他礼貌地继续问道。

她举汤匙的动作停了下来，说："非常美味，先生。"

泰特斯站起身来，走到餐具柜那里。他的祖父用警告的眼神看了他一眼——他已经笑得够多了。

这时，钟敲了十下，这声音让小孩改变了方才平静而安心的模样。她的脸唰地涨红了，神情痛苦地数着钟敲的次数。

"噢，先生，"她不安地放下汤匙，惊慌而愧疚地叫起来，"我迟到了一个小时。我得去干活了——工头会很生气的。"

法官凝视着她。他眼里的光芒消失了，心就像被一只铁爪揪住了似的。

看着眼前这个丁点大的孩子，看着她的惊慌和对迟到后果的恐惧，他突然感受到了这个世界的痛苦。受到侵犯的童年和它那鲜血淋漓的伤口，赫然就在他眼前。

他的喉咙一阵哽咽。一时间，这痛苦似乎让他难以忍受。

他沉重地呻吟着，然后抬起头。"孩子！"他咬牙切齿地说，"你的苦日子结束了。"

他咬字很重，把孩子给吓着了。她从餐椅上滑下来，脸色惨白，瑟瑟发抖地站在他面前说："先生，我想回到廷斯比太太身边。"

泰特斯赶忙跑来打圆场。"可你还没有喂你的老鼠呢，"他用孩子之间相互理解的那种狡黠友好地说，"我们有顶好的德国奶酪。黑格比——"

老伙计忙从红木餐具柜里取了一些奶酪屑过来。

小女孩的想法立刻转了个弯。她把手伸进她小小的怀里，掏出那条漂亮的手帕，凭空唤出老鼠的幽灵，喂它吃完饭后就把它放了回去。

接着，泰特斯又耍了个心机，带着她向祖父的书房里走去，对她说："圣诞节上午十一点左右，我们通常都会来这里收礼物。"

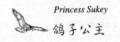

他们俩走出餐厅的样子让法官觉得异常美好——皮肤黝黑的男孩和白皙的漂亮女孩，都比他年轻太多了。

法官紧跟在他们身后，当他们在书房门前停下脚步时，他也停了下来。

小女孩看见了蹲在篮子里的苏姬公主。她猛地站住，屏住呼吸，靠近泰特斯，一动也不敢动。

"怎……怎……怎么啦？"泰特斯直愣愣地问。

"嘘，"小孩一脸心驰神往的样子，喃喃地说，"别说话，别动，要不然她会消失的。"

"她……她……她才不会呢——她是我祖父养的鸟。"

"那她就不是幽灵了。"伯瑟尼如释重负地说。

"幽灵？才不是呢。我挠挠她的爪子，你注意看她的舞蹈。"说着，他上前一步，走到壁炉毯前。

公主一看见他们过来就从篮子里出来了。她一个劲儿地点着头，"咕咕"地叫着。

"圣……圣……圣诞快乐，"泰特斯礼貌地回应，"祝你身体健康，有吃不完的种子。来，给这个小女孩跳支舞。"说完，他轻轻地碰了碰她的爪子，惹得她不停地转起圈来。

末了，她从他们的头顶飞过去，落在法官的肩膀上。

"噢，要是我能碰碰她该多好啊。"小女孩激动得浑身发抖。

法官坐了下来，把鸽子放在安乐椅的椅臂上。

"过来，小丫头，"他说，"来摸摸她。"

伯瑟尼怯生生地走过来，朝法官伸出一根食指。

碰到那根因干活而变得粗糙的细小手指，法官的心里又是咯噔一下。他带着她抚摸着鸽子毛领簇拥下的白脑袋，自己的目光却从鸽子身上移到窗户外面。愿上天帮助她，这孩子绝不能再受苦了。伯瑟尼呢，她一感到自己的手正在抚摸那天鹅绒般柔软的羽毛，就欢喜得忍不住发抖。

过了一会儿，公主不耐烦地躲开了那根爱抚她的小手指。伯瑟尼把手朝着天花板高高举起，说："我在街上见过他们。我唤过他们，可他们从不让我摸。我想，他们一定以为我是只猫。"

"你……你……你指的是什么——鸽子吗？"泰特斯问。

"是啊，鸟儿们——天上漂亮的鸟儿们。我爱他们，可他们不爱我。只有狗啊，猫啊，还有老鼠爱我。"

"嘿呀！"泰特斯忽然嚷嚷起来，"到十一点了。现……现……现在我们能收礼物了。"

法官按响了铃。在黑格比和布洛杰特太太的带领下，仆人们一个接一个地走进房间。

伯瑟尼冷峻的褐眼睛关注着每一个细节：白色包装纸下的大盒子是怎么送到人手里的，丝带是怎么解开的，人们是怎么惊叹和致谢的—— 一切都属于某个她从未踏足过的世界。

给女仆们的是镶毛边的手套、围巾、皮草披肩和暖和的冬装，给黑格比的是一件睡袍，给泰特斯的是一套精装书和一只新手表，这些东西在这个张口结舌的孩子眼前一一呈现，她仔细地瞧着各色各样的礼物，却没有流露出一丝羡慕或嫉妒。法官从她那张纯净的脸上察觉到了这一点。他做了个手势，让泰特斯给她拿一小盒毫不起眼地躺在他的无数礼物中间的糖果。

男孩连忙把它拿给了她。

"是给我的吗，"她脱口问道，粉色的脸蛋变得嫣红，"是给伯瑟尼的？"

"没……没……没错，给伯瑟尼的。"男孩亲切地说。

"噢，这就是花哨玩意儿的魔力。"法官想着，环视着整个房间。他有一大堆仆人，丝毫不亚于城里人的排场。他们竭尽全力地表达着对他的慷慨馈赠的感激，但这种感激是习惯，是他们事先就想到了

的。他们知道他会大大方方地赠礼给他们，换了是别的富裕的好雇主，也一样会这么做。只有这个孩子——他再一次凝视着她。

她的欢喜是悄无声息的。"噢，可爱的糖果，"她喃喃地说，"每个都穿着小裙子。噢，还有漂亮的粉色花边。"

"你怎么不吃几个？"法官问。

她用指尖轻轻地摸着它们："噢，先生，我不会吃它们的。我要永远留着它们，永永远远。"

"可是它们会坏掉的，它们做出来就是给人吃的。"

"您想吃一颗吗，先生？"她殷切地问。

"不吃，谢谢你。"

她认真地望着盒子里面，开始数起数来，一，二，三，四，一直这么数着。末了，她说："先生，这些足够廷斯比太太的孩子和寄宿客们每人吃两颗了。"

法官笑了起来，她不是个自私的孩子。

"我可以留一颗给那只身穿外套、衣领竖起来的可爱的鸟儿。"她甜甜地说。

法官露出困惑的表情。

"她……她……她说的是苏姬。"泰特斯解释说。

"谢谢你，小丫头，可鸽子是不吃糖的。"

"那么我想，您最好拿一个。"她害羞地说，手里拿着打开的糖果盒朝他走了过来。

噢，稚气的脸庞，稚气的风度，多么甜美啊！法官的眼睛渐渐湿润了。多年以前，上天也曾经赐了两个小女孩给他——两个梦一样美好的孩子。如今想来，他亲手把那两具幼小的身躯远置在乡下的墓园里已经是好多年以前的事了。噢，孩子，追念了那么久，现在却快要遗忘了。

"小丫头，"他温柔地说，"从前我也有过两个女儿，她们还没有你大呢。"

伯瑟尼回过头去，好像他说的是哪个礼物一样。

"她们长什么样子？"她满怀憧憬地问，"她们的脸跟我一样白，也长着稀疏的棕色卷发吗？"

"我的孩子，她们已经在墓地里躺了很久很久了。"

"可是她们的幽灵，"她用不耐烦却招人喜爱的口吻说，"您能看见她们，不是吗？"

"你相信幽灵吗？"法官轻声问。

伯瑟尼噘着嘴巴说："他们到处都是，挤挤挨挨的，先生。我的妈妈每晚都在我的床脚那儿站着。昨天晚上，她耐心地等着我脱好了衣服才走。每次只要房间里只有我孤零零的一个人，她就会出现，挨着我坐着，把手放在我的额头上。她说：'宝贝女儿，别觉得孤单，有我陪着你。'你的女儿们晚上不在你身边坐着吗？"

"没有，亲爱的。"法官十分温柔地说。

"真奇怪啊！"伯瑟尼像看着某个新奇的谜团一样看着他。接着，她又说，"请告诉我她们长什么样子。没准儿我能瞧见她们。"

"多丰富的想象力啊，"法官喃喃地说，随后，他提高了声音说，"改天吧，孩子。"

伯瑟尼比她这个年纪的孩子都机敏得多。她没有揪着这个话题不放，而是环顾起整个房间来。仆人们把礼物包了起来，准备带走。泰特斯在看祖父送给他的关于旅游的书，读得入了迷。

"先生，"她突然开口说，"除了孩子们和妈妈们以外，还有别的幽灵呢。"

法官微微地点点头，这是默默认同的意思。他愿意由着她的性子来。

"有老鼠的幽灵，"她摸着自己的胸口说，"还有黄眼睛的斑点狗的幽灵。"

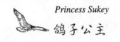

"的确如此，"法官被她逗乐了，也对她的话也产生了兴趣，"斑点狗又是谁呢？"

"他是个幽灵啊，"小孩一本正经地说，"可他根本没有死，他只是跑开了。我能一清二楚地看见他，就像能看见这些蜡烛一样。"说完，她把眼睛紧紧地闭了一会儿。

突然，她又睁开眼睛，大喊起来："他就在这儿呢，叼着骨头在乱跑呢——快点！抓住他！我想告诉他，伯瑟尼还爱着他。"

她一边说，一边出其不意地伸出双臂，朝前走去。

"怎……怎……怎么了？"泰特斯抬起头来问。

"我的斑点狗，"她叫道，"我可爱的斑点狗。当心，别让他咬着你的衣服。他是条很奇怪的狗。"

仆人们都吓了一跳，以为真有一条狗从敞开的房门里跑了进来，顿时乱哄哄地慌成了一团。

黑格比因为嘴皮子不利索的毛病，一直尽量不让在自己主人面前说太多话，可这时也慌得叫了起来："狗……狗……狗在哪……哪……哪儿呢？"

"在那儿呢，"小女孩大声说，"就在你的两脚中间呢。替我摸摸他，不过要当心，因为他讨厌老人，没准儿会在外套上面咬一口。"

黑格比先是一脚绊在他用胳肢窝夹着的那条被大家夸上了天的新睡袍上，接着又一头栽到了泰特斯的那一堆书上，把书都给撞飞了。为了能站起来，他随手抓住了一个女仆，把她吓得连连尖叫。

法官仔细地审视着小孩的脸。她吵着说有斑点狗是在故意捣乱吗？不，因为她眼里分明泛起了泪花。

"你们把他吓跑了，"她难过地说，"他跑到门外去了，说不定再也不会回来了。"说着，她一屁股坐下，用双手捂住了脸。

黑格比跌跌撞撞地跑出房去。他以为斑点狗还在里面，正躲在某个角落里等着咬他哩。

第六章　在鸽棚里

午餐过后，到了一点半，法官就去自己的书房准备午睡了，却怎么也睡不着。

那个古怪小孩的脸一直在他眼前晃。他很想知道，这会儿她在做什么。泰特斯把她带到阁楼上看他的那些旧玩具去了，顺便也让她给自己挑几个。泰特斯向她展示那些他不要了的玩具时，她会是什么表情呢？他真想去看看。因为对她来说，那间阁楼应该算是一座宝库吧。

她的脸多像面镜子啊，跟他的脸太不一样了，甚至跟泰特斯的也不一样，因为这少年虽然年纪不大，却已经学会了隐藏了自己的情绪。这会儿，他在带着她干什么呢？

他叹了口气，起身走到外面的走廊，下楼穿了件衬毛皮的外套，戴上一顶毛皮帽子，正准备出门，却看到了正从楼上下来的两个孩子。泰特斯没像往常那样乱跑，而是稳重地和他的小伴儿并排走着。

伯瑟尼眼里放着光，一只胳膊夹着个小丑娃娃，另一只胳膊夹着个喇叭，还捧了满手的玩具——好些玩具狗和玩具马，还有一个诺亚方舟模型和一辆玩具车。

泰特斯背上还背着一个袋子。

"祖……祖……祖父，"他说，"我想，我可以把这些东西送给廷

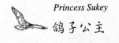

斯比家里的孩子们吗？"

"当然了。"

"可我该怎……怎……怎么把它们拿过去呢？您今天要坐雪橇车出去吗？"

"我没这个打算。我想步行。"

"我……我……我们带小家伙坐坐车吧。"泰特斯大声提议道。

桑克罗夫特法官笑了。泰特斯一向都很讨厌坐车，他不喜欢一直一动不动地坐着。

"那敢情好。"最后，他开口说。

"我正准备带她到上面的马厩里瞧瞧那些鸽子，"泰特斯说，"她……她……她对鸟可着迷了。"

"那就让罗伯劳把马套好，记住，别让我等太久，而且不能让这孩子穿着这身衣服外出。"

"我……我……我不知道给她穿什么好，"泰特斯为难地说，"总……总……总不能让她在白裙子外面再套上她那件脏外套吧。"

法官打开壁橱，说："我们来瞧瞧这里有什么能穿的。"

泰特斯走了过来，翻遍了抽屉和衣帽钩，拿了一顶小帽子出来。

"过……过……过来，小不点，试试这个。"

伯瑟尼小心翼翼地把她的玩具放在地板上，乖巧地把脖子往上伸了伸。

帽子大了好几码，可她一点儿也没抱怨，只是静静地把它往后脑勺上推了推。

"这里有条围巾，"法官说，"围在你的脖子上吧。"

伯瑟尼照他说的做了。紧接着，泰特斯又翻出了一件他自己穿过的短外套。

"这……这……这也太大了，"他说，"可她穿着能暖和。"

"那她的脚呢？"法官问。

"这……这……这个嘛，这儿有条大披巾，"泰特斯结结巴巴地说着，扯出了一条外出用的薄毯子，"等她上了雪橇，我们可以用来裹在她的脚上。"

"这样就没什么问题了，"法官说，"可是，她只穿着一双薄拖鞋，你准备怎么让她到上面的马厩去呢？"

泰特斯从壁橱里钻了出来，刚才的卖力翻找让他的脸变得红扑扑的。他打量了一眼伯瑟尼，说："我应该可以把她背上去，没几步就到了。等一进去她就暖和了。"

法官笑着慢慢地跟在他们俩身后。他们从另一条楼梯下了楼，打开通往后廊的门。门口有一条铺着木板的路，穿过花园直通马厩而去。

在后廊上，泰特斯很有男子气概地把伯瑟尼背了起来。

伯瑟尼用两条胳膊搂着他的脖子，回头冲法官笑了笑。在马厩门口，法官赶了上来。

马厩里生了个火炉，里头温暖而舒适，于是泰特斯让伯瑟尼滑到了地板上。

"这就是你们的马住的地方吗？"她仰起脸望着法官，怯生生地问。

法官点了点头。

她又朝周围望去，说："真希望廷斯比妈妈一出生就是匹马儿，这对她来说更好一些。"

法官皱起了眉头。可怜的孩子——她自己不也一样么，也在与人类命运那谜一般的不公平抗争着。

刚在畜栏边和罗伯劳说完话的泰特斯急匆匆地跑了回来。

"雪……雪……雪橇还有二十分钟就能开到门口了。我……我……我们先到上面去看鸽子吧。"说完，他带头走上了一段台阶。

伯瑟尼跟在他后头，偶尔从泰特斯那件外套的长袖子里伸出一

只手来，把头上那顶过大的帽子往后推一推，因为它一个劲儿地往下滑，把她的眉头都盖住了。

在查理·布朗的帮助下，泰特斯为他的鸽子们搭起了一个安乐窝。他的祖父准许他修了个半封闭的干草棚，还额外加了几扇窗户，地上铺了配套的松木板。

"整个城里没有比这更好的鸽棚了。"完工时，查理这么称赞过。

地板上铺了一层干净的粗沙，贴墙放着可以挪动的鸽子窝，还有最时兴的料斗和饮水器，都是特意给这男孩添置的。

这个新领地让泰特斯喜不自胜。就像布洛杰特太太预言的那样，他把大多数空余时间都花在了这里，有时候是他自己，有时候是和其他男孩一起。

所有的活儿都是他一个人干的。泰特斯站在给他的鸽子搭的这个干净的家里，带着应有的自豪感站在最上面的阶梯上，急切地等着小女孩张口说些什么。

伯瑟尼爬上阶梯，走进泰特斯为她顶着的那扇纱门，左右打量起来。

下午已经过半了，眼见着很快要天黑了，鸽子们打起了精神，在吃睡觉前的最后一顿。它们在铺着沙子的地板上走来走去，穿梭在各个架子之间，寻找最中意的谷粒。

它们构成了一幅美不胜收的黄昏画。泰特斯的鸽子种类不如他的朋友查理那么多，却也没少养。有纯白的雅各宾、浅黄色的雅各宾和白脸周围带一圈红毛领且喜欢点头的黑色雅各宾。除此之外，还能看见曲线简洁而瘦长的喜鹊鸽，优雅的大天使鸽，长着贝壳样羽冠的鼻簇绒鸽，羽毛卷曲而壮实的芙蓉鸽、燕子鸽、翻头鸽、仑替鸽和圆滚滚的球胸鸽，最后还有修女鸽，周身黑白相间，卷曲的侧羽下面生着白色的毛领。

伯瑟尼一声不吭地望着它们。法官努力地试图解读她的表情，可是除了迷惘以外，他什么也没看出来。

最后，他伸出手来安抚她，因为小孩的身子开始摇晃了。

"你是不是不舒服？"他担心地看着那张惨白的脸。

她点点头，说："是的，先生，伯瑟尼觉得不舒服。"

他把她搂进怀里，抱着她下了楼。没得到安慰的泰特斯恋恋不舍地最后望了一眼他漂亮的鸽子们，垂头丧气地跟了过去。他满以为小女孩会喜欢它们的，毕竟她似乎很喜欢苏姬公主。好吧，女孩子们都很奇怪，男孩们可比她们好满足多了。

法官把伯瑟尼放下，问："你怎么啦？"

"先生，"她脸上写满了敬畏，仰头望着他，小声问，"那是天堂吗，还是它们都是幽灵？"

法官试着思考。但想让他这个年纪的人重新回到孩童的思维太难了——何况小时候的他并不是一个想象力丰富的孩子，可他还是努力把情绪调动起来，想象自己对傻乎乎的动物们怀有热情，想象自己是一个身边没有宠物作伴而又忽然看到许多非常漂亮的鸟儿的穷孩子。

没错，他的确能隐约地体会伯瑟尼此时的恍惚了，这孩子是受到了震撼。

"你要不要回屋子里躺一会儿？"他温和地看着她发白的脸问。

"好的，先生。"她小声说。

法官抱着她沿着那条木板路往回走，泰特斯慢吞吞地跟在后面。

到了楼下的大厅里，法官问一个女佣："布洛杰特太太呢？"

"出去了，先生。"

"那等我离开后，就由你来照顾这个小姑娘。"

伯瑟尼没有抗议。女佣带着友好的微笑伸出一只手，孩子就静静地跟着她走了。

"让她躺下睡一觉，"法官说，"她累了。"

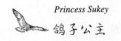

　　然后他转过身来，说："好了，孩子。你想干什么——留在家里，还是跟着我？"

　　泰特斯看着自己的祖父。今天是圣诞节，他应该陪着他才对。"我跟着您，先生。"他精神抖擞地回答说。

　　法官笑了笑。他们一起上了楼，从大客厅的门里出去，走到门阶下等待着的雪橇车前。

　　黑格比把给廷斯比家的孩子们准备的玩具扛了出来，塞到皮座椅下面。

　　没过多久，法官的几匹快马就跑到了里弗街上。

　　街上安静极了。天气很冷，大多数人都在家里庆祝圣诞节。

　　"我猜，他们中也有人能捡来些别人不要的漂亮东西。"泰特斯不无同情地说。他的祖父也同意他的观点。

　　即使在白天，廷斯比太太的房子还是又灰又暗的，和前一天晚在电灯映照下没什么两样，看着冷冷清清，像没人住似的。窗户那里没有孩子们的笑脸，破旧的窗帘缝里也没有透出一丝喜庆的火光。

　　泰特斯跳下车来，用两只手换着使劲敲了半天才有人开门，是廷斯比太太本人。

　　她高高兴兴地欢迎了他们。

　　"进来！进来！"她兴奋地扯着嗓子叫着，"快进来，先生们。进来，到下面去，我们正在那里庆祝呢，我们虽然穷，那里可不寒酸。"法官没有多想，朝昨晚他们坐过的那间小房的门走去，"这里，先生，在这下面的地窖里。"说完，她在他前面轻快地钻进了一条黑乎乎的楼道里，以惊人的敏捷消失在了地窖深处。法官和泰特斯只好摸摸索索着跟在她身后。

　　"这里，这里。"她嘴里招呼着，打开了一扇门，一道光线忽然照进了一片漆黑的过道里，"我们在这里呢——美美地吃过了晚餐，快活得像铜匠似的。"

"我……我……我倒宁愿自己不是什么打铜的。"泰特斯跟在她后面嘀咕着，被房子里鹅笼子似的气味熏得直皱鼻子。他走在祖父的前头，忠心耿耿地留着神，要是祖父摔了跤，他得挡在前头不让他倒下去。

"快活，快活——噢！真快活啊，"瘦小的女人念叨着，"我们都在了——整整齐齐的一家子。"

泰特斯站在一边，向从他身边走过的法官眨了眨眼睛。

"为了温暖，先生，为了安逸，也为了美好的时光，我们欢聚在这间厨房里。"廷斯比太太朝她的寄宿客们鞠了一个敷衍得可笑的躬，"先生们，这位就是带走伯瑟尼的法官。法官大人，这几个是我的孩子们。"她指了指六个穿着寒酸但模样机灵的孩子。孩子们从地上爬起来，放下饼干盒，尽他们最大的努力朝客人鞠了个像样的躬。

"是的，我们大家都在，"廷斯比太太大声说，"还围着炉火。不是我自夸，这火烧得挺旺的。那是哈里·雷，送快运的小伙子。说起来真叫我高兴，哈里的咳嗽好了一点儿，这还多亏了薄荷茶，要么就是因为他得到的那半天假，我也不知道是哪个；这是眼神不好的马修·琼斯，可他不能叫苦，因为今天是圣诞节；还有老伙计法利，他现在高兴着呢，暂时不用搬送包裹，他疲惫的腿可算能休息休息了——没错吧，法利？还有巴里·马菲蒂，他是个临时寄宿的。"

法官看着身边这些人，打心眼里同情他们。蹲在一团没多大的炉火周围，闻着充斥着强烈的鹅臊味儿的空气，连个舒服的座椅也没有，乍一看去，他觉得简直没有比这更悲惨的景象了。可是没过一会儿，他就改变了想法。

厨房里没几把椅子，其中两把让给了他和泰特斯。当他们俩在这间寒酸却干净的厨房里坐下后，法官才发现这里其实挺暖和的，所有人都是一副心满意足的模样；如果是在像他自己家那样的房间里，衣衫褴褛的他们肯定没有现在这么高兴。

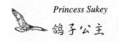
"这里很舒服，"他扯下自己的手套，搓了搓手，说，"在外面挨了冻再进来，感觉太舒服了。"

"如果房东们能给穷人提供些更好的房子，"他又想，"他们可能过得就没这么舒心了。是啊，我们这些富人不得不忍受的一些糟心事，他们倒省了不少。"

可是，他还是得听着廷斯比太太说的话。"我们过了个这么美好的圣诞节，"她正激动地嚷嚷着，"多美好啊。看看这个，还有这里。"她分别从三个孩子那里拿了一个小玩偶、一袋糖果和一个口哨，骄傲地拿给众人看。

不用说，这些礼物都是寄宿客们送的。当她当着法官称赞他们的慷慨时，他们却有些不好意思地扭开了脸。

法官被深深地打动了。这些小小的礼物，是如此简陋，毫不起眼，却能让收到的人这么幸福。

"言归正传，"廷斯比太太说，"请原谅我，没有一开始就过问她的情况——那个受庇佑的孩子还好吗？"

法官做出"很好"的嘴形。

"她是个小可爱吧！噢，您会像喜爱您的亲骨肉一样喜爱她的。"

"她不是个男孩，我感到很遗憾，"法官大声说，"男孩更适合给我的孙子作伴。"

"没错，先生——没错，先生，"廷斯比太太微笑着对他说，"一个男孩加一个女孩——正好是和美的一家子。我一贯瞧不上家里只有一对儿子或女儿的。"

法官朝自己的孙子挥挥手，说："你来告诉她。"

泰特斯把嘴巴凑近瘦小女人的耳边——不知怎么的，比往常都近了些——说："我……我……我的祖父说的是，他很遗憾那小丫头不是个男孩。"

"男孩！"廷斯比太太重复了一遍这个词，"噢，没错，她要是个男孩就好了。男孩们比女孩们过得轻松些，不过您知道，我们现在也改变不了她了。"

围坐成一个半圆的寄宿客们和孩子们，以及法官本人，都不得不同意这个说法。廷斯比太太看看这个，又看看那个，眼里透着满足。

"告诉她，就算我们以后不把那孩子留在身边，我们还是会关心她的。"法官说。

泰特斯有点儿尴尬地再次在她耳边大声说："没准儿我们会在别处给她寻个好归宿。"

"好归宿！"廷斯比太太重复道，"没错，没错，我知道——老天爷会因此而保佑您的。"

"我看你们的妈妈今天真是聋得很，是吧？"泰特斯对着几个大孩子中的一个问道。

孩子们齐刷刷地向他和他的祖父投来异常轻蔑的目光。他们一点儿也不缺心眼，而且已经得出结论，认为法官这次来拜访是因为他厌倦了伯瑟尼，想把她送回来。

"我来让她听清楚。"最大的那个女孩冷冷地说完，便把嘴巴凑到她母亲的耳朵旁边。她没有像可怜的泰特斯那样发出汽笛般的尖叫，而是用叫人听着发毛的语气低沉地说："这位先生厌倦了伯瑟尼——想把她退回来，就像对待一个包退包换的包裹似的。"

和她的这个孩子相比，廷斯比太太本人倒还更有人情味一点。带着惊讶而责备的神情，她问法官："是真的吗，先生？"

"不，"法官坚定地说，"不是真的。"

他马上和那个机灵的女孩争辩起来。让他大为困惑和吃惊的是，他，桑克罗夫特法官，里弗港的大人物，竟然和一个莽撞无礼的卖货的小丫头——因为她一看就是干这行的——吵起了架，还被她占了上风。

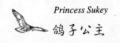

到了最后，他不得不向寄宿客们发出呼吁："你们哪位就不能帮着解释一下吗？那孩子是个招人喜欢的小可人儿，我根本没想把她带回来。我会亲眼看着她得到安置的。"

巴里·马菲蒂——那个新来的临时寄宿客，或者说访客——忽然大笑起来。原来的那些寄宿客自打法官一露面就扭捏起来了，只有这个衣着寒碜的中年黑脸男人仍然神情自若。他只是微微鞠了一躬，便从嘴里抽出一根没点燃的香烟，开始冷静地打量法官，从他头上的白发看到他脚上的黑色套鞋，略带羡慕地瞥了一眼那件露怀的衬毛皮的外套，接着就把注意力重新转移到旧式厨灶前面烧得火红的炉栅①上去了。

眼下，看到老绅士和能说会道的穷丫头之间的唇枪舌剑，他似乎乐不可支，而且丝毫没有遮掩的想法。

法官转头看着他。

"您用不着担心，先生，"马菲蒂悠然地说，"一切都会没事的。我们的女房东人不错。"

法官吃了一惊。这人是谁？

"破产的绅士，"马菲蒂的神情比刚才更加放松了，"多的是时间来研究人性。我见过您带走的那个孩子。要我说，您如果珍惜好孩子，就该好好地守着她。她的社会层次跟这几个不一样——"说着，他用手指过去。这一指，把廷斯比家的所有孩子都包括在内了。

那个机灵的女孩立刻把注意力转到了他身上。

"放松，放松些，"马菲蒂朝她点了点头——他有一张五官俊朗的脸——淡淡地说，"别发火，要不你那一篮子瓷器该被你给打翻了。"

"瓷器？"她用和她母亲相像得出奇的细弱嗓音说，"你懂什么瓷器呀，你这个卑鄙下流、肮里肮脏、倾家破产、拖拖拉拉的——"

马菲蒂又开始大笑起来，这笑声拉得长长的，发自内心，连绵

---

① 即炉篦，是锅炉或工业炉中堆置固体燃料并使之有效燃烧的部件。

不断，感染力十足，没有任何不安、任何嘲讽和任何觉得受了冒犯的意思，惹得听众们也一个接一个地笑了起来。

法官笑了，泰特斯也笑了。寄宿客们笑得嘻嘻哈哈，孩子们笑得大呼小叫，就连一个字也没听见的廷斯比太太，也全身心地跟着大家一起笑起来，没一会儿就开始擦拭她笑出来的眼泪了。

"我不知道你在乐什么，"她笑得浑身发抖，上气不接下气地说，"不过那一定是什么可笑得不得了的事。"

马菲蒂一听，笑得更起劲了。房间里的笑闹声也立刻变得更响了。法官站起身来，他真的不想再掺和了，尽管他自己也在笑。

马菲蒂没有注意他，眼睛只顾看着那个机灵的女孩。在所有的孩子里，她是唯一一个时刻注意着不让自己脸上出现一丝笑意的。她真是固执，不讨喜，甚至很难看。

"笑吧，你这傻瓜，笑笑吧。"他猛地停下来，在差一点儿就要碰到她鼻子的地方打了个响指，大声说，"如果你不学着笑，魔鬼就会来抓你的哟。你要是不顺老天的意，这辈子就没法过了，也别想有一时一刻的快活。"

那女孩身子往后一缩，随即失控似的咯咯笑起来。

"这还差不多，"他喜滋滋地说，"不过，我还得教教你怎么笑得更像样些，你这个傲慢的小鬼。"

法官再次望向他。这个人对他有种奇怪的吸引力。

"您是不是上过舞台？"他忽然开口问。

"是的，先生，"马菲蒂乐呵呵地说，"我上过世界的舞台。一开始是个医生，后来就走了下坡路，三教九流，什么舞台都经历过了，诱骗农家妇女是一把好手。现在开了个养猫场，在社会上混日子。"

"噢，您是在博贝提岛上吗？"

"是的，先生。"

"您的猫呢，就扔着不管了？"

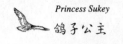

"有我妻子守着呢，先生。我是进城里来过圣诞节的。"

"您的夫人怎么办呢？"

"噢，先生，女人比男人更能体会孤独的快乐，何况她很喜欢猫。"

法官不以为然地看了他一眼，然后说："我们得走了。"说完，他给廷斯比太太做了一个告别的手势。

"揍他，"马菲蒂朝泰特斯点了点头，"要是谁不干活的话。就算把他揍个半死，也别让他闲着。魔鬼的真名是'懒汉'。"

法官意味深长地点了点头。当他离开厨房时，所有的寄宿客和孩子都站了起来。

"对了，"法官忽然转过头来说，"那小女孩送了些玩具给你的孩子们。"

"万岁！"男孩、女孩们欢呼起来，他们的欢快劲儿还没过去——那个年纪最大的机灵丫头除外。随后，他们跟在泰特斯身后出了厨房，因为他自告奋勇地要带他们去看放玩具的地方。

法官站着望着廷斯比太太，为她感到难过。她不太清楚发生了什么事，满脸的困惑和焦虑。

他转向马菲蒂，因为他觉得，他是最能理解他的人。

"向她好好解释一下，行吗？"他说，"我没想过把那小孩再次交到她手上。我自己没法收养她，因为她不是个男孩，不过我会给她找到一个合适的家。"

"行，我会说的，"那人说着，伸出一只手来，深情款款地摸了摸法官的大衣，"我以前也有过一件皮毛外套。我想，您应该只有这一件吧？"

"不，我还有，"法官立刻回答说，"我穿着太小了——正好适合您。"

马菲蒂笑了，知道自己一定会得手。当法官沿着黑暗的楼道往上爬时，他终于长舒了一口气。真奇怪，今年的圣诞节，他变得敏感了。在他看来，要是不能为马菲蒂做点儿什么，他就没法安安心心地离开这个人。说真格的，他对此人的敬意远远比不上那老实的快运工人、毛皮工人和胆小地站在最后面的搬运工。那些人是宁死也不会向他讨要东西的。他们是工人，可马菲蒂却曾经是个寄生虫，很显然到现在也还是。尽管如此，这个养猫的家伙却是属于法官这个阶层的，他们能理解彼此的习性。走到外面那条寒冷的街上时，这个富翁心里充满了遗憾。

罗伯劳已经从他的雪橇上跳了下来，走到了马头边。

廷斯比家的孩子们正在拖着玩具袋子朝屋里走，他们尖叫和拉拽的动静太大了，罗伯劳担心马会受惊逃窜。泰特斯的兴奋劲儿丝毫不亚于这些可怜的孩子，是所有人里面最兴奋的。

"过来！过来！"法官朝他招了招手，"别闹了。"

泰特斯赶忙把那帮尖叫的孩子们送进屋里，随后便跳上车，回到祖父身边。

"回家，罗伯劳。"法官吩咐道。没多久，他们就回到了格兰德大道上的那栋石砌的大房子前。

迎接他们的是一群慌慌张张的家仆。黑格比一打开门就打着结巴往后退，跺着脚刚想要说点儿什么，却被聚集在大厅里吵吵嚷嚷的女仆们给打断了。打头的是贝蒂，就是法官叮嘱负责照顾小伯瑟尼的那个。

她脸色惨白，使劲地拧着两只手。法官很快就听清了她嘴里嚷嚷着的话："孩子丢了！"

"你是说那个小女孩吗？"他严厉地问。

"是的，先生；噢！是的，先生。"

"什么时候的事？"

"您一走就丢了，先生。"

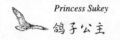

"当时你在哪里？"

"在我自己的房间里。我把她放到了床上，让她睡觉——谁知她就跑没影儿了，先生。"她无助地摊着手说。

"她不见的时候你在自己房间里吗？"

"不在，先生；噢，我没在，先生。我在珍妮隔壁的房间里，我只是过去借了根细针。"

"你回来的时候孩子就不见了？"

"是的，先生。"

"你在家里找过了吗？"

"每个角落都找遍了，先生。"

"你去街上看了吗？"

"看了，先生。我们在周围找了一个小时。我们一直在等您回来。"

法官一动不动地站在慌了手脚的家仆们中间。难道那小客人跑回家去了？

或许吧，不过——他沉思了一会儿，脸色凝重，眉头紧皱，这就是他那被里弗港的年轻律师们津津乐道的"正义之戆"。

突然，他把头抬了起来，问："你在马厩里找过了吗？"

"马厩——没有，先生。"可怜的贝蒂叫了起来。

"跟我来，泰特斯，"法官说，"那孩子很特别。我觉得她是不会逃走的。"

第七章　来自天堂的鸟儿

法官平静地从屋里走到花园里，又穿过花园来到马厩里。

一到马厩，他就吩咐正在下马套的罗伯劳打开上下所有的电灯。接着，他就和泰特斯一起往上面的鸽棚走去。

法官推开纱门，一切都和他想的一样。伯瑟尼坐在门口的一个小凳子上，已经沉沉地睡着了。一只白色的猫头鹰鸽歇在她的腿上，还有一只蹲在她的头上。她自己的脑袋朝后歪在墙上，一只手静静地放在腿上那只美丽的鸟儿身上。

猫头鹰鸽瞪着它们的大眼睛，略带吃惊地盯着法官和泰特斯。其他的鸽子也在各自的窝里和栖杆上望着他们俩。它们都非常驯服，可并非全都像温顺的猫头鹰鸽一样愿意让伯瑟尼抚弄。

"去告诉仆人们，她已经被找到了。"法官对泰特斯说。

男孩从楼梯上冲了下去，法官则朝伯瑟尼弯下腰来。她身上没穿外衣，鸽棚里也不怎么暖和。

他看了看她头顶的温度计——才十度。

"孩子，"他温柔地摇了摇她，"醒醒。"

她睁开睡意惺忪的眼睛，喃喃地说："天堂的鸟儿。"

法官又摇了摇她："来！起来！你不想吃圣诞大餐吗？"

她用她的小脚摇摇晃晃地站起来："噢！是您吗，法官先生！我

"去告诉仆人们，她已经被找到了。"法官对泰特斯说。

正在做梦，梦见您和好多鸟儿呢。"

　　法官笑着握着她的手，引着她下了楼梯，接着把她抱回了屋里。一进门，他们就看到了布洛杰特太太，她刚从女儿家吃完圣诞午餐回来，正在劈头盖脸地训斥倒霉的贝蒂，骂她像个粗枝大叶的轻佻丫头，如果她本人在家，就绝不可能让这孩子溜掉，闹得每个人都不安宁。发作完后，她就一阵风似的带着小孩去进行晚餐前的梳洗打扮了。

　　她从自己收藏的衣服里翻出了孙女儿玛丽·安的另一件裙子，让伯瑟尼穿着一身淡蓝的裙子出现在了餐桌前。

　　她慢慢地走进餐厅，那模样儿漂亮极了。接着，她让老黑格比把她抱到了法官身边的座位上。

　　桌子已经用冬青和红丝带装饰过了，上面放着一株小小的圣诞树。

　　伯瑟尼的眼睛变得亮闪闪的，总算彻底清醒了。她刚才已经睡够，足以支撑一段时间了。

　　她什么也没说，可她对周围五光十色、璀璨夺目的一切的喜爱让人一目了然。法官和泰特斯暗暗高兴地发现，她下定决心要带一个没怎么体验过这种生活方式的伙伴分享这一切。她没有等到晚餐的末尾，就立刻就把手帕放到桌上，把那只死了的老鼠的幽灵拉出来，把他放到了一根冬青枝后面。整个进餐过程中，从汤到水果，桌上上了什么菜，老鼠就分到了什么菜，一道都没错过。所以，当他们起身离开餐桌时，小孩用手帕包起来的已经是一个撑坏了的饱死鬼。

　　宽敞的客厅里灯火通明，钢琴盖掀开了，还放置了图画书和游戏用具，可不知怎么的，晚餐过后，三个人却摸到法官的书房里去了。炉火边的地毯上，在苏姬公主的陪伴下，两个孩子——或者不如说是一个少年和一个孩子——坐着聊天，法官则坐在他的扶手椅上静静地听着，时不时能听到泰特斯带笑的叫声。他奇迹般地克服了早上

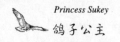

的那种腼腆，因为伯瑟尼只是个这么丁点小的孩子，似乎没什么可值得怕的。随后，出于道义上的责任，他对她说了去廷斯比家拜访的事。

伯瑟尼说，那个最大的女孩大名叫玛丽，小名叫艾丽，剩下的那几个分别是安妮、罗德、戈尔迪、吉布和多比。

"多……多……多比是男孩还是女孩？"泰特斯问。

"当然是男孩啦，"伯瑟尼回答说，"你没见着他吗？"

"见……见……见着了，我看到有个婴儿坐在地板上，可我不知道他叫哪个名字。"

"那你当时就应该给他想个名字啊。"伯瑟尼出神地说。

"想……想……想个名字——什么意思？"

"你也知道，每样东西都有个名字，"小女孩惊讶地盯着他说，"哪样东西都不能用'喂'来代替。如果你不知道名字，你就给取一个。"

"当……当……当然，每样东西都有名字，"少年坚定地说，"但如果我不知道某件东西的名字，我不会乱给它取名字。我等着就行了，直到我知道为止。"

"我不一样，"她摇着头说，"我会给什么东西都取个名字。"

"在知道我的名字之前，你也给我取名了吗？"

"当然啦。"她颇有尊严地说。

"你……你……你给我取了个什么名字？"

"你不会生气吗？"她怀疑地观察着他的脸色。

"当……当……当然不会了。"

"我给你取的名字是黑黑。"她一边说，一边抬头，瞥了一眼他黝黑的脸。

泰特斯爆发出一阵大笑，问："你……你……你是昨晚困得昏昏沉沉的那会儿想的名字吗？"

伯瑟尼点点头："虽然很困，却不妨碍我想名字。"

"那……那……那现在呢？你用什么名字叫我？"

"叫你自己的名字，"她耐心地说，"不过我随时能想出另一个名字，只要我愿意，就能把它叫出来。"

"你……你……你能给这个地毯取个名字吗？"少年故意逗她。

她的手从天鹅绒般细腻的红色绒毛上轻轻地抚过："能，我管它叫红心。"

这一次泰特斯没有笑，只是好奇而沉默地看着她。

这时，法官轻声插了一句："在了解真实的我以前，你给我想过名字吗，小姑娘？"

"想过，先生。"她把脸转过去对着他，怯生生地说。

"是什么？"

"我管您叫白树先生，因为您的白发很柔软，就像百老汇街上的花店里一棵小树上的花一样。"

"你现在还这么叫我吗？"法官好奇地追问。

"不了，先生。"

"那你叫我什么呢？"

她垂着头，把自己的手指绞在一起，小声说："伯瑟尼不想把那个名字大声说出来。"

"那么肯定不是桑克罗夫特法官了。"老人体贴地猜了猜。

她摇了摇头。

"悄……悄……悄悄地说，"泰特斯干脆出了个主意，"女孩子们不想把话说出来的时候就会说悄悄话，我见过。"

她自言自语地说了些什么，只是说得含糊不清，少年什么也没听见。

"对……对……对着他的耳朵说去。"泰特斯不耐烦了，结结巴巴地说。

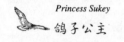

伯瑟尼小心翼翼地看着法官。

"来吧，如果你愿意的话。"他微笑着说。

她一步步地慢慢走到他身边，悄悄地在他耳边说："是爹爹老爷。"

"为什么是爹爹老爷？"他悄悄地回问道。

"因为伯瑟尼既没有爸爸，也没有爷爷，所以她想这么称呼您。"

法官早就注意到，每当伯瑟尼觉得非常难为情时，她提到自己时总会用第三人称，因此他赶忙安慰起她来。

"只要能让你觉得安慰，你任何时候都可以这么叫我，亲爱的孩子。"

她的脸上泛起奇异的光彩，这可不全是炉火映照的光彩。可怜她那孤独的小小心灵，是多么渴望自然的亲情和理解啊！不过，她曾经受过教育，知道要克制情绪，所以只是简单地说了句"谢谢您，先生"就又回到壁炉前的地毯上去了。

"先……先……先生，"泰特斯说，"这里太热了，那鸽子根本就是在烤它自己。"

法官皱了皱眉："真是莫大的不幸，这只鸟养成了蹲在火边的习惯——太反常了，太反常了。把窗户打开，看看她会不会飞到阳台上去。"

伯瑟尼一直尽可能地凑近苏姬的篮子，以便能挨着她坐着默默地欣赏她。一听到这话，她便走了回来，泰特斯也起身来到窗边。

"来……来……来吧，苏姬。"

鸽子完全理解了他的意思。她从她的篮子里跳出来，愤愤然地走来走去："咕咕！咕咕！"

"别烦她了，孩子，"法官说，"今晚她是不会出去了，太冷了。如果我们硬要坚持的话，她的确会站到外面去，只不过会一直叩窗户，直到把我们惹烦为止。好了，关窗吧。你让房间变凉快了。我们往后也得这么干，免得总是受热。"

泰特斯望着窗外的寒夜，藏起了脸上的笑意。他的祖父变化多大啊。在去年的圣诞节上，有谁能想到，来年的圣诞节他的书房里会多出一只鸽子来呢？

这时，客厅里的大钟敲了十下。"你们该上床睡觉了，孩子们，"法官说，"你的圣诞节过得开心吗，小姑娘？"

伯瑟尼走过来，站在他的扶手椅旁边，说："先生，这是我过过的最棒的圣诞节。今天晚上我会告诉妈妈的。"

法官什么也没说，只是朝她伸出了一只手。

她用自己细小的手指紧紧地握着他的大手指："晚安，先生——我可以叫那个名字吗？"

"噢，可以——完全没问题。"

"爹爹老爷，"她喃喃地说，"晚安，爹爹老爷。伯瑟尼现在像别的小女孩一样了。她不再像可怜的流浪猫一样那么孤单了。"

法官神情恍惚地望着炉火。真是个奇怪的孩子啊！他必须尽全力给她找一个方方面面都适合她的家。

第八章　收养还是不收养

"您要出门吗？"第二天一早，伯瑟尼满脸期待地问法官。

她和法官一起吃过早餐后，就从他眼前消失，和泰特斯一起跑到上面的鸽棚里去了。后来，泰特斯离家找他的朋友查理去了，她就又跑到法官的书房里陪苏姬玩去了。这会儿，她望着正在扣大衣扣子的法官，一脸的沮丧。

"是啊，"他回答说，"我要去拜访一个人——你想跟我一起去吗？"他想了想，又问了一句。

她的小脸顿时泛起笑意。这正是她想要的。

"可你一件外衣也没有，"法官说，"不过，我可以先用别的把你裹起来，罗伯劳会驾车带我们去"兄弟"皮草商店。我们要找的东西在那里应有尽有。来吧。"说完，他像个年轻小伙子一样笑着；他用那件准备捎给马菲蒂的毛皮外套把她严严实实地包裹起来，抱着她走到外面的雪橇车里。

法官是一个喜欢安静和简单乐趣的人，很少体会新奇感，在"兄弟"皮草的门店里走的这一趟让他兴致盎然，就像普通人在外面进行旅行探险一样。

他们先去的是皮草店。伯瑟尼一声不吭地站在那里，眼里闪着光。她不时地把这双眼睛紧紧地闭上，随后又忽然睁开，以确信这不是在做梦。与此同时，一个殷勤的女店员正在一件又一件地给她试小外套。

最后，法官选中了一件白色的外套，还配了一顶帽子，当场就给伯瑟尼穿上了。店里非常暖和，所以法官嘱咐女店员就这样把外套敞开着，只给她戴上了那顶小帽子。伯瑟尼紧紧地抓着法官的手，偶尔向下看一眼，用手摩挲一下那漂亮的蓝色绸缎内衬。在去往鞋店的路上，她一直都是这样恍恍惚惚的。

在鞋店里，她试了好几双外出穿的鞋子和拖鞋，最后选了一双橡胶套鞋穿好，又在鞋上方套了一对暖和的黑色羊毛绑腿牢牢地扣好。随后，他们挑了双手套，返回时又折回到皮草店买了一个小小的暖手筒，这是法官刚才忘了买的。

"至于裙子和内衣嘛，"他对伯瑟尼说，"就得让布洛杰特太太带你来买了。现在，咱们去看我的朋友吧。"

当他们再次在雪橇里坐好后，伯瑟尼两边的脸颊上都泛起了粉色的红晕，双手在她的暖手筒里紧紧地握在一起。这时，法官开口问道："你在里弗街住的时候听说过汤姆·埃弗勒斯太太这个人吗？"

孩子摇了摇头。

"对，你肯定没听说过。我得对你说，她是个非常迷人而又博爱的年轻女士，是以前在城里很有名的一位律师的孙女。"

伯瑟尼不太清楚她的同伴说这话是什么意思，可她喜欢他和自己聊天的样子，喜欢他像对一位年轻女士似的对待她。于是，她严肃地点了点头，说："知道了，先生。"

"她的祖父比我年长许多，不过我对他和他那位令人钦佩妻子印象深刻，只是她也已经去世了。不幸的是，老律师死后，他家里败落了，于是搬到了里弗街。这个叫贝尔蒂的姑娘——也就是汤姆·埃弗勒斯太太——对周围的穷人渐渐产生了浓厚的兴趣。婚后，她的丈夫想搬到城里的另一住处，但被她说服了，搬来和她一起在这里住下

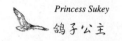

了。他们似乎过得很幸福，做了不少善事。我打算去见见她，看她认不认识合适的家庭，既能善待你，家里也有能陪你一起玩的小孩子。"

"我吗，先生？"伯瑟尼轻声问。

"是的，我家里不适合你生活。要知道，当初带你回家时我还以为你是个男孩子。"

"男孩子，先生？"伯瑟尼的声音更微弱了，"噢，是的，我记得。"

"我想给我的孙子找个伙伴。"

"我喜欢男孩子们，先生。"小女孩有气无力地低声说。

法官低下头，目光敏锐地看着她。她脸上那抹可爱的红晕已经褪去了，大颗大颗的眼泪顺着脸蛋滚滚而下。

他觉得很奇怪，说："时间这么短，你肯定还没对我们产生感情吧。"

"收养我不用花很多钱，先生，"伯瑟尼无助地说，"我一直都管着自己，不让自己吃得太多——小老鼠再少吃些也没问题。我还可以干活，先生。我已经帮廷斯比太太擦了好多次楼梯了。"

法官从喉咙里发出一声呻吟，朝伯瑟尼身后最远的地方望去。

他们驾车轻快地从百老汇大街上驶过。噢！这美妙、晴朗而冷冽的空气，还有那可爱的阳光。就算他如今已经是六十二岁的高龄了，却仍然觉得活着是件美好的事。可刚才，他却亲手在身旁这颗忠诚的小心脏上刺了一刀。唉，说什么傻话！这没道理啊！一个七岁的孩子不可能在一天之内就对人产生强烈的依恋之情。如果他把她送走，她还会像现在对他这样，缠着另外某个好心的陌生人不肯撒手的。

可是伯瑟尼还在说话，虽然声音很轻，断断续续的，可还在说着，于是他不得不听着。

"先生，"她喃喃地说，"我能养鸟——那些漂亮的鸟儿。如果屋子没房间的话，我可以睡在那间漂亮的阁楼里。我不会害怕，不会哭，也不会弄出一点儿声响让马儿们受到打扰的。只有一件事，我想趁您外出的时候，偶尔悄悄地去房子里看看那只围着毛领的小圣鸟。"

小圣鸟就是苏姬，法官不禁笑了起来。

"你最喜欢谁？"他问了个不好回答的问题，"是我，我的孙子还是鸽子们？"

"鸽子们，先生，"她简单地回答说，"可是，我妈妈在去世前说过，'伯瑟尼，等你长大后，比起动物们和鸟来，你会更喜爱人的'。"

"那你今天早上为什么不和鸟一起待在家里，而要跟着我出来呢？你心里想来，不是吗？"

"是的，先生。我不知道是什么让我想跟来，可是，我一听说您正在穿外套，就马上丢下那只可爱的鸟儿跑到大厅里去了。只要您一不在，我好像就会觉得孤单。"

法官带着些许的困惑笑了，没有再说什么。不一会儿，罗伯劳把雪橇停在里弗街上的一栋粉刷精巧的老式大房子前，说："埃弗勒斯太太家到了，先生。"

法官起身刚要走，又转过来问伯瑟尼："你想和我一起进去吗？"

"我不太想去，先生。"她犹豫不决地说。法官看见她那张快快不乐的脸又被泪水打湿了。

"我不会去太久的。"他温和地说，随后便按下了门铃。

"是的，埃弗勒斯在家。"一个矮小的女仆向他通报完，就带他上了一楼，来到一个大房间里。

油漆地板上只铺了一张地毯，一个胖嘟嘟的婴儿正在上面爬着玩儿。壁炉里的火烧得直冒火星子，前面加了一张金属网，以免小家伙一个不小心烧伤了手，也可能是为了保护他那金贵的小身体，因为眼下只有他一个人在房里。

透过两扇半开的滑门，法官看到那边的大房间里耸立着一棵挂

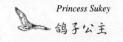

满了礼物的巨大圣诞树。

这栋房子让人感觉温馨而干净。朝圣诞树后望去，透过那些似乎是被加大了的老式长窗，法官看到了壮观的河景。

"看来就算是在里弗街也能住得舒舒服服的。"法官说。他背对着炉火站着，乐呵呵地把一只脚送到那小家伙跟前，因为他正起劲地管他要这只脚。

"早上好，早上好哇，"一个欢快的声音响了起来。一个长得一半像小姑娘、一半像成熟女性的人走进房里，把法官伸出的双手握在自己手里，"致以您最真诚的圣诞祝福！"

"你也一样，"法官衷心地说，"要是有谁能受得起，那一定非你莫属。"

"别这么说，别这么说，"她红着脸直推辞，然后在那些都很舒适的椅子中选了张最舒服的招待他坐下，把那胖乎乎的婴儿放在自己腿上。

"您觉得小汤姆长得怎么样？是不是长得特别壮实？你这小淘气包，嘴巴又弄黑了。他见到谁都会缠着要人家的脚——把鞋油都舔掉了，像条小狗似的。真是难以想象！法官大人，您觉得我和汤姆是不是有点儿作践自己？"

"不，我不这么想。"

"好吧，反正这个娃儿绝对是个小贱坯子。甭管是谁，他见了都要讨好，爬着迎上去——浑身没一块硬骨头，就喜欢鞋油和木炭。你这小无赖！"她摇晃着婴儿的身体，逗得他咯咯直乐。

"他是个好娃儿，"法官说，"一看就很结实。我不能占用你的时间，因为我知道你是个大忙人。你应该知道，也可能还不知道，这阵子我一直在找一个可以收养的孤儿。"

埃弗勒斯太太点了点她长着一头乌发的漂亮的头，说："是的，我知道。"

"我没有来找你帮忙，"她的访客说，"因为我知道你心肠软，大多数时间都在和穷人打交道，而我想要的是个稍微体面些的男孩。"

"没错。宝贝，别舔我的腰带啦。您见到这种类型的男孩了吗？"

"平安夜，也就是两天以前，"法官继续说道，"我凑巧碰见了一个孩子，本以为他是个男孩——"他顿了顿，看着埃弗勒斯太太会心的微笑，"不过你也许已经听说了。"

"噢，是的，里弗街上的人当然清楚里弗街上发生的事。"

"那我就略过不提了。你认识廷斯比太太吗？"

"噢，是的——不仅认识，还很敬重她。她有点儿躲着我，因为她这个人品格高尚，自尊自立，不想让我帮她的忙，觉得会影响她作为寄宿旅馆老板娘的名声。马菲蒂——巴里·马菲蒂，就是那个开养猫场的，昨晚来过我这里。他对您去廷斯比太太家拜访的事大加赞赏。真希望您能在场听听他是怎么夸您的。"

"他回养猫场去了？"法官问。

"是啊，我们劝服了他，叫他今天一早就回去。他在那座岛上无聊坏了，偶尔会上城里待一两天，在廷斯比太太家里落脚。我和汤姆还得盯着他，免得他又往沙龙里跑。"

"我答应要给他一件毛皮外套的。"法官说。

"他也是这么对我说的。要不您就把东西放在这里，我会让他拿走的。"

"也好，"法官说，"还是先说说我自己的事。我不想收养这个小女孩，所以想给她找一个好归宿，得是个能够照顾她敏感天性的地方。我想，或许你知道谁家符合条件。"

"她愿意离开您吗？"埃弗勒斯太太很快问道。

"唉，不愿意。"法官诚实地说，"我觉得她不愿意，不过她当初也不愿意离开廷斯比太太跟我走。孩子们都是善变的。"

这个稚气未脱的漂亮女人摇了摇头，说："廷斯比太太不一样。

在这孩子被抚养长大的过程中受到的教导，让她始终相信自己将来会见识到些更美好的东西。要是您见过她母亲就好了。她是个标准的美人，面色苍白，冷冰冰的，文静、腼腆，一身的贵族气。她只肯和廷斯比太太做朋友，连我都没能和她相熟。"

"你知道廷斯比太太准许那孩子干做纸盒的活儿吗？"法官问。

"不知道啊，"埃弗勒斯太太很快回答说，"她是不敢让我听到这种事的。这是真的吗？您知道？"

"是真的。我见到那孩子的时候，她正跟跟跄跄地往家里走。"

埃弗勒斯太太把婴儿抱紧了些，说："唉，这些可怜的人啊，太离谱了！您瞧，这女人一面硬撑着不肯让我帮忙，一面又让这可怜的孩子去干活——她自己的孩子也是一样的，我敢说这话，因为她不会单单只叫一个孩子这么做。"

"我明白了，难怪她说他们所有人在圣诞节都有活儿要干。你有没有什么办法追究这些雇佣童工的人的责任？"

"我会把这个当自己的事来办的，"埃弗勒斯太太热情地说，"我今天就会去见廷斯比太太，好好问问她。"

"要是需要起诉的钱，你就来找我。"法官说。

"谢谢，我会的。对了，万一找不到收养的家庭，您打算拿那个小女孩怎么办？千万别把她送回廷斯比太太家里去，不如把她带来给我。"

"这个家应该会很吸引她，"法官环顾四周，"我从来没想过这个。不过，我还真不认识哪个人能比你让我更甘心送养的。"

"要是能收养她，我会很高兴的，"埃弗勒斯太太衷心地说，"我也会让她幸福的。不过，我不想让您认为我要收养她是因为我觉得您不适合照料她，哪怕是您一闪而过的念头也不成。您知道吗，我一直想知道您为什么没有多做些积极的慈善工作。您完全能胜任这些工作，而且，您平时捐款出手总是那么慷慨，那么富有同情心，我们知道您的心和我们是在一起的。"

法官叹了口气，说："我平时太忙了，从前经历的一些苦难又让我养成了以自我为中心的个性。我能把那小女孩带进来让你看看吗？"

"当然可以，要不我来按铃吧，黛西会把她带进来的。"

那个一脸快活的小女仆一听到吩咐就飞快地跑到楼下，很快就带着伯瑟尼回来了。

埃弗勒斯太太把怀里的小家伙放下，走过去欢迎她。"你好吗，亲爱的？"她亲了亲她，随后把她拉到炉火边，为她摘下手套，给她搓起手来。

"你的手真凉，"她说，"冰凉冰凉的，你瞧着也很孤单。"

她摘下她的毛皮帽子，静静地抚摸着伯瑟尼苍白而难过的脸，抚摸了好一会儿后，才轻轻问："怎么了，宝贝儿？"

自打母亲过世后，还没有哪一位女士——真正的女士拥抱过这个畏缩而敏感的孩子，用甜美而清澈的声音这样轻声细语地和她说过话。伯瑟尼的心中已经有了些许的触动，可她说不出来，只能静静地用手回应从埃弗勒斯太太的手上传来的力量，沉默而又痛苦地看着她的眼睛。

这时，法官站起身来，有些尴尬地在房间里走来走去，还要尽力躲开那个太过友好的小家伙抛来的橄榄枝——他跟在法官身后敏捷地爬着，喉咙里叽叽咕咕的，缠着让法官把脚给他玩。

"怎么回事？"埃弗勒斯太太轻声问，"你不想离开法官和泰特斯，是不是？"

伯瑟尼静静地点了点头。

"你愿不愿意过来和我一起生活，做我的小女儿？"埃弗勒斯太太继续问道。

她感到那个小小的身体在她怀里发起抖来。

"你是不是更愿意留在法官身边呢？"

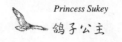
伯瑟尼又点了点头。

埃弗勒斯太太朝她身后望去，问："你平时怎么称呼他？"

"我给他取了个小昵称，叫爹爹老爷。"小孩断断续续地低声说。

"那就离开我，直接向他跑过去，用胳膊搂着他的脖子，对他说：'亲爱的爹爹老爷，请您别把我送走。'"

由于不知道这个建议对孩子那颗破碎的心是一种怎样的安慰因此，埃弗勒斯太太被她接下来的举动惊呆了。伯瑟尼立刻挣脱了她的怀抱，冲到法官身边；由于够不着他的脖子，她只能拉着他的外套，抓住她能抓到的任何东西，紧张得几乎是尖叫道："亲爱的爹爹老爷，请您别把我送走。"

法官猛地停住脚步，还以为是那个活泼的小家伙爬起来把他给抓住了。他低头望着伯瑟尼焦急的脸，说："什么！什么！"

"亲爱的爹爹老爷。"她又叫了起来，这次，她再也控制不住紧绷的神经，不管不顾地呜咽起来。

"她不想和我一起住，"埃弗勒斯太太摇着她那满头乌发的脑袋，像下评论似的说，"很抱歉，不过这件事我可帮不上忙。"说完，她便坐了下来，抱起了自己的小娃儿。

伯瑟尼抓着他的外套哭得正伤心，似乎心都要碎了。

"哎呀！"法官连声说，"哎呀呀！"

这是他格外困扰时的常用的感叹词。"小姑娘！"他说，"小姑娘啊！"她那一串串眼泪叫他惊讶得不知所措。

"伯瑟尼，孩子，"他赶忙说，"小姑娘，你想回家吗？"

家！这个带有魔力的词正是这个孩子想要的。

"噢，是的，先生，是的，先生！"她抽泣着说。而后，法官匆匆忙忙地告别了埃弗勒斯太太，抱起这个伤心坏了的孩子，五步并作三步地带着她下楼了。

第九章　又一个意外

　　法官的船终于驶进了清澈的水域里——到现在为止，他那天的冒险行为看来是相当有收获的。

　　距离他拜访埃弗勒斯太太只过了一个星期。在那天回家的路上，看着在雪橇里紧紧地依偎着自己忐忑不安的伯瑟尼，他在心里对自己说了无数次："真不知泰特斯会怎么说——真不知泰特斯会怎么说。"

　　泰特斯并没说什么。当祖父把他叫到书房里，对他说伯瑟尼一想到要离开他们就特别沮丧时，泰特斯只简单地回答说："那……那……那就把她留下来吧，先生。"

　　"可你的弟弟——我本打算收养一个男孩——"祖父欲言又止。

　　"我……我……我不想要什么弟弟，"泰特斯回答说，"从来也不想——我……我……我一想到没有这个弟弟，心里反而高兴。"

　　"这么说来，你喜欢这个小女孩？"法官急切地问。

　　"不……不……不喜欢，也不讨厌。"泰特斯答道，"她又不碍我的事——不像一般的女孩子那么讨厌。"

　　对这件事的讨论就此结束了，伯瑟尼悄悄地成了这个家里的一员。她是个非常乖巧的孩子，安安静静，举止得体，不知不觉地成了让法官宽怀的开心果。他喜欢看着她在壁炉地毯上和鸽子玩耍，对鸽子说话，因为对伯瑟尼来说有一个听众实在太有必要了。她做的梦都

那么美妙，她眼里的世界那么叫人诧异，每天都得有个人花好几个小时听她说话才行。

伯瑟尼觉得，这只鸽子和她很有共同语言。她总是一边听她说话，一边用她那双黄绿色的眼睛专心致志地看着她，时不时地发出一声欢快的"咕咕"声，至少不会像法官那样在伯瑟尼聊她那些稀奇古怪的事时动不动就睡着了。

没几天，她就哄着法官给她看了他那两个过世的小女儿埃伦和苏茜的照片。从那以后，伯瑟尼每晚都能看见她们的幻象。在她的描述里，她们穿着老式的童装，头发用丝带扎成小辫子，谈吐典雅而矜持，里头还夹杂着伯瑟尼自己的口头禅。

只要一有时间或心情，法官就会听她那些说不完的话，既觉得感动，又觉得好笑。他一睡觉，伯瑟尼就找鸽子去了。

这天早上，法官正在读他当天早上的邮件。

伯瑟尼已经去学校了——法官为她在附近一条安静的街上找了家幼儿园。泰特斯正在听一位绅士给他上课，此人因让口吃者痊愈的著名案例而声名远播，是大老远从波士顿特意来给他治病的。

到现在为止，他的治疗还没收到效果。泰特斯患的是反复的、习惯性的轻微口吃。他每说一句话，开头一定会打结，除非是被什么事深深地刺激到了——他很少在话说到一半时犯结巴。

由于担心黑格比会对泰特斯产生不好的影响，法官曾说过要把他送走。不过，虽然他嘴里说要把这个忠心耿耿的仆人给打发走，心里却老大不情愿。泰特斯的老师也不太赞同他这么做。他说黑格比就是个结巴，而泰特斯只是说话不利索。想让这孩子戒掉这个坏习惯，除非他自己发自内心地想戒掉。"别心急，"他对法官说，"他还没太把自己当回事，得等着他因为某件事受到激励，主动配合我才行。"

"我觉得，伙伴们对他的嘲笑能够让他受到激励。"法官说。

"也许会吧，再等等看。"既然老师这么说了，法官只好逼自己耐着性子等着。

这天早上，泰特斯就快上完课了，准备一会儿就去学校。眼下他待在一个小起居室里，法官则在走廊对面他自己的书房里。

这时，这家的主人拿起了一张字迹娟秀的便笺。

这是教伯瑟尼的那位女士写的。

法官看着便笺就笑了起来。休姆太太说的是伯瑟尼做纸盒，说她心灵手巧是个了不起的叫人称奇的孩子，夸她比其他所有的孩子都优秀，是个神童。

法官笑得比什么时候都痛快。他能想象一本正经的小伯瑟尼用纤细的手指摆弄着再熟悉不过的硬纸板的样子。显然，这孩子没对老师说过她是从哪儿学来这做纸盒的手艺的。她是个诚实的孩子，不过她在陌生人面前总是很腼腆，在这件事上也是如此。她现在的同学大多是格兰德大道上的孩子们。尽管他们都还小，可要是知道这小女孩曾经被迫靠自己养活自己，他们说不定会把她当成个怪人来看。

尽管如此，看着女老师对伯瑟尼的灵巧这样大加赞赏，法官还是觉得十分滑稽，忍不住又笑了起来。这次他笑得太厉害了，不得不拿起手绢来擦拭笑出来的眼泪。随后，他开始查看剩下的那堆信，心里觉得有点儿失落。

"大笑过后就准备大哭吧，"他认真地说，"准有什么事等着叫我不好过。"

的确有。他拿起来的下一封信就让他大吃一惊，瞠目结舌。

他彻底蒙了，一动不动地坐着，出神地盯着鸽子。苏姬敏锐地察觉到了他的异样，飞到桌上，走到他的那堆信和文件旁边，发出一声询问的"咕咕"声。

法官专注地听着别的动静，没听见她的叫声。他的门是半开着的。几分钟之后，他一听见对面起居室的门被打开，泰特斯从房间来到了外面的走廊里，就有气无力地喊了一声："孙子！"

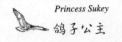

他从来不喊"孙子",除非发生了什么严重的事,泰特斯一听就着急忙慌地跑了过来。

"发生什么事啦?"他问话时忘了口吃,就像他方寸大乱时一贯的表现一样。

法官直起腰板说:"我遇到麻烦事了。你看看——听听也行,这笔迹太潦草了。"说着,他再次重重地坐进椅子里,戴上眼镜,拿起了信。

"是谁写来的?"泰特斯问。

"你还记得我曾经提过我的一个叫福尔森的老校友吗?"

"是一心一意为穷人办事的伙计吗?"

"就是他。可怜的福尔森,总是热心过头,可我总觉得他还算是可靠。他当了牧师,又跑到纽约的一家教堂做起了和传教会有关的工作。听听他都写了些什么:

亲爱的桑克罗夫特:今天早上我过得真高兴啊!我从贫民区去拜访咱们的旧相识老乔治森,我和他可是能把手伸进他口袋里随便摸的交情。我看见他坐在他金碧辉煌的办公室里,俨然是一位稳坐金融宝座的大王。他给我看了你那封说想收养个男孩的信。"乔治森,"我说,"你可算找对人了。"他建议我给你写信,可要写信也得等我手里有了你要的东西才行啊。前几天,一个英国演员死在了我的客房里,这是个非常值得尊敬的人。他留下了一个独子—— 一个珍宝似的男孩子,一头金发,性情开朗,是你梦寐以求的孩子,正好给你的孙儿作伴——想来,他要是像他祖父的话,头发和眼睛应该都是漆黑的。这孩子在这世上已经举目无亲了。他是个十足的小绅士,你会像爱儿子一样爱他的。我没时间等你的回信。准备直接把他送到开往波士顿的早班火车上。星期四的某时你就能等到他了。别忘了我给穷人劳心的事。上天已无偿地庇佑你了,一切都是无偿的赠予。

你的老友：

拉尔夫·福尔森

"好管闲事的家伙！多嘴多舌！狂热分子！"读完信的法官大声说。他已经过了那股茫然的劲儿，开始恼火了。

"你瞧见了吗，他也不问问我是怎么想的，"他把信扔到瞠目结舌地坐着的泰特斯身上，"他就敢断定自己是对的。他总是这样——作起孽来头也不回。我压根没想让他掺和到这件事里来。乔治森也是个蠢人，放着自己的事不好好管。"法官愤然起身，在房间里踱起步来。

半晌，他总算在泰特斯面前停住，说："早知道他要来，我就应该去车站见他，把他送回到福尔森身边去。"

"先生，"少年说，"他搭的要么是早上十点半的车，要么是下午三点十五分的车。如果搭的是十点半那趟，他这会儿就该到了。我去走廊的窗户那里看看。"说完，他便走了出去。

"天老爷啊，"一眨眼的工夫，他就大呼小叫地跑了回来，"下面路上有辆敞篷雪橇车正朝咱家飞奔呢，里面还有个男孩子。"

法官转过身去，那架势像是要往走廊里去。可随即他又猛地停住脚步，说："我不能去见他。但这毕竟不是他的错，何况他还刚刚失去了至亲。你能去接接他吗，泰特斯？"

"我……我……我正准备去学校呢，"泰特斯的情绪一平复就又开始结巴了，"我能把他带着一起去吗？"

"随便，我不在乎，"法官说，"找机会告诉他是怎么回事。我午饭时再去见他。"

泰特斯从房里冲了出去，一溜烟儿地跑到楼下，在黑格比的陪同下把门打开了。

门口站着一个面色苍白的少年，他长相英俊，身上只穿了件薄

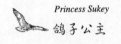

薄的外套。

"这里是桑克罗夫特法官府上吗？"他开口问道，明亮的蓝眼睛先是盯着黑格比，随后又看了一眼他身后的泰特斯。

黑格比点了点头。

少年转过头去，只见司机拎着一个旧皮包沿着台阶跑了上来。

少年自己的手里提着一个上了锁的小木箱子，箱子的盖子上有几个孔。给司机付完钱后，黑格比就把他的包拿进了客厅，他本人也跟着进来了。

泰特斯没摸清状况，就什么都没说。倒是这个少年礼貌地主动搭起了话："我猜你应该就是桑克罗夫特法官的孙子吧？"

"对，"泰特斯简单地回答说，"我就是。"说完，他又开始盯着来客的脸看，直到看到这个陌生人的脸上露出一抹微笑，这才回过神来。

"把你的外套脱了吧，"他忽然开口说，"过来烤烤火。起居室里没生火，"他把头朝门道的方向探了探，"去餐厅吧——那里的火烧得旺。"

少年把他的薄外套搭在一张高背椅上，把他的小木箱子放在椅子下面，帽子放在椅子上，随后就跟着泰特斯离开了。

泰特斯把来客带到餐厅壁炉旁的那张大皮椅上坐下，自己则坐在另外一张椅子上，问："你冷吗？"

"一点儿也不冷，谢谢你。"少年说，可他那双伸到炉火旁的手分明冻得通红，上面还长满了冻疮。泰特斯这才想起他刚才戴的那副薄手套，为自己提了这么个问题而觉得内疚。

"我敢说你一定饿着肚子，"泰特斯突然说，"我每次坐完火车后都会觉得饿。你想吃点儿什么？离开午饭还有好一会儿呢。"

"啊，谢谢你，"那位礼貌地说，"我想吃点肉，一点儿就够了。"

"肉啊，"泰特斯把他的话重复了一遍，"当然可以。黑格比，"

他对正准备进来给壁炉加炭的满脸好奇的黑格比说，"麻烦你拿点儿肉上来。"

"要生肉。"那位陌生人彬彬有礼地说。

泰特斯看了一眼那少年苍白的面颊。他脸上带着病容，没准儿正在使用生肉疗法。

"要什么样的肉……肉……肉呢？"黑格比望着这个生面孔问。

"什么样的都行。"少年不假思索地说。

黑格比离开房间后，泰特斯有些尴尬地脱口问道："你叫什么名字？"

"达拉斯·沃伦。"

"噢！"泰特斯说着，长长地出了一口气。然后，他脑子里走马灯似的冒出一些混乱的想法。他不是个聪明透顶的孩子，可也不傻。他觉得，面前这个小伙子虽然表面看上去镇定自若，谈笑风生，却并没料到会受到这样的接待。纽约那位热心的老牧师没准儿给这小伙子打过包票，说桑克罗夫特家的一老一少会热情地拥抱他。他泰特斯该做些什么才能显得更可亲些呢？最好是替他的祖父道个歉。小伙子没有提到法官，可泰特斯觉得他一定在想着他。

"达拉斯，"他直率地说，"我的祖父要到一点半才会下楼。他在书房里忙着呢——今天早上收到了一大堆信。"

"是啊，"少年回答说，老成地点点头，"我能想象得出，他一定事务缠身。他应该是今天早上才收到福尔森先生通知他我要来的信。"

"是啊，才收到，"泰特斯说，"你来的时候信才送到他手里。"

"那他应该觉得挺意外的吧。"少年用他那双蓝色的大眼睛冷静地盯着泰特斯黝黑的脸，和颜悦色地说。

桑克罗夫特如坐针毡，觉得自己的脸正在慢慢涨红，他的脸已经泄露了整件事的原委。

确实如此。这个英国少年马上就明白了——自己并不受欢迎。尽

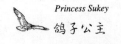
管如此，他的举止并没有发生什么变化。

他从容地打开交叉放着的双脚，把左脚伸到刚才放右脚的地方，让火把它烤得更暖和一点儿。他盯着跳跃的火焰，若有所思。

泰特斯这才发现少年的鞋子破旧不堪，其中一只竟然已经磨出了一个洞，这叫他的心里隐隐作痛。这世上的事怎么这么不公平？以前他从没留意过别的男孩们和自己有什么不同。可现在，他却开始发现，那些和自己、查理·布朗一样值得优待的孩子都穿得破破烂烂，缺衣短衫。眼前这个少年就是个例子，连一身保暖的衣服都凑不齐。为什么会这样呢？他怎么就没有个有钱的祖父给他添置衣物呢？

"肉来了，先生。"黑格比迈着小快步走进来，手里捧着一个盘子，"碎牛肉，先生。"说着，他恭恭敬敬地把盘子放在英国少年身边的桌子上。

一抹阴影从这位陌生人的脸上一闪而过。就算他再怎么镇定自若，也没能掩饰住此时的失望。

"怎么了？"泰特斯想也不想地问。

"噢，没什么——没什么，"达拉斯摆摆手回答说，"只是我更喜欢整块的肉。我应该一早就交代清楚的，是我犯傻了。"

"你那儿还有多的吗？"泰特斯问黑格比。

"有，先生，还有一整块带骨的牛腿肉。"

"那就把这盘肉端走，再去拿一盘没切过的。"

英国少年的脸上露出一抹古怪的喜色。

"还有，黑格比，"泰特斯嘱咐道，"再拿些饼干和喝的来。你想喝什么，达拉斯？"

"噢，什么都行，"少年礼貌地说，"什么酒都可以——要不就雪莉酒吧。"

泰特斯皱起了他浓黑的眉毛，说："我祖父是个自制力很强的人，不准在家里备酒，就连布丁酱里也不放酒。"

"噢，说的是，"少年忍着笑意轻声说，"不打紧。冷水也行，或者来杯茶也行。"

"我们有自……自……自制的酒，先生。"黑格比殷勤地说。

"给他拿点大黄酒，"泰特斯说，"那个还不错。"

黑格比照吩咐去了。泰特斯又重新陷进自己的椅子里。他的脸上全是汗，因为他不喜欢这种应酬的差事。这会儿黑格比不在，他该怎么让自己的客人开怀呢？对了，说不定这个新来的少年也喜欢鸽子。

"我说，"他忽然开口说，"你喜欢宠物鸟吗？"

达拉斯对着泰特斯的脸认真地审视了一番，然后才开口："非常喜欢。"

"什么种类呢？"泰特斯说。

"这个嘛，我喜欢金丝雀和知更鸟——"

见泰特斯不为所动，他又试探地继续说道："还有鸽子、红雀、画眉、反舌鸟——"

见自己还是没有猜中鸟的种类，他伸出一只手来，把他苍白额头上的浅色头发往后推了推。

"你是指笼子里养的鸟吗？"他客套地问，"还是院子里养的？"

"我说的是鸽子。"招待他的人淡淡地说。

"噢，鸽子啊，"达拉斯如释重负，"是我最喜欢的鸟了。我可喜欢鸽子了。"

他的语气分外热情，几乎触动了泰特斯内心最柔软的地方。只是几乎，还差点火候。虽然这个英国少年举止优雅，口音高贵，别有一番韵味，可泰特斯却隐隐地对他产生了某种不信任感。他为自己的这种不信任而感到羞愧，便用礼貌却略显生硬的语气说："想看看我养的吗？我养了些品相拔尖的。"

来客的脸色一沉，但很不明显。

"我还有两样东西要先收拾一下，"他盯着黑格比端进来的那个托盘说，"收拾完后，我很乐意——"

"太好了，"泰特斯说，"你先把肉吃了，我去看看安排你住哪间房好。"

他在楼梯上的那间大储藏室里看见了布洛杰特太太，就马上冲了进去。

"布洛吉花娘，"他说，"家里来了个男孩子——今晚要住下来。我该带他去哪间房才好？"

"上天保佑，泰特斯少爷，"这女人把目光从瓷器柜上挪开，说，"你得提前知会我一声啊。我得先晾晾床，铺上干净的被褥，还得先除除尘。"

"我告诉你，他现在就得住进去，"泰特斯毫不客气地说，"我想让他抓紧时间和我去鸽棚瞧瞧。"

布洛杰特太太笑了。她觉得家里能养这么多漂亮的鸟都是她的功劳，现在鸽子才是家里的头等大事。她从身上那件大围裙里的口袋里摸出了她的那一大串钥匙，说："你可以跟着我去，亲爱的小伙子，五分钟内就可以住进那间小钟房。我想，这么安排应该还行，不是吗？"

"是的，只要那里够宽敞的话。"泰特斯怀疑地说。

"要是只睡一两晚，那里就足够宽敞了。"她轻松地说完，就自己上楼去了。

在前厅的门那里，她碰见了黑格比。

"嘿，"黑格比一把扯住她的衣袖，悄悄说，"听我说，我觉得法官又收留了一个男孩子。"

布洛杰特太太顿时说不出话来了。她一声不吭地盯着他看了一会儿就上楼去了，只觉得膝盖一阵奇怪地发软。

泰特斯又重新回到餐厅里。新来的少年已经吃完了他的饼干，喝完了酒，可那盘肉还端在他手里没动。

"我想把这盘肉拿到楼上去吃。"他愉快地说。

"行啊。"泰特斯说完就带着他慢慢地回到了客厅。

少年带来的所有东西——皮包、外套和那个木箱子——都不翼而飞了。

他的脸沉了下来，简直像是要生气了。

泰特斯注意到了他的失态，解释说："是仆人们把它们拿到楼上去了。"

"噢，他们太贴心了，"少年急忙说，"我真不习惯被人服侍。"说完，他便急匆匆地往楼上跑去，虽然不知道该怎么走，可他却一直抢在泰特斯前头。

布洛杰特太太和黑格比都在小房里忙得不可开交，房间的角落里挂着一个瑞士布谷鸟钟。

英国少年看着他们两个，极力地掩饰着眼里的不耐烦。等他们俩一离开房间，他就把那盘肉放在梳妆台上，把目光转向泰特斯。

"想自己躲起来狼吞虎咽吧。"泰特斯心里想着，嘴上说了一句"我在外面等你"就朝门口走去。

出门之前，他回头望了一眼，只见那英国少年正慌里慌张地朝那个小木箱子跑去——进屋之前，他一直把它提在手里，一进屋就小心翼翼地放在桌上的那盘肉旁边。

"里面准是什么宝贝。"泰特斯嘀咕着，自己走到走廊边的休息室里，擦了擦脸上的汗，心想，不知道祖父会对这个英国少年说些什么。

第十章 英国少年

这天，伯瑟尼放学回家时欢天喜地的。她手工活儿出众，为此获得了一点小小的夸奖。

"是什么样的手工活儿？"

伯瑟尼抬起头看着他，微微一笑——那是矜持而又不谙世事的微笑。接着，她把他的手按在她的嘴唇上，说："做纸盒，爹爹老爷。"

她让法官牵着，连蹦带跳地往楼下的餐桌走去。每天一点钟放学回家后她都会跑到楼上的书房来，好在午餐铃响起来之前和他说一会儿话，顺便和苏姬玩一会儿。

她发现，法官今天的神情比往天更凝重了。"您生病了吗，爹爹老爷？"她忽然开口问。

"没有，孩子。"他缓缓地说，可一颗心却止不住往下沉。每当纵容自己沉浸在兴奋或烦恼的情绪中，他事后总会感到深深的苦闷和羞愧。今天早上他的情绪太糟糕了——真是太傻了。他完全没必要恼火，只要冷静地对待这件事，把那少年送回去就行了。

所以，当他在餐厅里和站在泰特斯身边的那名少年孤儿握手时，他的善意和同情是发自内心的。

英国少年有些困惑。他原本已经认定了这位老先生不想要他，可现在又不太确定了，因为法官的一举一动都是如此慈爱。

　　伯瑟尼是餐桌上的活力源泉。她不是个喋喋不休的孩子，可想法总与别人不一样，法官和泰特斯总被她说的话逗得直发笑。

　　英国少年被她深深地迷住了。他的目光总落在她棕发下的那张漂亮的脸蛋上，心中充满了酸涩的嫉妒。他对她过去的经历毫不知情，心想，她一定是个出身富贵，生活优裕的孩子，对这个冷冰冰的世间和其中的生存挣扎几乎一无所知。

　　伯瑟尼正起劲地聊着鬼怪的事——这是她最喜欢的话题之一——说她昨晚和法官的两个小女儿埃伦和苏茜说过话了。

　　"她……她……她们在做什么？"泰特斯满脸严肃地问。平时他是不敢拿这种事开玩笑的，只不过他毕竟是男孩子心性，有时也会忍不住。

　　"埃伦嘛，她的手里提着一个小篮子，她打算去摘蓝莓，"伯瑟尼回答说，"她说：'伯瑟尼，跟我们一起去。'"

　　"那你去了吗？"泰特斯问。

　　"我当然去啦。我、埃伦还有苏茜就出发了。我们没走多远就碰到了一头狮子。"

　　"一……一……一头狮子！"泰特斯大叫起来。

　　"是啊，一头真正的狮子，"伯瑟尼笑得灿烂极了，连两排洁白的小牙都露了出来，"一位善良的狮子先生。他对我们说：'小姑娘们，跟着我来。我带你们去看看蓝莓长在哪里。'埃伦说：'狮子先生，你怎么知道蓝莓长在哪里，我们美国根本没有什么狮子呀。'狮子先生说他是从马戏团里逃出来的，因为那些人老打他，还用手枪朝他开火。他还说，他专吃蓝莓，而且它们都可甜可甜了。"

　　"得……得……得了吧，伯瑟尼，"泰特斯插嘴说，"狮子是食肉动物，不可能以吃蓝莓为生。"

　　"可是，小伙子，"她固执地摇着头回答说（她总管他叫小伙子），"那可是一头幽灵狮子。"

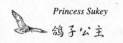

"你指的是梦里的狮子。"泰特斯说。

伯瑟尼用她清澈的眼睛望着法官，问："爹爹老爷，您能理解我，对吗？"

她对他信赖得不得了，法官就算有异议，也不忍心动摇这种信任。于是，他和蔼地点了点头。伯瑟尼见了，就继续说开了：

"那头可亲的狮子让我们——埃伦、苏茜和我——骑到他的背上，我们没走多远，就又碰到了一头熊。"

"一……一……一头熊啊！"泰特斯假装吃了一大惊。

"没错，一头很坏很坏的熊。那头很坏很坏的熊说：'我正在到处找小姑娘呢。'

"可亲的幽灵狮子发出一声好听的吼声，说：'什么样的小姑娘？'

"大黑熊说：'无家可归的小姑娘呀。我要吃了她们，或者把她们带到我的窝里，给我的幼崽们吃。'

"善良的幽灵狮子说：'你为什么不吃有家的小姑娘呢？'

"'那是因为，'熊说，'因为她们的爸爸妈妈会非常非常生气的。他们会找过来抓住我，再把我可爱的熊宝宝们全都杀掉。所以我只找那些孤儿小姑娘。快点回答我的问题：坐在你背上的那些那小姑娘有爸爸妈妈吗？'

"'没有，'可亲的狮子说，'可是她们有第二好的东西——她们有一位爹爹老爷。如果你敢碰她们，他会杀了你，把你的宝宝全吃掉。让开，大坏蛋！'"

狮子竟然发出这么温情脉脉的斥责声，泰特斯听了，顿时乐不可支，笑得浑身发抖。伯瑟尼被弄得摸不着头脑，便停了下来，不肯接着往下讲了。

泰特斯赶紧收起笑容，请求她的原谅，可她却不是那么好说话的。

"禀告爹爹老爷，别管哪个小伙子，都别想知道好狮子和坏蛋熊的结局了。"她的语气很坚定，却没有丝毫的不满，因为她很快就又和泰特斯聊起别的话题来了。

她似乎对英国少年没有太大的兴趣，尽管他一直乐滋滋地盯着她看，显得兴致勃勃的。

对法官来说，她的叽叽喳喳是一种安慰。她已经渐渐变成了他的一味安慰剂。家里有个小女孩作伴，倒比男孩更好些，而且她总是安安静静的。他喜欢男孩，可有好多次，只要他亲爱的孙子一来，他的书房里立时就像刮起了一阵旋风似的。伯瑟尼从不吵闹，从不撒野，只是像只小老鼠似的待在家里，轻手轻脚地跟在他身后。

"亲爱的，"他问伯瑟尼，"什么事？"因为她正耐心地盼着他给个什么答复。

"您今天下午能驾车带我出去吗？"

"当然，有个小姑娘陪着，比自己孤零零的舒心多了。"

见大家全都吃完了，他就站起来，离开了餐桌。

"我想和你聊聊，我的孩子。"他把一只手搭在英国少年的肩膀上说。

泰特斯满怀同情地看着达拉斯的背影，法官带着他去了那间宽敞气派的会客室，全家人都不喜欢这间房，因为这栋房子里没有个女主人赋予它家的温馨。

法官关上身后的门，转过身来对着达拉斯。

"我的孩子，"他和蔼地说，"很遗憾地告诉你，你的到来是一场误会。福尔森先生没经过我同意就把你送来了。我看也没什么能为你做的，只能让你回去了。"

不管心里怎么百感交集，英国男孩还是勇敢地把它们都压了下去。他静静地低下头，毕恭毕敬地说："好的，我会按照您的意思做的。"

"你的气色看着不太好，"法官体贴地说，"我觉得纽约的空气不适合正在长身体的孩子，所以如果你愿意的话，我同意让你在这里待

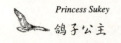

几天后再回福尔森先生那里去。"

少年兴奋得涨红了脸，说："很高兴接受您的提议，先生。我乐意在这里待几天。"

"我会把我的决定告诉福尔森先生的，"法官说，"好方便他为你做别的安排。这段时间里，你怎么高兴就怎么来。你知道，我的孙子会竭尽所能地款待你的。"说到这里，法官停了下来，不动声色地瞟了一眼小伙子身上单薄的穿着。

"今天下午我会带你去我的裁缝那儿。"

达拉斯的脸顿时红得像火烧似的："我宁愿不去，先生，如果我日后不在这里生活，也就不能接受任何恩惠。"

"你这孩子尽说傻话，"法官回道，"你留在这里已经就是接受恩惠了，何况你穿的也不是这个寒冷的时节该穿的。假如我是个穷小子，你是个富人，你愿意送我一身衣服穿吗？"

"是的，我愿意。"他真诚地说。

"那就不要多想了。穷没有什么丢脸的，要是有朋友愿意帮助你，你却坚持受穷，那才是丢脸。"

法官收住了话头，结束了聊天。

达拉斯走开后，泰特斯从他祖父那里得知了刚才发生的事。

"我想让你招待他几天。"法官说。

"没问题，先生。"少年顺从地说，只是脸上没有什么愉悦之情，举止也很冷淡。

"你不喜欢这个男孩子吗？"法官问。

"我不了解他。"泰特斯生硬地说。

法官不禁沉思起来。泰特斯这会儿说话没结巴，应该是在为什么事而心烦。

"他的口音挺特殊的，"法官说，"至少我们听起来是这样。我们这里很少听见谁把'a'念成开音节。"

泰特斯仍旧一言不发。

"假如世界上只剩你们两个了呢？"法官温和地开导他说。

"我会照顾好他的，先生。"泰特斯几乎是敷衍地说，随即就匆忙离开了。

他信守了自己的承诺。一连五天，他对来客的照顾十分周到，年轻人之间顶多也就这样了。他们俩很少有片刻的分离，也看不出来有丝毫不和睦的迹象。除了用餐时间，法官很少能看见他们俩。新来的少年对穿戴的讲究和无可挑剔的礼貌让他感到震惊。他不会被任何事激怒，也不会因为任何事而忘记自己得体的举止，这些品质似乎是他自身的一部分。法官有时会因此隐隐不安，因为在这种彬彬有礼后隐藏着一个该被揭穿的事实——这个少年太好说话了，不可能是发自内心的。他很肯定，泰特斯也同意自己的看法，尽管他从没见他当着别人议论过这个新朋友。

"泰特斯，"这天，趁达拉斯跟查理·布朗去了别处，法官说，"达拉斯的拜访就要结束了。我希望他觉得这次做客的经历还算愉快。"

泰特斯意味深长地看了他一眼："我觉得他是这么想的，先生。"

"我希望仆人们对他一直是客客气气的。"

"他们想不客气也不行，"泰特斯冷冷地说，"他有自己的一套——"

"怎么样的一套？"法官追问道。

"外表软，心肠硬，"少年回答说，"而且，他是蓝色血统，我们的只是红色的。"

"他为自己的血统骄傲吗？"

"他有一本家谱，"泰特斯闷闷不乐地说，"一本厚得要命的家谱，就放在他那个旧皮包里。上面说，沃伦家族的血统可以追溯到英国国王威廉一世身上。"

"那又如何，你自己也有一本记录这种事的家谱。"法官笑了

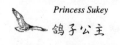

起来。

泰特斯立刻抬起眼来，只见法官打开了书桌上的一个抽屉，说："当年在英国时，我曾经去过一位纹章②官的办公室。我知道桑克罗夫特是一个古老的英国姓氏，所以想了解一些关于我们祖先的真实信息。在那里，我看到了我们的纹章，还拿到了家谱——这就是。"

少年急忙把那张长长的纸条接了过来。

"看见了吧，"法官说，"你的祖先可以往前追溯到挪威的维京海盗。"

"万岁！"泰特斯嚷嚷着，像挥舞武器一样挥舞着那张纸，"这可比他的年代久远多了。我可以把这个拿给达拉斯看吗？"

"当然可以。"少年往房外走到一半，忽然又停了下来，委屈地问："为什么您以前从没给我看过这个，先生？"

"我不知道你会对它感兴趣，"法官乐呵呵地说，"我们美国人很少有人关注这种事，一向都是如此。不过你是个特例。年轻一辈对宗族的思考比过去的老一辈要多。"

泰特斯跑开了。法官望着窗外，陷入了沉思。阳台上，苏姬正一个劲儿地对着几只普通的流浪鸽点头致意，它们都极其渴望能落到她身边。

黑格比是在室外的阳光下给她洗的澡，这对它们有莫大的吸引力，可苏姬的态度很坚决，就是不让它们在她的瓷碗里洗澡。

一只公鸽子落在了栏杆上，一边神气活现地踱着步，一边和她说着话。它自以为终于得到了她的青睐，便大着胆子飞到了碗的边缘上，可苏姬却冲了上去，猛地衔住了它颈边那簇松软的短羽，扯着它摇晃拉扯，那怒气冲冲的样子简直毫无公主风范，以至于到了最后，摆脱了她的公鸽子感到万分侥幸。

_____

② 纹章（Coat of Arms），也叫盾徽，指一种按照特定规则构成的彩色标志，专属于某个个人、家族或团体的识别物。

法官笑着走出房间，来到阳台上。向下望去，一幅平静的、安居乐业的景象尽收眼底。他的四周全是矗立在自家基地上的漂亮房屋。眼下，厚厚的白雪覆盖了一切，就连树上也都堆着积雪，可是，这冬日的景象也有它的美丽之处。天气并不冷，甚至让人感受不到寒意。罗伯劳戴着袖套，正在打扫马厩前的水泥地；后门那里，两个女仆正忙着刷洗一张地毯；布洛杰特太太站在阳光下看着她们干活，头上什么也没戴，只用一个围裙罩着。

这时，达拉斯穿过马厩，从那条通往房子的步道上走了过来。法官看到，只要从仆人身边经过，达拉斯都会向他们致以友好的微笑，而仆人们也会用满怀尊敬的目光回敬他。法官一直等到听到少年走上楼梯，又穿过大厅来到他的书房外，这才走出来迎接他。

这少年看着多体面啊！他的新衣服昨天就送过来了。按照他自己的意愿，法官给他选了一身黑色的。达拉斯被感动坏了——真的，就差失声痛哭了——推心置腹地对法官说，在此之前，他一直为自己无法给亲爱的父亲戴孝而感到万分悲痛。

"达拉斯，"法官和蔼地说，"福尔森先生明天晚上就会去接你，所以你得搭明天一早的车从这里离开。"

一丝浓重的阴影从少年的脸上一掠而过，但他还是冷静地说："好的，先生，我会准备好的。"说完后，他就径自离开，回到楼上他自己的房间里去了。

法官的心没来由地沉重起来，在大厅里踱来踱去。要把这小伙子送走，他觉得难过，非常难过，因为他怀疑他根本不想走。

他停下步子，走到过道的大窗边，望着下面的马路。伯瑟尼去哪儿了？和煦的下午已经接近尾声了，很快就要天黑了，她该回屋了。一吃完晚饭，她就陪着他乘车外出了一趟，接着又请求他允许她带些花去附近邻居家里探望一个生病的孩子，可这会儿她也该回来了。啊！那不就是她么，就在马路对面。不过，这孩子在干什么呢？

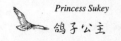

法官深情地注视着这个穿着毛茸茸的白外套的小小身影，她正往家的方向走来。可是，走到积雪覆盖的大路中央，她却停下了。路上有一些黑煤块，是刚经过的一辆煤车抖落下来的。伯瑟尼兴致勃勃地瞧着这些煤块。"她的小脑瓜在想什么呢？"法官想着，暗自觉得好笑。

突然，小孩把腰弯了下去。她把手里那个用缎带装饰的粉色小篮子小心翼翼地放在地上——那是她去探望她生病的玩伴时装花用的——接着从口袋里掏出一方小小的手帕，在篮子里摊开，摘下手套，认真地把那些煤块一个个地拾起来。可这个过程却被中途打断了两次。第一次是被两位女士打断的，她们都是附近准备回家的邻居。法官一见她们停下来和伯瑟尼搭话，就把窗户打开了。

她们毫不掩饰自己的兴趣，问她准备怎么处置这些煤炭。

伯瑟尼似乎腼腆地回避了她们的提问。两个女人只好继续往前走。这时，她们中的一个声音清晰地传到了法官这里："一个普通的孩子，竟然对煤炭这种又黑又脏的东西这么着迷，真是太奇怪了！"

第二次被打断就没这么好应付了。布洛杰特太太那双敏锐的眼睛不仅盯着法官的宅邸里面，也盯着它外面和它所在的这条大道。此时，她的目光捕捉到了一只迷路的羔羊。法官看见她肥胖的身躯飞快地下了门阶，朝伯瑟尼猛扑了过去。

"过来，亲爱的孩子，"她说，"现在就回屋去。"

伯瑟尼稍微反抗了一下，可布洛杰特太太毫不留情地抓着篮子把它翻了过来，同时抓着她的手，把她带回屋里去了。

就在她们马上就要来到书房外时，法官关上了窗户，走到房间里的炉火旁边。

"先生，"布洛杰特太太在半开的门上敲了敲，"您能和这个小姑娘谈谈吗？"

"进来。"他说。

布洛杰特太太走了进来，仍然抓着伯瑟尼。伯瑟尼看起来有些不安，也有点儿不服气。

"先生，"布洛杰特太太坚定地说，"我希望您能跟这个小姑娘好好说说，因为她不听我的。我一直对她说，虽然您不喜欢浪费，可是您更讨厌粗野，可她偏要做些怪里怪气的事。她把煤块和小木棍捡回来往火里添，到处乱跑，还喜欢闻肥皂——"

"闻肥皂？"法官困惑地重复了一遍她的话。

"没错，先生，那天她被我逮了个正着。当时她在您的房间里。您知道，先生，您的浴室里用的是檀香皂，泰特斯少爷用的是纯正的橄榄皂，那个做客的小伙子用的是公用卫生间里的东西，我们在厨房里用的是海特科尔牌的。"

"啊！海特科尔牌的，"法官插话道，"是好肥皂吗？"

"还行，先生，毕竟是便宜肥皂。不过我要说的是：这个小姑娘喜欢好肥皂。别看她还小，她可分得清好坏。她把您的肥皂块捧在这双小爪子里翻来倒去地看，她把它放到她的小鼻子下，她分明是自己想要，可她是怎么做的？既然她偷偷摸摸地把手伸到您的肥皂盒里，我就答应把那一小块檀香皂给她，可她又跑到楼上的走廊壁橱里拿了一块海特科尔牌肥皂到自己的房里。"

"呵！"法官耐心地听着。他不知道她这会儿念叨煤块、木棍和肥皂是什么用意，也不忍心看着这个敏感的小孩像个犯人似的站着。

"先生，"布洛杰特太太严肃地说，"想挽救她，难着呢。"

法官吃了一惊。这句话就给整件事重新定性了。

"的确，"布洛杰特继续说道，"我知道这个小姑娘以前很穷，不过我能从她的言行举止看出来，她的母亲是位淑女。我厌烦了一再对她唠叨，说您不想让她穷苦人家的小姑娘那样，继续过着乱捡东西、干苦活、过分节俭的生活。这事儿得您来教。她唯一要做的就是听话，虽然不能太浪费，也可别像个乞丐似的。地方换了，情况也就不一样了。她嘴里总念叨里弗街，可格兰德大道不是里弗街。"

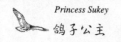
"好了，布洛杰特太太，"法官用安慰的口吻说，"我会和她谈的。"这个胖女人听了，便如释重负地把"犯人"交给他，自己走开了。

女管家走后，伯瑟尼有些胆怯地走到炉火边，脱下她的帽子、外套和手套，理成整整齐齐的一小摞放在椅子上，然后不安地抬起头看着法官。

"您没有生伯瑟尼的气，对吗，爹爹老爷？"

"没有，"他说，"我没生气。"

"以前在廷斯比太太家的时候我们都是这么做的，"她把自己的小手在炉火前摊开，"安妮、罗德、戈尔迪和我总会提着小桶满街地找。每到驳船日，我们总能捡到好多。"

"你说的驳船日是什么意思？"法官问。

"就是运煤的那些大船停到河岸边的日子。那时，卡车会拉着煤满城跑。我们就跟在卡车后面。我们能让厨房里的火一连烧上好些天。好多孩子都这么做过，爹爹老爷。"

法官沉默着，心里已经很不忍了，可伯瑟尼却继续说了些更悲惨的事："廷斯比太太对我很好。我妈妈去世时对我说过：'你得尽力帮她，只是别跟她去旅馆。'"

"去旅馆？"法官把她的话重复了一遍。

"是的，先生，去旅馆的后门。他们会把盘子里的剩菜送给穷人们。有时候廷斯比太太能得到一些很不错的食物，像火鸡肉片、不成块的蛋糕，甚至是整块的羊排、鱼头鱼尾、切开的苹果、不太新鲜的香蕉、化了的冰淇淋和几块布丁——"

"别说了！"法官恳求说。

伯瑟尼抬着头静静地看着他。刚才那些话她一直是盯着火苗呓语般地说出来的。

"那些食物都挺好的，先生。有一次，我还在廷斯比太太拎回家的提桶里发现了一丁点半圆卷饼——那是我吃过的最甜的卷饼了，反正总是有很多惊喜。您认识吉米·福克斯，那个养狗的人，不是吗？"

"不，我不认识他。"

"他养了很多狗，就住在钢铁厂旁边的那条便道上。吉米总是随身提着一个包，廷斯比太太带的却是桶。有天晚上，有人给了吉米一整只兔子，把他高兴坏了。可廷斯比太太说，那兔子一定有点不对劲，要不然他们不会把一整只都给他。可是，吉米把那一整只兔子都吃了也没死。廷斯比太太后来又看到他了。"

法官想笑，却一丝笑也挤不出来。他觉得伯瑟尼的回忆一点儿也不好笑。

"孩子，"他忽然开口说，"答应我，你以后不会再捡煤块了。"

伯瑟尼吃惊地看着他，说："再也不会了，爹爹老爷，要是您不想让我捡的话。"

"把布洛杰特太太给你的肥皂拿着吧，别用海特科尔牌的了。"

"好的，爹爹老爷，"她轻声回答说，"伯瑟尼是不是太不听话了？"

"不，孩子，不。只是你不需要这么省吃俭用。"

"我不知道这个词是什么意思。"

"就是节省的意思。你觉得泰特斯应该到外面捡木棍生火吗？"

"不应该，先生。"

"为什么不应该呢？"

"因为他不是个可怜的穷孩子，他是您自个儿的孩子。"

"没错，他是我自个儿的孙子，你也是我自个儿的孙女。"

她快速地往他跟前走了一步，由于太过激动，她难得地犯了个错："可他一剩（生）下来就是了。"

"你也不是自愿的，"法官坚定地说，"是我让你做我的小孙女的。除非老天爷把我的钱都收走，否则你再也用不着捡煤块了。"

"我知道您是不会把我送回里弗街的，爹爹老爷。"她真诚地说。

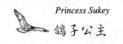

法官沉默了，不知道她脑子里又生出了什么怪念头。

"我觉得我是您的小姑娘，"她认真地继续往下说，"是您穷苦的小姑娘。我捡木棍和煤块是为了帮您。您要抚养一个富孙子，又接收了个小穷姑娘，负担太重了。"

"孩子，"法官坚定地说，"我不希望有任何的区别对待。你和泰特斯的地位是一样的。"

伯瑟尼梗着脖子说："我妈妈跟我说过，先生。她说：伯瑟尼，等我死了以后，你要记住，收养的孩子和亲生的孩子是不一样的。她必须乖巧可爱，必须老实听话，因为大家都在看着她。她什么都得省着用，哪怕是根针。她必须每天都说：'老天爷，请让我像羔羊一样温柔。'"

法官心里一阵不安，连忙说："我真希望你母亲没跟你说过这些话。"

伯瑟尼耐心地摇了摇头："您非常善良，先生，可是您改变不了我——我只是被收养的。我不是您真正的亲孙女。"

她的伙伴沉默了好一会儿，幼年印象和母亲影响力的强大让他陷入了沉思。最后，他有些不耐烦地开口说："这么说来，我不是你真正的祖父，你也不会真的喜欢我喽。"

伯瑟尼已经开始小心翼翼把自己的那摞外套往她的小胳膊上搁，准备拿到楼上去，听到这话，她又忽然把它们放了下来。

"先生，"她再次面对着他，说，"昨天晚上，我对埃伦和苏茜说：'女孩们，你们一定非常喜欢你们亲爱的爷爷，他是你们真正的爷爷，我只是他的假孙女，可我就是爱他——就是爱他。'"她真诚地反复强调说。

法官低头看着那张被火光映照得发亮的小脸。

"你是个好孩子，"他弯下腰来亲了亲她的额头，温柔地说，"不管你怎么说，从现在开始，你就是我自个儿的宝贝孙女。"

她开心地笑了，转而又责备地朝鸽子弯下腰来——苏姬进了房间，正在使劲地啄一只掉到壁炉地毯上的手套。

"小圣鸟，你可不能糟蹋伯瑟尼的手套。你是一只富裕的鸟儿，自然不明白小穷女孩儿必须珍惜她们的衣服。"

苏姬衔起那只手套，用尽全力把它朝炉灰里甩。

伯瑟尼耐心地把手套夺了回来，看了看四周说："爹爹老爷，苏姬的针垫呢？她想要个能玩的东西。"

法官从抽屉里拿出针垫放在壁炉地毯上。鸽子轻快地跑过来，开始往外拔大头针，再把它们扔到地毯上。

"我会把它们捡起来的，"伯瑟尼说，"我一收拾好自己的东西就来。"说完，她再次把自己的外衣搁到胳膊上，法官愉快地把帽子放到那摞衣物的最上面。

"再见，"她甜甜地说，"我很快就回来。"可紧接着，她忽然把身体往前探去，神神秘秘地望着走廊。说来也怪，黑格比竟然还没把那里的灯打开。

"你见到什么了？"法官问。

"那条黄色的斑点狗，"她小声回答说，"我只看到了他的尾巴。他跑到楼上去了，没准儿我能在我的床底下找到他。"

法官看着她慢慢地往楼上去了。多古怪的孩子啊！他从来没听她抱怨过怕黑。说真的，黑暗里充满了各种鬼怪和幻象，他很想知道她会不会因此而感到一丝恐惧。对她来说，黑暗里的那些东西更像是伙伴。他经常听她说起与埃伦和苏茜说过的话，还有她母亲和那条黄色的斑点狗。这不由得让他联想到她穷苦的出身。那些在富裕的环境里长大的孩子才有资本怕这怕那，穷人家的孩子却不得不逼着自己在穷苦面前坚强起来。伯瑟尼在来这里之前从来没习惯过灯火通明的走廊。

多招人怜爱的孩子啊！她会长成个什么样的女人呢？回到自己的书房后，法官虔诚地祈祷："噢，老天爷！请让我看到自己的亲骨肉和养孙女长大的那一天吧！"

第十一章　欺骗与原谅

　　每天早上，泰特斯都会赶在早餐之前到外面去看看自己的鸽子。他实在没什么时间去做更多的事，只能来看看它们，因为他不是个习惯早起的人。只有等下午放学后他才能过来履行自己照看鸽子的实际义务。

　　他去鸽棚里看一眼的习惯被伯瑟尼发现了。所以每当泰特斯早上离开房间时，总能发现她在门外晃悠，等着他邀请她去看那些"可爱的鸟儿"。

　　"走呀！"泰特斯总会这么招呼她，然后牵着她的手一起往屋外的马厩跑去。

　　鸽子们对她已经像对泰特斯那么熟了。他总会允许她给鸽子们喂几把汉麻籽。这种种子油性大，不能连续喂给鸽子吃。可它们显然都很爱吃，只要伯瑟尼一摊开手掌，它们就全都围上去了。

　　每当鸽子们柔软的脖子在她的手指上蹭来蹭去时，她都会欣喜得发抖，可她从来不敢笑，生怕把它们给吓着了，倒是站在后面的泰特斯经常被逗得忍俊不禁。

　　急着吃汉麻籽的鸽子们总喜欢挤来挤去，挤着挤着就打起来了。参战的斗士们会退到一旁去，衔着对方的脑袋拽来拽去。等它们打完架归队时，却发现所有的汉麻籽都没了。它们望着伯瑟尼空空如也的手掌，露出懊悔的神情，那模样可笑极了。这还不算完，末了，它们还得傻乎乎地听小女孩温柔地训斥一番，责备它们不该打架。

鸽子们有时也会翩翩起舞，那是它们最接近玩乐的方式。假如伯瑟尼恰好赶在它们饥肠辘辘时带着汉麻籽进来了，它们就会拍打着翅膀围着她起舞，有时还会腾空而起，在半空中不住地打转。

自从来到里弗港后，达拉斯也养成了过来看鸽子的习惯。但是，到了他要离开的那天早上，泰特斯和伯瑟尼发现他没有等他们。

"我……我……我没盼着他来，"泰特斯说，"我希望——我是说，我猜想——他现在正在收拾行李。他的那趟车一个半小时后就要出发了。回来吧，伯瑟尼。我跑上去看看能不能给他帮点儿忙。"

伯瑟尼快步走进屋里，来到餐厅。法官前脚刚进来，仆人们正陆续往里走，准备做祷告。

祷告过后就开始吃早餐了。法官和伯瑟尼刚在餐桌前坐好，泰特斯就拖着步子进来了，脸拉得老长。

"达拉斯病了，祖父。"他慢慢地说。

法官抬头看着他："他怎么了？"

"我不知道，先生，"泰特斯一脸古怪地说，"他的脸红红的，把头埋在被子里。"

"可昨天晚上他还好好的。"法官说。他的思绪飘回到了前一晚。英国少年一直高高兴兴的，有说有笑，不像他担心的那样因为得知自己要回纽约而郁郁寡欢，这让法官觉得很欣慰。

"是的，先生，"泰特斯说，"玩游戏的时候，他反应快着呢。"

"也许他是感冒了，"法官说，"我上去瞧瞧。"说完，他把餐巾扔到桌子上，慢慢地走上楼去。

达拉斯脸色火红火红的，一双眼睛倒是很清亮。

"你头疼吗？"法官问。

"头疼得快裂开了。"少年回答说。

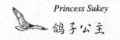

"后背疼吗？"

"疼得厉害。"少年呻吟着说。

"我带你去看看医生，"法官说，"你想吃点什么吗？"

"噢，不，不吃。谢谢您。"他摇着头说。

法官去楼下给他的家庭医生打了个电话，接着又回到餐厅里吃完了自己的早餐。

他一离开餐厅，医生就到了。让法官失望的是，来的不是他的家庭医生，而是他的助理。

"我想见的是莫伯利医生。"他对那年轻人说。可年轻人却彬彬有礼地告诉他，莫伯利医生去了纽约。

法官没说什么。可是，当他陪着医生助理来到英国少年的房里时，却发现这个年轻人完全摸不清病人的状况。

他先是说小伙子得了麻疹，接着改口说是猩红热，最后又说是感冒发烧。

法官和气而坚定地对他说，自己不需要他给病人开药方，并且客客气气把他送出了门。随后，法官又来到电话前，想叫市医院的院长上门看诊，因为此人对少儿的了解给他留下了深刻印象。

一个小时后，雷纳德医生就驾车过来了。

"这有违我的原则，您知道，"他摇着头对法官说，"我是不接私诊的，可我不能拒绝您。您叫我来有什么事？"

法官对他说："有一个英国少年在我这里暂住，他原本今天早上就要回纽约，可现在生了病，回不了了。我很担心，因为他不肯吃东西。"

"带我去看看他吧。"雷纳德医生说。

他们一起上了楼。雷纳德医生敏锐地看了看病人的房间，到窗边把窗帘拉开，接着就到他床边坐了下来，用他那双炯炯有神的灰眼睛盯着少年。

在他的注视下，达拉斯的脸更红更烫了。当听到医生说"我来给你摸摸脉"时，他犹豫了半天。

没想到，雷纳德医生竟毫不客气地在床褥上敲了一下，他只好伸出一只手来。

这只手只被扣留了一小会儿。医生凑上前去，一只手放在他的额头上，小声问了个问题。少年勉强回答了以后，他便站起身来朝法官点头示意，随后走出了房间。望着他的背影，达拉斯的目光里充满了羞愧和绝望。

法官把医生带到自己的书房里，关上门说："希望不是像天花这种凶险的病。"

"比这更严重。"雷纳德医生简短地说。

"更严重？会是什么病呢？"

"轻微的道德败坏——这孩子是装病。"

"装病！"法官惊叫道。

"没错。我不了解内情，也许你能告诉我。"

"他看起来病恹恹的，"法官不安地说，"我不想质疑您的话，不过，您有没有可能是弄错了？"

"不可能。我们在医院偶尔也会遇到这种情况。在我的追问下，他已经承认自己是在装病了。给我讲讲这个男孩的情况吧。"

法官立刻把自己知道的一切全都告诉了他。当他确信雷纳德医生的判断是正确的后，只说了几句话。

他把自己知道的关于达拉斯父母的情况交代完后，感叹道："还是老一套啊，我应该比一般人都更清楚才对，作恶容易向善难。"

雷纳德医生笑了起来："是的，您确实应该知道。尽管如此，我还是羡慕您，因为您从事的是那样的职业，却一直坚守着对人性的美好信仰。"

"只有上天才知道我是怎么努力才坚守住的，"法官认真地说，

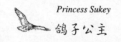

"每个人心里都有善，这就是我的信仰。如果我放弃了这种信仰，哪怕只有一瞬间，那我宁愿倒下死了算了。"

"这件事还不算糟糕透顶，"雷纳德医生说，"事实上，这算是对您的一种恭维。那孩子命运坎坷，所以把您这里当成了安静的避风港，来了就不敢离开了。"

"可他的表里不一，"法官说，"在这件事上我必须严肃对待。昨晚得知自己必须离开后，我看得出他非常震惊，可他却把自己的真实感受藏了起来。"

"他那是在琢磨应对计划呢，"雷纳德说，"他是个见风使舵的好手。您准备拿他怎么办？"

法官坚定地说："让他起床，再搭车回纽约。"

"然后让他下个星期再回来。"

法官笑了起来。

"承认吧，"雷纳德说，"像您这样的老伙计，发现有个小辈对自己恋恋不舍，心里多少会觉得欣慰。"

法官大笑起来："啊，医生，这孩子喜欢的是我这里的环境。他那可怜的年轻心灵渴望舒适。"

"也不全是，"雷纳德医生固执地摇摇头，"有些人家境富裕，却留不住家里的男孩儿，这都是我见识过的。是您自己身上的某种特质吸引了年轻人，法官。您应该有满堂的儿孙才对。"

他的朋友伸出手来："老天不答应啊！不过我得承认，真要让这个男孩回到纽约那个旋涡里，我还是挺不忍心的。也许再多庇护他一段时间，我就不会觉得过意不去了，他也或许能因此遇到什么转机。您想收留他吗？"

"不了，谢谢您，"雷纳德礼貌地说，"一个把医院当家的老单身汉不会让您的孩子得到安慰的。不，还是您留着他吧，不过要想办法让他改掉这种弄虚作假的恶习。"

"您觉得他在别的事上也撒谎了？"法官焦急地问。

"你不是说过他没吃早饭吗？"

"是啊，我说过，他今天早上什么也没吃。"

"他在用苏打饼干填肚子呢。我闻到他嘴里的气味了。"

"我不能让这个孩子陪着泰特斯一起长大啊。"法官不悦地说。

"您以为他能像欺骗您一样轻而易举地欺骗您的孙子吗？"医生一针见血地反问，"啊！年轻人的心机，只有同辈的慧眼才能识破。"

这倒让法官回想起来，泰特斯说到达拉斯生病时的样子的确很奇怪，他离家去上学时也没表现出对英国少年特别地关心。

"我相信泰特斯是知情的。"法官大声说。

"据我对泰特斯的了解，"雷纳德医生淡淡地说，"我也相信他知道。别因为孩子撒了个小谎而自寻烦恼。他们都喜欢撒谎，就像鸭子喜欢水一样。最要紧的是赶在它们打湿羽毛之前把它们拉上来——不过，要把翅膀弄湿也得在水里泡上很久才行。"

"泰特斯不是个爱说谎的人，"法官谨慎地说，"虽然他会做些别的事惹人生气。"

"他多大了？"

"十四岁。"

"如果他以前没养成撒谎的习惯的话，现在也不会了。别太担心那个英国少年，法官，给他一次机会。这个世界对没爹没妈的孩子太残酷了。我每天都能看见这样的孩子在绝境里挣扎。"

"可照理说，我应该把他送回纽约去。"法官有气无力地说。

"没这回事。上楼好好地教训他一顿，然后原谅他。如果他表现得太不像话，您就没义务留着他了。不过他是不会的，他是个敏感的孩子，像只生病的猫狗一样在寻找一个能容身的温暖角落。您得站在他的立场上考虑，法官，站在他的立场上考虑。"

法官照他说的考虑了一会儿便发起抖来。"既然您都这么建议

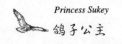

了，"他忽然开口说，"我会让他留下来的，不过我得和他谈谈才行。"

"再见，"雷纳德一脸戏谑的表情，"再见。再遇到什么重病，您就跟我说。"说完，他匆匆忙忙地走向门外的走廊，下楼去了。

法官满腹心事地走进了达拉斯的房间。

少年的衣服正穿到一半。一见他的朋友兼保护人进了房间，他就一头倒在床上，那样子别提多沮丧了。

看到少年无比羞愧的模样，宽厚善良的法官打心眼里感到欣慰。

"达拉斯，"他和蔼地说，"你有没有什么要为自己辩解的？"

"没有，法官，没有。"小伙子扭过脸去说。

"你欺骗了我。"法官柔声说。

"是的，我欺骗了您。"少年瓮声瓮气地说。

"你心里好受吗？"

"我不知道，"达拉斯无精打采地说，"我想应该是的。我太累了，先生。我听我父亲说起过英国人捕猎的场景。被捕的狐狸翻滚挣扎，不知该何去何从。"

少年的情绪如此低落，举动如此灰心丧气，叫法官心里大为不忍，一股怜悯之情油然而生。任何眼泪和慷慨激昂的悔过对他的吸引都比不上这种单纯的无助。这少年已经不再耍心眼了。

"达拉斯，"他和蔼地问，"你喜欢我的孙子吗？"

"很喜欢，先生。"

"你假装很喜欢，其实没那么喜欢，对不对？"

"对。"

"你一直让自己处处讨人喜欢，是希望我能改变主意收养你吗？"

"是的。"他痛苦地答道。

"当你听说自己要回纽约时，你心里是怎么盘算的？"

"我没有任何盘算，"少年的声音低沉而焦躁，"我能怎么办？您的那位牧师朋友一贫如洗，他没法收留我。我只能在某个肮脏的下等场所工作。噢，老天爷！真希望我能有勇气毒死我自己。"

"达拉斯，"法官问，"你是个懒人吗？"

"讨厌臭烘烘的穷人和他们古怪的为人，害怕整天和那些满口污言秽语的男人和小孩打交道，不能理解您，这就是懒的意思吗？"少年几近无礼地问。

"我问的是你是不是不喜欢工作。"法官冷静地说。

少年盯着他，说："我喜欢学习，喜欢看干净的好书，喜欢听干净的好话。可我喜欢什么重要吗？您已经放弃我了。"他垂下头，痛苦地摆弄着手里握着的一把袖珍折刀。

法官满腹狐疑地看着那把刀，它是红色的，上面沾了些污渍。

他用坚定的口吻继续说道："达拉斯，从某些方面来看，欺骗实施起来的确比较省事。你到我家后都做了哪些表里不一的事？我想让你说清楚。"

少年无精打采地下了床，慢吞吞地走到一个壁橱边，把它打开。"瞧！"他从里面拿出一个小盒子，放在地上，"自从我来了以后，我在它们的事上瞒了你们所有人。"说完，他从口袋里掏出一把小钥匙，打开了盒子上的挂锁，掀开了那个带孔的盖子。

眼前的景象让法官吃了一惊。盒子里竟然有一根栖木，上面蹲着两只小小猫头鹰——他还没见过比它们羽毛更灰更柔顺的小猫头鹰。它们俩紧紧地挨在一起，似乎一点儿也不害怕，只是用它们那圆溜溜的漂亮大眼睛盯着达拉斯，不约而同地发出软绵绵的叫声："突呜呜——呜——呜呜！"

"好嘛！"法官惊呼道，"好嘛！"

"这两只是加州鸣角鸮，"少年闷声闷气地说，"是我父亲的宠物。他喜欢鸟，某次去旧金山旅游时把它们买了下来。他临终前嘱咐我照顾好它们，我全是为了他才这么做的，其实我很讨厌它们。"

"你讨厌它们！"法官说。难道终于叫他发现了不喜欢鸟的年

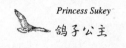

轻人？

"是的，我讨厌它们，"少年恨恨地说，"我讨厌所有的鸟。只是为了讨你孙子的喜欢，我才一直假装喜欢鸽子。既然我马上就要走人了，把真话讲出来也就无所谓了。"

法官看了看盒子里的生肉碎片，又看了看达拉斯手上红色的小刀。

"你从哪里给它们弄吃的呢？"

"买肉，或者管人讨要。事实上，除了泰特斯以外，这家里的所有人都以为我在接受生肉治疗。泰特斯知道我在干什么，至于他知不知道我喂的是哪种动物，我就不知道了。"

"你晚上没把它们关在这个小盒子里吧？"

"那倒没有。到了晚上我就由着它们在屋子里飞。它们整个白天都要睡觉。"

法官戴上眼镜，盯着那两团毛茸茸的小东西。它们正困乏地眨着眼睛。

"如果你把它们放出来，它们会飞走吗？"

"不会的，先生。我父亲晚上总把它们放出来，它们会把抓到的麻雀带回我们的房间里，再把它们吃掉。"

"真新鲜啊！"法官感叹一声，又说，"我们房子周围没有猫。你就给它们自由吧，可是要多喂点肉给它们吃，我们这里没什么麻雀。"

达拉斯向他投来锐利的一瞥。法官没有理会他的眼神，只是镇定地把眼镜放回眼镜盒里，再把眼镜盒放回自己的口袋。随后，他又提了个不相干的问题："达拉斯，你是纯正英国血统吗？"

"不是，先生。只有我父亲那一脉是，我母亲是西部姑娘。"

"她有没有什么亲戚还活着？"

"只有些远亲，全都穷得可怜。"

"你父亲去世多长时间了？"

"三个月。"

"他去世后，你很想他吧？"

少年看了他一眼，眼里满是悲伤——无依无靠、茫然无措、吞声忍泪。法官那颗善良的心忽然一阵钝痛，怜悯和同情油然而生。

"孩子，"他说，"你需要一个新父亲。"

"啊！那是我再也拥有不了的了。"达拉斯大声说。他的整副灵魂都在与痛苦和反抗的情绪作斗争。

"你面前的就是个不值一提的替代品，"法官轻拍着自己的胸口，"留在我身边，达拉斯，做我的孩子。"

小伙子再次看着法官。他比泰特斯更容易流露真情。如果眼下的情形稍有点儿不同，他一定会冲上前去，搂住眼前这个人的脖子；他一定会在他富于同情的耳边哭诉自己的不幸。可法官毕竟和他不太熟，而他现在既痛苦又羞愧，不能高兴得太早。

"回床上去吧，"法官轻声说，"你精神紧张，忧思过度，一定累坏了。今天的三餐就让他们端进来给你吃吧。如果你愿意的话，明天就到楼下去和我们同桌吃饭。我对你只有一个要求——要对我诚实，达拉斯。你能做到吗，我的孩子？"

小伙子转过身去，直挺挺地栽到床上。他全身都在发抖，一句话也说不出来。

法官没有再坚持，因为他是个明察善断的人。他轻轻关上门，微微摇了摇头，慢慢地下楼去了。

第十二章　黄色斑点狗

"真想知道泰特斯会怎么说？"法官喃喃自语，"泰特斯会怎么说呢？也许我应该事先问问他的意见。"

他等到孙子从学校回来后，便问："泰特斯，你觉得那个英国来的男孩怎么样？"

泰特斯咧嘴一笑："他怎么样了？"

"你是不是觉得他病得很重？"法官追问道。

"你准备收留他了，"泰特斯不假思索地说，"我就知道你会的。我就知道他会说服你。"

"你喜欢他吗？"法官急切地问。

"反正我是不喜欢，"泰特斯一脸的轻蔑，"我觉得他是个大骗子。"

法官叹了口气。泰特斯表面看上去无所谓，可这件事一定让他心里烦透了，因为他说话一点儿也没结巴，而且每回答祖父一句话，他都会稍微往前走一点。

法官发觉自己已经被他逼到了客厅门边，干脆打开门走了进去。

"孙子，"他对还在往前逼近的泰特斯说，"我希望你比我强，能为这个世界多做些好事。"

"只要能做到您的一半我就知足了。"泰特斯干巴巴地回答。

"那孩子刚来的时候你还挺喜欢他的。"法官不安地说。

"我从来没有喜欢过他，一分钟也没有。"泰特斯一拳砸在一张嵌花的桌子上。

"所以你也在装？"法官问。

"如果我一点儿也不装的话，"泰特斯咬牙切齿地说，"我就会跟人从早到晚打架，到吃饭的时间都不会停手。如果我对学校那帮家伙中的一半说出我对他们的真实看法，那会是什么样？"

"假如我对城里那帮人中的一半说出我对他们的真实看法，那会是什么样？"法官认真地想了想，心里顿时打起鼓来。

"就算是虚伪，也各不一样。"泰特斯仍像刚才那样步步紧逼，对祖父穷追不舍，法官只能不时朝他身后望望，小心翼翼地在房里挪腾着，"我早就看出来了，那家伙一定会留下来的。我不会妨碍他，不会挡他的路。"

"这么说来，你还没做好接受他这个兄弟的准备喽？"

"兄弟——胡扯，"泰特斯无礼地说，"祖父，告诉您吧，当一个男孩的长辈比当他的兄弟容易。"

"他以后会很诚实的。"法官说。

"妄想！"泰特斯生气地跺着脚，大声嚷嚷起来，"他天生就是个演员，和他父亲一样。"

"泰特斯，"法官找了个角落避难，好声好气地说，"我从没见你这样过。你一直挺尊敬——"

"哼，我现在不觉得有什么可尊敬的，"少年气呼呼地说，"眼瞧着三流的骗子都能在您眼前瞒天过海，我对您还尊敬得起来吗？"

"我们的谈话要结束了，"法官说，"劳驾你往后退两步，我好从门那里出去。我相信，等你好好想过这件事后，你会意识到欠我一个道歉的。"

泰特斯闷闷不乐地拖着步子走出了房间。法官注意到他的脚比

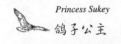

往常跛得更厉害了，心里不禁一沉。

"孙子。"他在后面叫了一声。

泰特斯转过身来，看见祖父脸上有一种异样的神采。

"你怎么会觉得，"法官说，"其他的男孩或女孩能取代我自己亲爱的孩子的地位？"

泰特斯愠怒的脸色缓和了。

"我想让你成为一个高贵的人，我的孩子，"老人展开双臂朝他走了过来，继续说道，"我想让你拥有一颗伟大而慷慨的心，投身到广袤的世界里，给成千上万的灵魂带来幸福。你不能指望所有的灵魂都有所回应。可不管他们有没有回应，你都必须叫他们幸福。如果你仅仅因为其中一个—— 一个不那么合你心意的自己人的灵魂——就退缩了，那又怎么能指望你去影响千万人？噢，我亲爱的孙子，要爱每一个人，爱每一个人！"

要抵抗这番满怀热诚和爱意的话，泰特斯的心肠还要更硬一些才行。"祖父，"他慢慢地说，"对不起。"

法官一把抓住他伸出来的手。"我亲爱的孩子，"他呼唤着，"我亲爱的孩子。"他把他满头黑发的脑袋揽进自己的胸口，喃喃地说，"我自个儿的好孩子。"

泰特斯高兴地嘿嘿了一声就跑开了。那个"自个儿的"是给他的。就算再来五万个英国少年，也别想挤进他和他祖父之间。

"你好呀，小妞儿。"伯瑟尼背着她那大大的书包刚出现在门口，他就赶忙迎了上去，"你好呀，小妞儿。"他把伯瑟尼和书包一股脑儿抱起来，一口气爬了一层楼。

伯瑟尼喜笑颜开，笑得上气不接下气，脚一落地就在泰特斯身后朝他抛了一个飞吻，接着沿着第二层楼梯回她自己房间去了。

兴高采烈的泰特斯继续乱晃。在马厩里，他一遇到黑格比就恶作剧地戳了戳这老伙计的肋骨。他的嘴角弯起一道快乐的弧线，一直到储藏室都没消失。布洛杰特太太正因为一道布丁被人弄洒了而撅着嘴巴。泰特斯捉弄地捏了她一把，又亲昵地叫了一声"你好呀，布洛吉花娘"，她的心情立刻由阴转晴，连继续训斥这档子事也给忘了，被责问的厨娘玛莎也如释重负地笑了起来。

泰特斯从厨房里冲过去，顺道把珍妮的围裙扔到了桌子下。随后，他又冲出去捉弄罗伯劳，给他当开心果去了。

像往常一样，伯瑟尼急匆匆地放好自己的东西，跪在她大洗漱盆前的椅子上洗完了她的小脸和小手，就一溜小跑着下了楼，拉着法官和鸽子开始了午餐前的闲聊。

这小孩需要的服侍少得叫人吃惊。法官早就盘算好了，准备请一个年轻的女仆来照顾她，布洛杰特太太却恳请他不要这么做，说再多一个仆人只会碍事，而且伯瑟尼需要服侍的地方很少，家里现有的女仆们都很乐意代劳。这样一来，伯瑟尼就有了一个自己的小房间，夹在布洛杰特太太和达拉斯的房间中间。

伯瑟尼在法官的书房里没找着他，就一心一意地陪鸽子说起话来。

"我一直在学一首关于你的新歌，"她礼貌地说，"听着。"说完，她捏起自己的红裙子，行了个小小的屈膝礼，唱道：

这是我最爱的小鸟，
这是我爱抚摸的苏姬。
这是我最爱的小鸟，
这是我亲亲的苏姬。

法官在她鞠完躬刚要开唱时就进了房间。苏姬抬着一只爪子站着，目不转睛地盯着伯瑟尼，那神情似乎是在说："很动听，真的，请再多唱一会儿。"

"你从哪儿学来的，小丫头？"法官问道。

"我改了一点儿，爹爹老爷，"伯瑟尼转过身来说，"其实这是一首写洋娃娃的歌，'小鸟'是我加进去的。"

法官专心致志地看着她。她不打算问问英国少年的情况吗？她早上上学时就知道他病了。

"你不想知道达拉斯怎么样了吗？"他提醒道。

"噢，对啊，可怜的达拉斯。小伙子还病着吗？"

"不，他好些了。他要留在这里，伯瑟尼。"

她很快地抬眼望着他："做您的另一个孙子——您遇到我时正在寻找的那个小伙子？"

"是的——的确如此。"

她没有答话，只是在法官特意为她放在书房里的那张小摇椅上坐下，若有所思地把苏姬放在腿上，开始爱抚起她漂亮的毛领来。

"你高兴吗？"法官问道。

"我宁愿那个人是查理·布朗，"她坦率地说，"就不能让布朗家收留达拉斯，让我们收留查理吗？"

法官没有回答她。孩子的天性是多么神奇的东西啊。伯瑟尼在达拉斯面前很乖巧，对他也和和气气的，却不像喜欢泰特斯和查理·布朗那样喜欢他。

那英国少年身上到底是什么地方与伯瑟尼和泰特斯合不来呢？不可能是种族差异，因为那孩子有一半的美国血统。也许本性正直的伯瑟尼和泰特斯能觉察到这个新来的孩子有什么事瞒着他们，所以他们不太相信他。如果达拉斯能够改过自新，努力做一个真正值得尊敬的人，尽力做到心口如一，他们俩对他的那点儿反感可能就会变成真正的喜欢了。

"爹爹老爷，"伯瑟尼冷不丁地问，"我一定得管达拉斯叫'哥哥'吗？"

"是的，你非叫不可。"法官坚定地说。他要尽力做这几个固执的孩子们之间的和事佬。

伯瑟尼的神情恍惚起来。她的手指停止了抚摸鸽子的动作，在自己的精神世界里神游起来。每当现实世界里的事与她的心意相违时，她总会这样。

原本站在一旁注视她的法官来回踱了一会儿步，就向外面的走廊走去。

他正在走廊和书房门口之间踌躇，忽然听见伯瑟尼开口说话了。

"大黄斑点狗，你可不许乱咬衣服。要做一只温顺的乖狗狗，要不然男孩子们会朝你扔石头的。布里克，今晚你能让可怜的狗狗睡在你的木桶里吗？它没人陪，孤零零的。"

"原来那个黑人男孩是在木桶里睡觉的。"法官喃喃道。

"听，"伯瑟尼突然又说，"我听到它的叫声了，悦耳又动听。噢，我亲爱的拜洛，我亲爱的斑点狗，我可以抱抱你。"

法官此时正好站在走廊窗户附近，又正好听到了一声狗叫，便本能地向外望去。

让他吃惊的是，一个黑人男孩正带着一条狗从街道对面走过来——那是条斑点狗。

"伯瑟尼，"他忽然问，"你说的那个黑人男孩是不是长得黑黢黢的？"

她扬起小小的脑袋，脸上做梦般的表情消失了，重回到现实当中。"不，先生，布里克是个棕红皮肤的男孩子——像砖块似的，所以别的男孩子都管他叫布里克。"

法官不由自主地伸出一只手来，想和那个看起来脏兮兮的黑白混血男孩打个招呼，他已经走得快没影了。

"拜洛又来了，"伯瑟尼大叫起来，"听听它悦耳的叫声吧，苏姬。"

法官吓了一跳。街上的那条狗在走到拐角处时正好发出了一长串叫声——说实在的，它叫得非常刺耳，难听极了，不过在伯瑟尼眼里，普通的鹅也都是天鹅。

"孩子，"他说，"我想，那条狗应该是条幽灵狗。"

"它的确是条幽灵狗，"她轻轻地抗议起来，"可是我也告诉过您它也是一条真正的狗，您不知道吗？它没有死，只是走丢了。"

"那么它刚才叫唤的时候，它是幽灵狗还是真正的狗呢？"

"它是个幽灵，"她若有所思地说，"因为我这阵子没在街上见过它。可我猜它的叫声一定是真的——那声音听起来那么真实。说不定它在半空里呢。"她一边说，一边抬头看着天花板。

法官呵呵一笑，继续踱起步来，可这条狗的情况却让他产生了莫大的兴趣。后来，他开始经常在市郊见到这个脚边跟着条斑点狗的黑人男孩，这让他的兴趣越发浓厚起来。那条狗的眼睛是黄色的。法官知道，如果这个男孩一直待在里弗港，和伯瑟尼相遇就是迟早的事。一想到这个他就身上发抖，心里直打鼓，因为他知道小姑娘会怎么做。

第十三章　黑格比和猫头鹰

在伯瑟尼和达拉斯到来以前，法官还从没见过泰特斯和其他的男孩女孩打过交道。

这孩子自小就是一个人长大的，想要玩伴时他就会出去找，很少带男孩子回来陪他一起玩。法官也时常注意到这一点。一直以来，他都以为家里见不着孩子只是一种表面现象，内在原因是布洛杰特太太不喜欢"一团糟"。可自打收养了伯瑟尼和达拉斯后，他才发现，孩子们进出这栋房子都是无拘无束的。

这样看来，他们先前之所以从不露面，背后还有别的原因。由此，近来开始对孩子们的问题产生兴趣的法官认为，一个家里要是只有一个孩子，就算不得是一个很有吸引力的玩乐场所。一个孩子不像几个孩子那样，能把兴趣各异的孩子聚拢过来。

另一件叫法官称奇的是年轻的个性所具有的惊人力量。独处时，泰特斯的个性很顺从，有耐心，不喜欢出风头。可其他的孩子们一来，他就变得自负起来，对涉及自己权利的事尤其如此，只是并没有到惹人讨厌的地步。

就连小伯瑟尼的个性也很强。小小的男女，微缩版的成人——每当法官望着围坐在餐桌旁的这三个孩子的脸时，他心里总是这么想。

达拉斯成为家庭成员后的表现远远超过了法官最好的预期。法

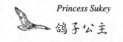

官给福尔森先生写了一封信，打趣地谈到了收养这个少年的话题，并坚定地告诉他，尽管他已经决意收养达拉斯，可这是最后一次，他不想再要别的孩子了。唉！法官到底不是先知啊。

福尔森先生很高兴，亲自来了一趟里弗港，在法官家里待了三天，几次三番地拉着达拉斯促膝长谈。法官不得不承认，达拉斯已经有些改变了。当然，他不指望他能一夜之间改头换面，可这孩子明显变得真诚多了。他仍然那么有礼貌，礼貌得有些过头，可总算不再有那些违心得让他自己和别人都厌烦的行为了。

举例来说，他放弃了和泰特斯形影不离的伙伴关系。两个人各走各的路，既不争吵，也不会为了取悦法官而故作和睦，甚至连上学的时间都错开了。

不过，要是和外人争斗起来，泰特斯就会给达拉斯撑腰了。这天，法官听到了两个少年之间的一段争执—— 一段最终皆大欢喜的争执。当时，泰特斯把达拉斯堵在花园的一角，而那地方正好在法官书房阳台的楼下。

"听着，如果你不把你那该死的老英国腔给改了，我就不会再给你出头了，"他说，"我的鼻梁今天险些被人给打断了。你就不能说'fast'吗？它不念'fost'。"

"Fast，fast。"达拉斯顺从地念道。

"再念念'last'。"

达拉斯念了"last"和"mast"，又念了一大堆别的词，最后终于忍耐不住，反抗起来："我不想放弃自己的英国口音。我为自己是英国人而自豪。"

"那你以后就自己一个人打架。"泰特斯愤怒地说。

"是谁告诉你我不会打架的，"达拉斯苍白的脸变成了粉红色，"我可比你高。"

"高，"泰特斯冷笑着说，"可你软得像块糖。"

这句话刚说出来的时候，他是站着的，可说完时他已经一头栽在一个雪堆上了。

泰特斯闪电似的跳起来，站到达拉斯面前。达拉斯正冲他大喊："你这根小黑铅笔头。"

让法官惊讶的是，泰特斯的怒气居然烟消云散了，不但如此，他还从喉咙里发出咯咯的笑声："你是怎么做到的？教教我怎么使这一招。来啊，达拉斯，教教我。"

英国少年轻蔑的表情渐渐消失了，对着眼前这张变形的脸洋洋得意地笑起来。

"我说些事给你听。"他郑重其事地说。

"我父亲曾经参加过舞台上的摔跤比赛。他曾是个出色的全能运动员，却还是对自己不满意。那时我们住在纽约。你听说过比利·麦吉教练吗？"

泰特斯不由得屏住了呼吸："噢，是的——听说过。"

"他找了比利·麦吉来当教练。那得花一大笔钱，可我父亲还是付了。比利教会了我父亲，我父亲又教会了我，所以以后用不着你来帮我打架了。"

泰特斯的脸上泛起光来。"我说，"他一把挽住达拉斯的胳膊，"再教我些别的摔跤招数。我什么也不会。"

法官叹了口气。两个少年手挽着手走远了。"噢，这种对蛮力的崇尚，"他喃喃着说，"毒害下一代啊。"他朝冲他点着头咕咕叫的鸽子伸出一根手指，走进了房里。回头一定得给这两个男孩子说说打架的事。他在自己最爱的那张椅子上坐下，开始构思一篇能体现父亲或祖父派头的训话。

这时，伯瑟尼走了进来，发现他似乎不想被人打扰，就坐到了苏姬旁边的那张地毯上。

黑格比拿来了下午的信件，忍着呵欠把信放在桌子上就离开了。

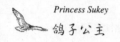

可怜的老黑格比！他一向起得很早，每天快结束时他就开始困了，家里人一吃完七点的晚餐他就立刻回自己房间去了，由客厅女仆珍妮替他在客厅应门。

法官一想好训话的内容就和伯瑟尼一起去楼下吃晚饭了。泰特斯和达拉斯一起来到餐桌前，亲热得像两兄弟一样。这让法官既沮丧又欣慰，同时又有一点儿暗自好笑。他们俩眼里只有对方，注意力也都在对方身上，对法官和伯瑟尼简直是视而不见。

啊，年轻人的热情啊！法官摇了摇头，让他们俩吃完饭后陪他一起去书房。一到书房，他就严肃地分析开了，告诉他们和其他男孩寻衅打架有什么害处，崇尚蛮力又会造成怎样不良的后果。

两个少年认真而恭敬地听着，可这种专注却被忽然从楼上传来的一阵叫人心惊肉跳的尖叫声给打断了。

他们两个不约而同地跳起来，冲到了走廊里。

"强……强……强盗！小……小……小偷！枪……枪……枪火！谋……谋……谋杀犯！"一个磕磕巴巴的声音高喊着。

可怜的老黑格比穿着圣诞节时法官送给他的那件高档睡衣，趿着布洛杰特太太亲手做给他用来搭配睡衣的卧室拖鞋，一边往楼下跑，一边扯着嗓子尖叫，眼里充满了惊恐。

"打……打……打电话给警察，"他说，"活……活……活捉他们！"

"黑格比，"法官稳重地命令道，"冷静下来，告诉我们怎么回事。"

来到客厅后，惊魂未定的老人这才发现身边已经围满了朋友。

"他们差……差……差点杀了我，"他来来回回地走着，双手捂着脑袋，发狂似的嘟囔，"他们想……想……想用刀子捅我，可我像狐狸似的逃……逃……逃走了。"

虽然年纪比法官还大一截，黑格比却还没有白头。他头发稀疏，只透着些许斑白。

"噢，血啊！"他哀切地呻吟着，放下一只手伸到法官面前，"血！血啊！"

他的手上赫然有一道血痕，法官仔细地看了看。

"黑格比，从头开始说。你遇到什么事了？"

老人往后退了退，不住地结巴起来。

"先……先……先生，我正在自……自……自己的房里，就在楼上 L 形走廊的背……背……背面。"

"谁来给他转个身，"心急火燎地从楼下赶来的布洛杰特太太吩咐说，"他会栽到楼下的。"

泰特斯猛地冲过去，一把抓住他的袖子，拉着他从那群惊恐不安的女仆们中间穿了过去，来到大厅窗户旁边的一个安全角落里。

他在那里站定后，就继续说开了。

"我在我……我……我房里的床上，睡得很……很……很沉，还梦……梦……梦见老家和我……我……我母亲了。先……先……先生，"他转过身来对法官说，"我……我……我们那时住在一个小房子里，旁边就……就……就是一条奔流的小溪，附……附……附近还有一片树……树……树林。我哭……哭……哭着醒了过来，先……先……先生。接着我就听见了一个声……声……声音，先生，就……就……就像是从过……过……过去传来的声音。"

"哦？"法官的声音里充满鼓励。

"我……我……我就起来了，先生。我穿上我……我……我的睡衣和……和……和拖……拖……拖鞋；我……我……我走到外面的走……走……走廊里，先生。"

"然后怎么了？"

"那……那……那些强盗一定一……一……一直在等着，先……先……先生。他们从后面朝我扑……扑……扑了上来。他……他……

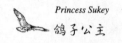

他们用锋利的刀子扎我的脑……脑……脑袋，先……先……先生。"

"你看见了他们了吗？"法官敏锐地问。

"我……我……我好像看到了一个，先生。他全身都是黑……黑……黑的，先生，他用刀子扎……扎……扎了我。"

法官脸上的表情让人捉摸不透。如果是发生在大半夜，他一定会相信黑格比所说的，可现在才刚入夜，他无法想象有哪个小贼会冲进来袭击一个不过是在走廊里晃悠的人。尽管如此，他还是转过身去，对两个少年说："跟我上楼，我们好好地搜一下。"

"请等一会儿，先生，"达拉斯说，"我能问问黑格比是什么声音让他下床的吗？"

"是猫……猫……猫头鹰的声音，先生，"黑格比结结巴巴地说，"是蹲在枝头上的小猫……猫……猫头鹰呜呜的叫声。"

达拉斯古怪地看了泰特斯一眼，后者见了，突然放声大笑起来。

"哎呀呀，可怜的老黑格比，"泰特斯笑得上气不接下气，"你被愚弄了。"

老男仆瞪着他，一脸的不快。达拉斯转过身去对着法官，等着法官听他解释。

"您提醒过我不要把鸟养在身边，先生，所以我就让它们随意行动了。每天晚上，一到黄昏我就会把窗户打开。它们一定是从哪扇窗户飞到走廊上去了。猫头鹰看到毛茸茸的东西就会发动攻击，这是它们的习惯。"

"我知道，"法官会心地笑起来，"我听过它们袭击猎人的毛皮帽子的故事。哎呀！可怜的老黑格比，"他对黑格比说，"好了，别慌里慌张的了。攻击你的不过是两只小鸟——是达拉斯少爷养的小猫头鹰。"

黑格比气得一时说不出话来。他不敢对法官生气，可怎么也不敢相信攻击他的竟然只是鸟。

"好了，好了，"法官哄着他说，"为了满足你，我们还是去搜搜看吧。"

一大群人乌泱泱地沿着楼梯往上爬去——法官牵着伯瑟尼的手走在最前面，两个少年和仆人们紧随其后。

到了楼上的走廊后，大伙儿穿了过去，来到了后面的 L 形走廊。这里下面分布着厨房和几间食物储藏室，上面是仆人们住的房间。达拉斯警觉地左看右看。

法官这个人有个特点，喜欢充足的光线。所以一到晚上，不管有人没人，家里所有走廊和房间里的灯全是开着的。

"我没看见那两个元凶，"达拉斯说，"不过我可以把它们唤过来。"接着，他就试探性地叫开了，"突呜呜——呜——呜呜！"

"突呜呜——呜——呜呜——"两声软绵绵的叫唤在他们附近响了起来。

达拉斯把头探出窗外："啊，那两个小无赖蹲在那棵树的枝干上呢。"

那棵光秃秃的老榆树的树枝不停地摩擦着走廊的窗户。小猫头鹰们正蹲在树枝上，镇静地盯着初升的月亮。

法官让伯瑟尼去看它们，说："瞧，黑格比，这就是你说的盗贼。这里没有其他人入侵的迹象。没人胆敢在这栋灯火通明的房子里乱走，就算他敢，他又为什么非袭击你不可呢？"

"我……我……我看见他了，"黑格比脱口而出，"一个大……大……大块头的黑人。"

法官低头望着伯瑟尼。她紧紧地抓着他的手，脸上的表情充满了疑惑。

"攻击你的是猫头鹰，黑格比，"法官斩钉截铁地说，"别再让我听到什么窃贼的鬼话了。下楼吧，孩子们。"说完，他就转身走了。

伯瑟尼不肯松开他的手，一直到进了书房也是如此。

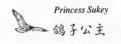

"我要赶在她睡觉之前给她大声朗读点什么，好让她安安神，"法官心想，"不能是激发她想象力的童话故事，得是些她理解不了的东西才行。"这么想着，他从书架上米尔顿的诗集里抽了一册出来。

他在桌边坐好，把阅读灯拉近了一些就开始朗读起来。读了一会儿，他低下头，朝坐在他脚边矮凳上的那个小人儿看去。

"我猜，你应该听不懂这个，伯瑟尼。"他故意端着架子说。

"噢，别说话，别说话，爹爹老爷，"她不耐烦地说，"请接着读下去。"

她已经抬起了头，脸上不再是那种做梦般的表情，而是神采奕奕，兴致勃勃。法官不带感情地接着读道：

他的伙伴们纷纷倒下，
被洪水和烈火风暴击垮——

这时，他惊愕地发觉，这孩子在领会他读的内容，或者说，她用自己的方式在理解它。

"伯瑟尼，"过了一会儿，他缓缓地合上书，"你对这个有什么感想？"

"噢，我觉得，"她绘声绘色地说，"撒旦一定就是攻击黑格比的那个坏蛋黑人的父亲，他一定住在烈火般的深渊里。"

法官笑着说："伯瑟尼，是达拉斯的猫头鹰攻击了黑格比，压根儿就没有什么黑人。"

"可是，爹爹老爷，"她带着怀疑的神气说，"小鸟是不会这么坏的。"

"恐怕它们就是这么坏，伯瑟尼。鸟并不都是好的。它们就像孩子一样，有些好，有些坏。好了，到了你睡觉的时间了。"

"可这会儿不像是我的睡觉时间。"她连忙说。

"可事实就是如此。小姑娘得早些睡觉才好。"

"我妈妈还活着的时候，我有时也会睡得很晚。"她用耍赖的语气说。

"我想你最好还是去睡吧。"法官说。

"房间里没有我认识的人。"她怏怏不乐地说。

"不是还有埃伦和苏茜吗，你对我说过，她们就住在你床边的那堵墙里。"

"她们到乡下去了，去看她们自己被埋葬的地方了。"她很快答道。

法官沉默了。虽然他一直在观察孩子们，可有时候自己也觉得很困惑。刚才他还在担心，黑格比那个愚蠢的故事会让这个到现在为止还无所畏惧的孩子忽然害怕上楼睡觉呢。

他沉思的当儿，伯瑟尼在一旁静静地抚摸着跳到她腿上的鸽子。可过了一会儿，她伸出一只小手，摸摸索索地抓住了他的大手，说："爹爹老爷，再读点儿吧。您的声音很动听。"

法官咧嘴一笑，又从桌上拿起一本杂志。读点儿什么才能把小姑娘哄睡呢？对了！就读远东的政治形势吧。这次伯瑟尼果然睡着了。她的头靠在他的膝盖上，让他没法动弹。他只好隔着门和达拉斯打了个招呼——刚才他在对面的起居室里和泰特斯一起预习功课，这时恰好走出来了。

"达拉斯，去把布洛杰特太太叫过来。"

没一会儿，布洛杰特太太气喘吁吁地爬上楼，站到了他面前。

"布洛杰特太太，"法官对她说，"再弄张床到这小姑娘的房间里，今后要派一个女仆在她房里睡觉。我觉得长时间独处对她不太好。"

布洛杰特太太点点头："和我想的一样，先生。我很愿意把她带到隔壁我自己的房间里去。"

"不，不，你也需要自己的睡眠。"法官说，"你年纪大了，何况

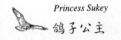

整个家都需要你操持。让别的姑娘照顾这个孩子吧。"

"她经常在自己房里自言自语，先生。我总听到她和您那两个受上天庇佑的小女儿有说有笑的。"

"她不和别的孩子说话吗？"法官问。

"噢，上天保佑您，是的，先生，她还和桌子说话，和椅子、地毯，还有那个幽灵老鼠说话。她给房间里的所有东西都起了名字。您是没听到她的咆哮和吠叫，要是听了，您会以为她房间里有一整个马戏团哩。"

"一定是那条斑点狗。"法官笑着想，再次拿起那本杂志来。

布洛杰特太太蹒跚地走开，心里嘀咕着："像他这把年纪，还像个养家人一样面面俱到，真是件了不起的事。他应该有一大群孩子才对。"

法官是个管理孩子的模范人物，这是本能使然。一方面，他爱孩子们，另一方面，他又从不过分溺爱他们。就拿眼前的事来说，那个硬邦邦的小脑袋一直靠在他患有轻微风湿的膝盖上，让他觉得越来越不舒服。要是把她抱起来放到沙发上，说不定会弄醒她，所以他只是小心翼翼地推了她一下，使她轻轻地转了个身。接着，他把她的头摆正，顺便帮了鸽子一把，让她飞走了。伯瑟尼舒舒服服地躺在地板上，睡得很沉很沉。她漂亮的嘴巴张得大大的，再有教养的孩子也免不了会这样。

法官听说过，印第安母亲总会为她们的孩子合上嘴巴，于是他也弯下身来，轻轻地合上孩子的嘴巴。让他高兴的是，她的嘴巴合上后便再没张开了。他如释重负地伸直自己的长腿，拿起杂志，满意地环视了一眼四周，就继续看起书来。

他对自己的书十分珍爱，对阅读更是几乎喜爱成狂，每天晚上的时光是一天中最愉快的时候。

工作结束了，孩子们也安安生生地待在房子里——自打泰特斯出事后，只要孩子们不在自家屋檐下，他就总觉得有点焦虑——终于可以用最惬意的方式给自己找点乐子了。

可怜的法官啊！还没有读完几行字，他就听到一个尖锐而急迫的声音，听起来不是从楼上的大厅传来的，而是从楼下前门。

"我告诉你，我一定要见法官！我有话要说。"

奇怪的是，这与其说是吵闹，不如说是刺耳粗鲁的声音，却像喇叭声一样把伯瑟尼吵醒了。

她一骨碌地坐了起来，镇定地看着法官，完全不像个被猛然惊醒的孩子，神色间没有一丝迷茫，也没有一丝困惑。

"爹爹老爷，"她说得很快，"我是黄斑点狗。"接着，她发出可怕的咆哮声，手脚并用地爬到了角落里的一张大桌子下面——这是她最喜欢玩的地方，因为它那又长又重的桌面就像个掩体，下面藏着的可以是一座城堡，一艘轮船，一列火车，一个妖魔的洞穴，或者伯瑟尼愿意想象的任何让她自己沉浸的幻境。

法官顺从地看着她。他要做的不是反对，而是静观事态的发展。

这时，门口有人说话，他便把头转了过去。

"先生，"珍妮为难地说，"有个穷人家的小女孩想见您。"

"把她带上来。"法官不假思索地说，努力地回想方才那个刺耳的声音自己是不是在什么地方听到过。

两分钟过后他就知道了，因为艾丽·廷斯比，廷斯比家最大的孩子，那个机灵而大胆的女孩，那个对他百般失礼和冒犯的人，现在就站在离他的椅子几步远的地方。

第十四章　艾丽来访

法官是位绅士，况且现在是在自己家里，所以他站起身来，示意她坐下，而后礼貌地说："晚上好。"

"晚上好。"她敷衍地回了一句，便环顾起四周来。

唉，她那充满了辛酸的嫉妒和不满的脸啊！法官躲开了她的目光。她还是个孩子，看着一个孩子的脸上出现这种表情不是件愉快的事。

"您为什么能拥有这么多东西？"她冷不丁开口问，"为什么我什么都没有？"

法官没有回答，只是苦涩地摇了摇头。

"为什么，"她急切地把身体往前倾去，捏着自己外套上的薄袖子，继续问道，"为什么我只能穿粗布的衣服呢，您却能穿绒面的呢？"

"只是牛津衬衫布而已，"法官辩解道，"这件居家服用的只不过是牛津衬衫布。"

"您为它花了多少钱？"她冷冷地问。

见法官没有回答，她又追问道："您餐巾上的钻石别针花了多少钱？您的房子和这些豪华的家具又花了多少钱？"

法官抗议地摆摆手，不动声色地逃避这个问题，心想，换作几个月前，他一定会把这个无礼的小姑娘请出门去。可现在，尽管他很想继续看书，尽管他望着桌上那堆新的文学书籍的目光充满了不舍，却更渴望听听这小姑娘的高论。她一定还有什么话藏着没说——他对年轻人做事的方式已经十分了解了。这些小坏蛋像成年人一样精明，知道他对他们的秘密感兴趣。

"我的孩子，"他和蔼地问，"你来这里有什么事？"

她没有先回答他的问题，而是半是恼怒、半是好奇地指着苏姬问："这是什么东西？她盯着我干什么，就好像我没有权利来这里似的？"

让法官好笑的是，鸽子和伯瑟尼一样，也不喜欢艾丽的到来，不过她没有退缩，而是愤愤地弯着两只粉色的爪子，趾高气昂地往前走去。她高贵的脸上带着鸽子特有的有趣表情，黄绿色的眼睛冰冷而坚定，毛领上的每根羽毛都在抖动，对那小白脑袋的守护意味似乎比以往更强烈了。

她面对穷人的这种反应，法官以前也见识过一两次。他原以为她的愤怒是由嗅觉导致的，就像寻常的狗憎恨穷人和邋遢的人一样，可艾丽明明是个很干净的孩子。法官很清楚廷斯比太太是个怎样的母亲，所以他的那套嗅觉理论这次可能站不住脚了。

苏姬也许是在与伯瑟尼同仇敌忾吧，因为她早就真心地喜爱上她了。不管怎么样，面对孩子的提问，法官总得回答才行。于是他和气地说："这只鸟是一种叫雅各宾的鸽子。"

"再怎么说她也只是个丑八怪，"艾丽愠怒地说，"而且她很讨厌我。走开！"说完，她便使劲地拍手吓唬苏姬。

苏姬虽然心里有火，却不是巾帼英雄，一被赶就转过身去，急忙钻到伯瑟尼桌子下面。法官听见从那里传来了一声低吠，那是在对她表示欢迎。这下子，他的宝贝儿都消停了。他期许地看着艾丽，希望她还记得他问过她这次来拜访他的目的。

她果然还记得。她一脸疲惫地陷进椅子深处，说："我来是想告

诉你，我想成为一名淑女。"

"可怜的孩子！"法官不由得喃喃地说，接着开始考虑这个抛给他的问题有什么深意。

"为什么我天生就不是淑女？"艾丽不依不饶地追问，"为什么我生来不是您的女儿？"

"呃，"法官犹豫着说，"这个嘛，我想是老天乐于把你放到别的阶层吧。"

"阶层！"她冷笑着把这个词重复了一遍，"我从没听过这个词。我觉得，您这种有钱人总喜欢编造一些适合自己身份的词。可是，如果我不懂'阶层'，另外某个词我也该不懂才对，那个词就是'无稽之谈'！"

"这个嘛，"法官礼貌地点了点头，"你说的这个词是讲究的古英语，骚塞和萨克雷等人都用过。不过，我觉得大伙儿也不知道它怎么会变成一个表示蔑视的词的。"

"我不知道您想说什么，"艾丽懒洋洋地说，"不过我要重申我的目的：我想变成淑女！"

法官按捺住不耐烦的情绪，这番声明他已经听过一次了。

"还有，"艾丽接着说道，"我想让您帮帮我。"

"我能做什么呢？"法官有些吃惊。

"您可以时常陪我闲聊一会儿，"她认真地说，"我第一次见您就喜欢上您了。"

"真的吗，"法官回答说，"呵呵——我还以为你不太喜欢我呢。"

"当时我在生您的气，"她坦白道，"我生气，是因为我以为您要把伯瑟尼还给我们。后来，一想到您没生气，我就更生气了。"

"你很容易生气吗？"

"非常容易。我大多数时候都在生气。您瞧，我是个病秧子，对吃的东西都没什么胃口，没什么比吃得少更容易叫人生气的了。"

"可怜的孩子！"法官怜悯地叹道。

"可我一定要变成淑女，"她那张尖尖的小脸上现出一股刚毅，"只要我还活着。要是我死了，那就无所谓了。"

她沉默了一会儿，从打满了补丁却干干净净的衣服里摸出一条手帕——和法官自己的口袋里露出头的那一小截亚麻手绢一样白。

"你在这件事上都采取了哪些措施？"法官问，知道她正期待着他能对这个淑女风范的话题产生兴趣。

"第一步，我已经辞工了。"她回答说，见法官脸上控制不住的笑意，她又问，"您在笑什么？"

"只是在想象一位懒淑女的样子，"他回答道，"请继续说下去。"

"我说过自己要变懒了吗？"她咄咄逼人地回嘴说，"我只是不再做女售货员了，可我正在学习，学得很卖力。"

"噢，准备去上学吗？"

"是的，先生。我也上过学。我先上的学，后来才去莫斯布朗的纺织品商场上班——那里有所有最时兴的女士领饰、内衣、休闲装、家居服、婚纱、葬礼服饰、夏装、冬装，等等。"

法官长叹了一口气："没错！"

"是的，我上班很用心。告诉您吧，当我看到伯瑟尼来时，当您那个孙子带着书匆忙赶到里弗街又匆忙离开，就像我们被毒死了一样时，我就开始想：'是时候了，我该看得更长远些了。'"

法官的脸上掠过一丝怀疑的神色。可她顾不上愤恨，而是抓紧继续说道："所以，当巴里·马菲蒂后来又过来时，我对他说：'巴里，我想变成淑女。'他说：'那就从你的商店辞职，我来教你学拉丁语和法语，因为这是你在公立学校的低年级学不到的。'于是，他给了我一本书。我现在会说'mensa'了——"说完，她一口气把"mensa"的十二种变格全念了出来。念完后，她又说，"还有'musa'，"接着，她又把"musa"的所有变格念了一遍。

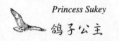

见她一直念到需要换气才肯停下来，法官有些无奈地问："那你知道'musa'是什么意思吗？"

"'musa'就是娱乐（amuse）。"她迅速回答道。

"那么，'缪斯'（muse）又是什么意思呢？"法官追问道。

"您活到现在也不知道娱乐（amuse）是什么意思！"她尖锐地说，"得了吧，您在愚弄我。"

"下次你去见马菲蒂的时候，让他给你讲讲缪斯诸女神（Muses）吧，"法官说，"你现在把词义都弄错了。"

"是吗？"她尖锐地反问，"我会学得更好的。想听法语吗？"

"如果你愿意的话。"法官礼貌地回答说。

她杂七杂八地念了一堆法语的人名、地名和短语，错误百出。念完后，她问："您知道这些都是什么意思吗？"

"我可以猜一猜。"法官淡淡地说。

"您想笑，"她突然说，"您快憋不住了。我看得出来，不过还是等我走了再笑吧。我不喜欢被嘲笑。"

法官自责地低下头。

"好啦，"她用做生意的口吻说，"我想让您教的不是什么法语，也不是语言或语法。我只想跟您学习怎么做淑女。您说说看，要当淑女，第一步该怎么做？"

她的神情异常专注，认真得不得了，法官只好打起精神。

"是这样的，"他严肃地说，"首先，在给你提供任何忠告之前，我想知道一件事：你打算如何利用你年轻的淑女身份——假设你已经成功了的话。"

"不太懂您这些深奥的词，"她说，"不过我能听懂您的意思。我为什么要变成淑女？我想成为淑女，这样，您和其他的男人就能围着我打转了。"

"很好，"法官低声说，"请继续说下去。"

"现在的我对您来说算什么？"她自嘲地说，"我的名字只会脏了您的耳朵。我只不过是里弗街上的一只老鼠。不是吗？"

"唉，"法官为难地说，"你太极端了，我不得不纠正你的说法。"

"可这是真的，"她冷冷地说，"您看不起我。这让我很生气，因为我知道我们同样都是上天的造物。这是我妈妈教我的，我相信她。上天像爱您一样爱我，可这并不能使我满意。我想让您也爱我。"

法官不由自主地战栗起来。这个声音尖，脾气坏，野心勃勃却又长相平凡的小人儿让他打心眼里反感。他肯坐在这里听她讲话，完全是出于内心的仁爱。

可他必须克制自己的反感。这个可怜的小东西很不快乐。如果他就这么送她走了，一句安慰的话也不说，一点儿忙也不帮，他今晚一定会失眠的。不管自己高兴与否，他这辈子都是凭着良心办事，甘愿像奴隶般服从良心的命令，并承担相应的后果。

因此，他和蔼地说："除了让男人围着你以外，还有什么其他的原因让你想变成淑女吗？"

"我想帮帮我的母亲，"她郑重地说，"想让她离开里弗街。我想让她在乡间有一所小房子，有电车从那里经过，方便她去城里购物。她是个尽职的母亲，先生，她把我们养育得很好。"

法官的眼里涌出了泪水。可怜的小东西，如此不堪一击，却又并不柔弱，某种高尚的精神使她病弱的身体散发着活力。

"现在有我陪着你了，我的姑娘，"他大声说，"现在我打算帮你了，因为这是个崇高的志向。"

被人理解的感动让她的脸上浮现出一丝笑意。"还有孩子们，先生，"她说，"他们也能玩得开心些。房子外面会有一片可以让他们玩耍的草地。里弗街没有草地。"

"埃弗勒斯太太给里弗街的孩子们争取了一个公园，他们不去那里玩吗？"

"噢，也去，先生，不过那里人太多，草太少，没等长起来就被人踩死了。先生，请您告诉我，因为我得走了——要成为一个淑女，你觉得首先要做的是什么？"

法官沉思了一会儿，说："我们把你这次的拜访拆成几段来看。当你进屋时，我听到你的声音远远地传了上来，很刺耳，很急迫。说说看，在这一点上有什么不太淑女的地方？"

"我说话时应该小点声，"她忙说，"音量低一点，声音轻一点。"

"一个真正的淑女说话的声音总是悦耳的，我的孩子。说话时不要尖叫。"

"真正的淑女们在买东西时确实都是这么说话的，"她回道，"她们会说：'请拿些白色的蕾丝给我看看。'声音柔得跟牛奶似的。"

"那就把这当成第一条原则吧，"法官说，"把你的嗓门放低些。第二点，我得说，你进来时的态度有点咄咄逼人。"

"您准备给我提点什么建议？"她爽快地说，"什么是咄咄逼人？"

法官乐了。她的语言很粗鲁，却牢牢地记住了他的建议，把自己的声音压得很低，几乎称得上悦耳了。

"第二条原则，"他说，"要恭敬些。你看，我比你年长很多，所以你和我说话时不能用对流浪儿那种轻率无礼的语气。不过我这话也许是错的。在我这一生中，我发觉有一类人很受欢迎，因为他们尊重所有人——哪怕是他们自己的仆人。任何人都没有权利对另一个人无礼。稍等一下，我来给你直观地上一课。"说完，他站起身来按了按铃。

很快就有人敲门了。

"你听见了吗？"他问艾丽，"这是女仆在敲房门，因为这不是公用房间，而是私人的。她进我们的卧室时也会敲门，但她不会敲餐厅或客厅的门。这就是一种恭敬的表现。再看看她进房后对我的应答多么有礼貌。"随后，他清晰地唤道："进来吧。"

珍妮穿着整洁的长袍，系着白色的围裙走了进来，询问地望着他。

"今晚有没有一个从药店送来给我的包裹？"法官问。

"有，先生，挺大一包东西。您想把它拿到这儿来吗？"

"不，谢谢你，拿到我卧室里去。"

"好的，先生。还有别的事吗？"

"没有了，珍妮。不——去起居室，让达拉斯少爷过来。"

"好的，先生。"说完，她就愉快地关门离开了。

法官望着艾丽，只见她嘴巴微张，眼里神采奕奕。

"接下来你会看到一个礼貌而恭敬的男孩。"话刚说完，敲门声又响了起来。

"进来。"法官说，于是达拉斯出现了。

"我的孩子，"法官说，"这位年轻的姑娘是一个对伯瑟尼很好的女人的女儿。"

达拉斯对着艾丽认认真真地鞠了一躬，她屏着呼吸感叹道："哎呀，我的天！"

法官抿了抿嘴唇，说："这位是艾丽·廷斯比小姐，这位是达拉斯·沃伦先生。下次再见面的时候你们就会彼此认识了。你今晚的学习进展如何，达拉斯？"

"很不错，先生，不过因为黑格比的那桩意外，比不上平时那么顺利。泰特斯被逗坏了。"

"你能向艾丽小姐详细说说那件事吗？"法官问，"两个人当着第三个人的面聊一件他（她）不知道的事是不礼貌的。"

达拉斯似乎没有注意到他的新朋友来自最贫困的社会阶层之一，用一种十分镇定而又不失礼貌的方式，向艾丽讲述了倒霉的黑格比受惊的事。

艾丽安安静静、认认真真地听完了他的讲述。在她年轻的生命

中，还没有谁如此恭敬地和她说过话。一种愉悦的感觉流遍了她的血管。她愿意听着这个悦耳的声音一直坐到半夜。

等达拉斯的单口秀表演结束后，法官对她说："现在我们不能再留你了。"随后，他又对达拉斯说："对了，你最近在读什么拉丁文书？"

"《埃涅阿斯纪》的第一卷，先生。"

"你觉得有趣吗？"

"非常有趣，先生。埃涅阿斯经历了许多冒险。"

"这位年轻的姑娘也在学拉丁语，"法官说，"艾丽，你能对达拉斯讲一讲'mensa'的词形变化吗？"

怀着对她自己和朋友的信任，艾丽用低沉而轻柔的声音，以一种几乎是战战兢兢的方式，小心翼翼地完成了自己的任务。达拉斯彬彬有礼地听着，没有一点儿取笑的意思。

等她讲完后，达拉斯对她表示感谢，随后又转过身去，对着用微笑示意他离开的法官。

"我要对您说晚安了，先生，"达拉斯说，"这样就不用过会儿再来打扰您了。"

"很好，晚安。"法官说着，伸出一只手来。

达拉斯和他握了手，朝艾丽鞠了躬，就离开了房间。

小姑娘长长地舒了口气，站起身来说："今天晚上我学得足够多了。先生，如果哪天我变得富有了，而您变穷了，您尽管来找我，我会帮助您的。"

法官难过地笑了。可怜的孩子——用言语来跨越他们之间的鸿沟是多么容易啊，可她的确是个有灵气的学生。

"你是个小女孩，这么晚独自外出不好。"他说，"顺便问一句，你多大了？"

"十三岁，先生，快十四了。"

"你打算怎么回家？"

"有人等着我呢，先生，就在街道对面。他是个给我们做零工的男孩子。我什么时候能够再来，先生？"她急切地问。

"你想什么时候过来呢？"

"这个星期的某个晚上吧，先生。在这段时间里我要好好规范自己的举止。唉！可是在里弗街想不大喊大叫都难。在这里轻声细语很容易，因为没有谁会冲你大喊大叫。"

"那就本周的某个晚上，"法官说，"再见。"

"再见，先生。"她笨拙地和他握了握手，随后便像只鸟儿似的飞出了房间，让法官忍俊不禁。

"下节课我得教她慢慢来。"法官微笑着说着，悠闲地走到走廊里，朝窗外望去。

艾丽刚和她的护卫——或者说护卫们（因为一共有两个）——碰上头，可让法官错愕的是，在街道对面灯光的映照下，他清晰地看到了那个黑人男孩布里克的脸，还有那条斑点狗。

这孩子和他的狗可能已经在他的房子前晃悠了一个小时。如果伯瑟尼去了窗边，离他们就只有几步之遥。法官原路折回，重新回到书房坐下，开始回想艾丽刚才的探访。

桌布抖得厉害，把他的注意力吸引了过去。

"你好啊，小姑娘，"他怜爱地说，"出来吧。现在只有爹爹老爷一个人了。"

桌底传来一阵小声的吠叫，除此之外没有别的回应。

法官知道自己犯错了。躲在桌底的不是伯瑟尼，而是拜洛。

"乖狗儿，"他唤道，"过来。"

她立刻手脚并用地爬了出来，每经过一个物事都会咬着牙吠叫一阵；苏姬陪在她身边，脾气也不太好，把身边所有的东西都啄了个遍。

　　在朝法官爬去的途中，伯瑟尼忽然看见了一张被书碰落在地板上的包装纸。她一把抓了过去，把它撕成碎片。法官想着，她一定是用她的小牙齿帮着完成了这项毁坏工作。还没等纸被撕成一片一片的，她就因过于激动而大汗淋漓，放弃了狗的化身，重新变成了那个端庄的小伯瑟尼。

　　法官望着她，他还从没见过她生气的模样呢。不过，这会儿她已经完全回过神来了。只见她把咕咕哝哝的鸽子放进篮子里，又挨着他坐下，开始温柔地爱抚她这个长着羽毛的心绪不宁的朋友。

　　过了一会儿，她回头望着法官，轻声问："您今天晚上是不是在这里见过不听话的玛丽，那个小名叫艾丽的？"

　　"是啊，见过，"他回答说，"你为什么不肯留在外面和她见一面呢？你不喜欢她吗？"

　　"艾丽打过伯瑟尼。"她沉思着说。

　　法官没有答话。显然，这两个女孩互相不太对付。

　　"安妮从没打过伯瑟尼。"小孩很快又加上一句。

　　法官知道安妮，她是廷斯比太太的第二个女儿。但是和刚才一样，他觉得伯瑟尼并不需要自己发表什么意见。果然，她又继续说道："今天晚上我要陪埃伦和苏茜一起去乡下。"

　　法官按响了铃。等女仆赶过来后，他说："珍妮，这小丫头想睡觉了。"

　　伯瑟尼乖巧地站起身来，先是给了苏姬一个晚安吻，又来到法官身边，搂着他的脖子说："晚安，亲爱的爹爹老爷。"

　　"晚安，我的孩子，"他回应道。这个感情充沛、醋意十足的小家伙啊，他想，已经成了自己的心肝宝贝了。

　　她似乎不太愿意离开他，但还是顺从地牵起了珍妮的手。只是刚走到门口，她又转过身来，用手最后朝他开了一枪，把这个不幸"中弹"的男人乐坏了。

"爹爹老爷，"她严肃地说，"淑女是天生的，不是后天培养的。"接着就跟着珍妮走开了。

法官坐到他的大椅子里。孩子们离开了，只留下他自己和一片静谧。究竟谁才更出色呢，是伯瑟尼还是艾丽？伯瑟尼早熟、守旧，行为古怪，充满了孩子气，而艾丽一直愤世嫉俗，举止令人反感。

真奇怪，他活了一辈子，却对孩子们如此不了解！他非得找些专门的书看看才行。不过，不管有没有书，这些孩子真有可能让他变成一个心理学家。

第十五章　与法官乘车同游

几天后，法官站在通往孩子们房间的楼梯脚下，心里一阵纳闷。

伯瑟尼正跪在最上面的那级台阶上，虔诚地祈祷着："噢，老天爷呀，请原谅我即将要做的事吧。"接着，她把合十的双手放开，拿起一块皱巴巴的手帕。

法官眼也不眨地看着。她身上的衣服扎了起来，腰里别着一条毛巾，袖子也卷了起来，身旁的台阶上放着一个小小的锡罐子和一块海特科尔肥皂。

她准备做什么？法官静静地等着。

原来她是打算从上往下地擦洗楼梯。她一边洗，一边轻声哼着自己编的小曲子：

> 埃伦和苏茜在这里，陪在我身旁；
> 小丫鬟洗刷忙，把楼梯洗得晶晶亮，
> 洗啊洗，为了法官和泰特斯小儿郎，
> 你会把喜悦填满他们的好心肠。

"她在清洗楼梯啊，"法官自言自语地说，"而且乐在其中。布洛杰特太太也许去城里了。向上天请求了宽恕后，她就向诱惑屈服了。

她洗得这么高兴，要是还去打扰她就太不应该了。"于是，他笑吟吟地坐在最下面的那级阶梯上等了起来。

伯瑟尼背朝着法官，一路擦洗下来都没看见他，直到她来回擦拭的手把锡罐碰到他的膝盖上，这才发现他。

"哎呀！"她大叫一声，吃惊地直起身子来。

她的额头和上嘴唇上都渗出了汗珠，小脸红扑扑的。

"看吧！"她镇定自若地望着法官，半天才说，"我就知道撒旦会抓住我的。"

"谢谢你。"法官礼貌地回答说。

"噢，爹爹老爷，"她懊悔地叫道，"您不会以为我是在说您吧——"

"你在做什么呢？"他没有理会她的提问。

"这个嘛，"她疲惫地说，"吃午饭的时候我看见这条楼梯上有点儿灰，就一直发了疯似的想把它们洗刷掉，真像疯了似的。"

"你干活的工具呢？"他问。她摊开自己的手，露出一条湿答答、皱巴巴的手帕来。"这是一条很旧的毛巾，"她焦急地解释说，"上面全是洞。我没有擦干楼梯的毛巾，就一边唱歌，一边轻轻地吹——我想，我一定会受到惩罚吧。"她可怜巴巴地说。

"那我得先看看你的活儿干得怎么样。"法官故意板着脸，站起来走到楼梯顶上。

小孩把自己的活儿干得很漂亮，楼梯上已经变得一尘不染。除了被地毯遮盖的地方，台阶上的每一寸都被擦洗得干干净净。

"唔，"他慢慢地走下楼梯，"我命令你每天都擦一遍楼梯，直到接到别的命令为止，这就是惩罚。"

她朝他露出淘气的笑容："好啦，爹爹老爷，您知道这不是什么惩罚。您只是在装装样子。"

"好吧，"他说，"既然这不是惩罚，那我就命令你每星期清洗这些台阶一次，说是工作也好，玩也好，随你怎么说。真正的惩罚是，

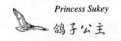

你最近三天都不许和我一起乘车出去。"

她的眼泪夺眶而出:"三天啊,爹爹老爷——怎么不是两天,也不是一天?"

"不,就三天,"他斩钉截铁地说,"整整三天。"

她用腰间的毛巾擦了擦眼泪,说:"虽然三天看起来很长,可这是我活该。我太不听话了。布洛杰特太太买东西去了,我以为您在睡觉,撒旦就跑出来引诱我。我知道他是在给我下圈套,可我还是向他屈服了。"

"伯瑟尼,"法官和蔼地说,"你做了不许你做的事,这是不对的;可既然你喜欢干一点儿家务活,那我就让布洛杰特太太把规矩放松些,让你干些简单的活儿。"

"爹爹老爷,"她抓起他苍白的大手贴在她的嘴唇上,"如果您有翅膀的话,您就是天使了。"

他亲切地笑着,开始为驾车出行做准备。

"噢,小罐子,"伯瑟尼抓起锡罐,"噢,小罐子,真高兴他没有把你从我身边带走。我还以为那会是对我的惩罚呢。"

"你在上面嘀咕什么呢?"法官问,他正在楼梯下的客厅里穿外套。

伯瑟尼往前走了几步,把头从栏杆里探出来。

"我只是在对鲍比说,您没有把他带走,我很开心。"

"鲍比是谁?"

"鲍比就是我们以前用来装黄油的一个小罐子。您知道,穷人们吃的黄油跟您不一样,爹爹老爷。我们的更白一些,吃着也和克洛弗代尔黄油不一样。我们每次去杂货店时,我总会说我们要买一鲍比的黄油。"

法官已经走到客厅门口,他什么也没说,只是皱了皱眉。

据说,一位善良的法国国王曾经说:"每个礼拜天要让每个人的锅里都有一只鸡。"而善良的法官心里祈愿:"让里弗港的每个居民都能吃得上克洛弗代尔黄油吧。"

这次乘车只有他一个人。他多喜欢那只小麻雀陪在身边啊!因为每次和他一起外出,伯瑟尼总有说不完的话。她总有那么多感兴趣的东西要问,在他身边扩充她自己的知识库时,她永远对他怀着十足的信任,从来没动摇过。这追逐真理的小可怜啊!孩子们要学的东西有多少啊!在他们为生活的战场而全副武装之前,他们要向在他们眼中无所不知的成年人提多少问题啊!

在伯瑟尼挨罚的第二天,正准备下去乘雪橇车的法官在门前台阶上遇到了达拉斯。

"今天天气真好,"法官说,"你不想过来乘趟车吗?"

少年的脸上浮起一片快乐的红晕。

"是的,先生,很想。您愿意耐心等一会儿,让我先把书放进屋里吗?"

法官点点头。达拉斯赶忙跑进屋去。

当他出来时,法官问道:"你怎么随身带着书?我从没见泰特斯带过一本书。"

"他在家里有一套,在学校里也有一套。"两个人钻进雪橇里时,达拉斯轻声说。

"那为什么你没有一套一样的呢?"

"先生,我觉得您给我买一套书就已经足够了。我把它们随身带着就行了。"

法官被少年的这份体贴打动了,沉默了好一阵后,他转过头来说:"再买一套——泰特斯有的,你也要有。"

达拉斯向他投去异样的一瞥,但这绝不是不领情的意思。

法官注视着他,目光更加坚定了。这少年穿着厚实的黑外套,戴着深色的皮帽子,瞧着多像样啊!他的身板也比刚来的时候壮实了

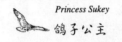

些。无忧无虑的富足生活已经开始在他身上显现出积极的影响了。可他的心地呢？法官用从未有过的真诚凝视着他。光鲜的外貌固然不错，但内在的心灵才是最重要的。既然从外观能看出的一切情况都已经掌握了，老人决定再问他几个问题。

坐在他身旁的少年异常安静，脸上却写满了自豪。"现在想来，"法官沉思道，"这是他第一次和我在公众场合露面。看着那些穿着讲究的人向他脱帽致敬，他那幼稚的虚荣心得到了满足。"

"达拉斯，"他大声问，"你喜欢受人欢迎吗？"

"喜欢，先生。"他微笑着回答。

"富裕呢？"

"喜欢，先生。"

"你相信富裕会带来幸福吗？"

"不相信，先生。"

"你想过拥有什么样的人生？你选择好自己的职业了吗？"

少年迟疑地看了他一眼。法官见了，便巧妙地换了个问题："你想过像你父亲那样做一名演员吗？"

少年颤声说："噢，不，不要！"

"为什么不？你不认可这份职业吗？"

达拉斯犹豫了片刻，说："对那些混出了名堂的人来说不算坏，可对那些没混出名堂的来说就糟透了。"

"你觉得你父亲属于不入流的那一类吗？"

"是的，先生，不过他只是在这方面不入流。他身体很差。如果再强壮一些，他就能功成名就了。他有足以成功的头脑和勤奋。在咽下最后一口气前，他央求我一定不要干他这行。即使我想当演员，这也是个拦路虎。"

法官没有评论，于是达拉斯很快又说道："我一直身在幕后，先生。我想，公众是一定需要影剧院的，只是这一行对姑娘们和年轻人来说太残酷了。"

"哪些方面？"法官轻声问。

"先生，"少年痛苦地说，"如果一个人要登上舞台，那么他（她）的家就毁了。"

法官没有答话，只听达拉斯激动地继续说道："如果我可以随心所欲的话，我就不要陆军、海军，也不要任何需要男人离家的机构。我想，您一直是有个家的，先生。"

法官笑了起来。

"那么您就不知道住在私人寄宿旅馆是什么感觉了——所有公用的一切，你都得和那些你往往看不上的人分享。先生，当我从学校回到家里，来到楼上那间泰特斯和我用来学习的小起居室，把门一关，想到这是属于我们的天地，我就觉得像在天堂一样。"

"可你也得下楼和全家人一起吃吃喝喝啊。"法官忍俊不禁地说。

"啊！"少年英俊的脸泛起兴奋的红光，"可你们如今都是自己人了。我喜欢和你们在一起。"

"达拉斯，"法官突然说，"告诉我长大成人后你想做什么？"

少年的情绪变得冷静了些。他迟疑地问："您不会因为我野心太大而恼我吗？"

"不会，除非你想当总统。"

"先生，我可不想当那个，不过我真希望能成为一名医生。"

"啊！学医——你很喜欢自己的书。我明白了。"

"唯一让我苦恼的是，"达拉斯有些为难地继续说道，"学医时间长，费用昂贵。我觉得我应该选择像见习医生这样的职业，这样我就不用让您负担太久了。"

"你要成为一名医生，"法官毫不犹豫地说，"你把心里的想法坦率而诚实地说了出来，做得很好。你今年多大了？"

"十六岁，先生。"

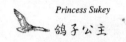

"只比泰特斯大两岁，不过你比他高多了。男孩子越早选定自己一生的职业越好，这样就能及早着手准备了。你知道泰特斯想做什么吗？"

"知道，先生——农场主。"

"这一点上我说不过他，因为我自己也相信重归乡土的说法。他想要的是一座牧场，而我也已经开始给他着手规划了。罗伯劳，"法官对马车夫吩咐道，"往城外克洛弗代尔的方向开。"

"我已经买了一百五十英亩地，"法官继续说道，"找了个年轻人看管着。我们现在没时间去那里，不过你能看到它在哪个方向。你往这条路上来过吗？"

"没有，先生。"

"自打来了里弗港，你就没乘过车吧？"

"没有，先生。"

"怎么会这样？"

"这个嘛，泰特斯不喜欢驾车出去，我也不想问。"

"可你喜欢吧？"

"我的确很喜欢。"他坦诚地说。

"那你一定要经常陪我和伯瑟尼一起出来。可怜的小鬼，她今天正在做忏悔。"

"是啊，我见到她和珍妮一起散步，一脸的沮丧。"达拉斯脸上泛起一丝微笑，接着便陷入了沉思。

现在的他是个多么幸福的少年啊！他能落到这个善良、和蔼而又富足的男人手里，是件多么幸运的事啊！他心里多仰慕他啊！想着想着，他偷偷地看了一眼法官沉静的脸。

他们正沿着一条乡间道路飞快地前进。他们坐在覆盖着温暖皮罩的豪华毛皮座椅里，再把脚搁在法官长长的暖脚炉上，多么安逸啊！雪橇车是敞篷的，从他们的四面八方都能毫无阻碍地看到一幅白雪皑皑、美不胜收的乡村美景。

他们偶尔会遇到一两个农夫，或是踩在雪橇上慢悠悠地前行，或是坐在单人雪橇车里，由一只健壮而笨拙的乡下马拉着从他们身边一掠而过。就算在城外，也是能看到几辆雪橇车的。

每个人都认识法官。假如有哪位女士向他鞠躬，达拉斯就会忍着心里的喜悦碰一碰他的皮毛帽子回应她的致意。他多么享受被人认可的感觉啊！沿着街道驾车前行，每个人都毕恭毕敬地向他致意，他觉得自己成人后最享受的事也不过如此。可首先，他一定要努力工作才行。他从侧边看了一眼法官苍苍的白发。查理·布朗告诉过他，法官年轻时曾像奴隶一样卖力地工作，只为能掌握深奥难懂的商业法、破产法、国际法、刑法，还有其他许多种达拉斯也没能记住的律法。他也要好好工作才是。这么想着，他紧闭起了年轻的嘴巴，笔直地向前望去。

法官喃喃地说："上天创造了乡村，人类创造了城市。"随后，他又提高了声音，说，"看看那片云杉林后的落日，达拉斯。"

"真壮观啊！"少年感叹道。这时，法官掏出怀表，不无遗憾地说："我们得往回走了。回家去，罗伯劳。"

回格兰德大道的一路上他们都没怎么说话。当他们从街道两旁的精美房屋前慢慢驶过时，达拉斯转过去对法官说："我要谢谢您，先生，我非常喜欢这次乘行。"

法官用敏锐的目光看着他的脸。"我的孩子，"他把一只戴着毛皮手套的手放在达拉斯的膝盖上，和蔼地说，"你平常一定要经常陪我和小丫头驾车出行才好。"

法官仁慈的面孔在夕阳的映照下焕发着光彩。他在尽力地证明自己是这个少年的真正父辈。达拉斯的喉头一阵哽咽。他把头垂得低了些，更低了些。一时忘形之下，他突然一把抓住法官的手，热切地紧握着不放。

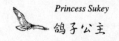
"瞧瞧法官新收养的那个男孩，"查理·布朗的母亲站在自家房子楼上的一扇窗户前敬慕地望着法官，"这个男人身上到底有什么魅力，能让每个人都喜欢他？"

"好脾气。"她那正坐在旁边埋头看报纸的暴脾气丈夫粗声粗气地说。

达拉斯第一次陪法官乘车外出是在伯瑟尼受罚的第一天，第二次是在她受罚的第二天，唯独第三次让法官耿耿于怀，因为发生了一件他最担心的事。他真希望伯瑟尼没有受过什么惩罚，希望自己那天原谅了她清洗楼梯的过错，带着她和达拉斯一起出去了才好，可是已经太迟了。

第十六章　斑点狗又来了

法官和少年刚刚结束一趟非常尽兴的行程，兴高采烈地回到家门口。这次外出，他们没有驾车往克洛弗代尔的方向去，而是沿着蜿蜒入海的冰河一直向远方前去。

达拉斯从雪橇车上一跃而下，恭敬地站在一旁等着法官下车。这时，门被打开了，小伯瑟尼走出来，却被一旁劝阻的珍妮拉住了。

她的脸上洋溢着快乐，脆生生地招呼道："噢，爹爹老爷，我给您准备了一份天大的惊喜！"

法官向她投去饱含深情的一瞥，像往常一样稳重地走上台阶。

"这回我可得谢谢撒旦啦，"被珍妮牢牢按住的伯瑟尼手舞足蹈地继续说道，"这下子，我简直都要爱上这个坏家伙了。"

见法官已经走到她身边，她便挣脱了珍妮，扑到他身上来："我太想念乘车出去的感觉啦，想坏了。珍妮前天拉着我出去散步，珍妮昨天拉我去散步，珍妮今天也拉我去散步了，您猜猜看，我碰见了谁？"

"进来吧，孩子，到屋里来，你会感冒的。"法官一边说，一边示意珍妮把前门关上。

"在这儿呢——这就是我碰见的人，"伯瑟尼大叫着说，"噢，我这个小丫头真要感谢撒旦那天引诱了我，因为如果他没有诱惑我，我

161

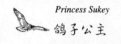

就不会和珍妮一起去散步；如果我没有和珍妮一起去散步，我就永远不会碰见我可爱的黑小子和我最爱、最爱的拜洛。"

法官在心里哀叹不已。没错，在客厅中间站着的正是一个咧嘴傻笑的黑小子和一条难看的黄色斑点狗。

黑小子大呼小叫地警告他："往后站，先生——您身上穿的是好衣服，它最讨厌好衣服。我来拉着它。"说着，他就拼命地把拴在狗脖子上的那条脏兮兮的棕色狗绳往回拉，而法官只能假装镇定。

达拉斯不像法官那么谨慎，走得近了些，那条狗竟然张开血盆大口冲着他一阵狂吠，把他吓得跳了起来。

"哎呀，拜洛，拜洛！"伯瑟尼惊慌失措地叫了起来，可叫法官难以容忍的是，她竟然一把搂住了那条汪汪大叫的狗，说，"我心爱的狗狗，你可不能这么凶啊。"

那条狗伸出长长的红舌头，在她的额头上舔来舔去。

"伯瑟尼，"法官忙招呼道，"过来。"

"噢，爹爹老爷！"她嚷嚷着一头撞到他怀里，"伯瑟尼高兴死了，我知道您也会高兴死的。"

看到她热情似火和对自己十足信赖的模样，法官觉得不能让这孩子失望，否则简直是罪大恶极。可无论如何，他对这种凶神恶煞的动物的敌意是不可动摇的。

"孩子，"他对咧着嘴笑的布里克说，"这条狗怎么回事？"

"是您的衣服，先生——把外套脱掉，先生，它只是闹着玩——您是看不见它的牙的，先生。它只是很喜欢您。瞧——"他指着正在下楼的一个人。这人从二楼下来，看起来十分潦倒。

法官无奈地脱掉厚实的外套，扔到椅子上。这几个孩子把他的房子弄得翻了天，居然还有个流浪汉从楼上下来了——就是个流浪汉，没得说。可是，这是怎么回事？年轻的珍妮吃吃地笑着，提醒着他这件事里还藏着玄机。

　　在客厅中间站着的正是一个咧嘴傻笑的黑小子和一条难看的黄色斑点狗。

这个所谓的流浪汉显然是个年轻人。他身上的衣服破破烂烂的，却很干净，显然是刚刚才被撕破的。法官不由得怀疑起来。接着，他又看到破帽子下露出的那张红嘴唇和那个光滑、黝黑的年轻下巴——根本就是他的孙子泰特斯的。那件旧浴袍，他也认出来了，竟然是他自己的。这是在搞什么鬼？伯瑟尼笑得直拍手，达拉斯嘻嘻哈哈的，布里克的嘴巴也咧得更大了，叫人瞧着心里直打鼓。"来吧，小少爷——它险些把你给生吞了——不过穿上这件衣服就不怕了。来吧，来吧——我这就把它松开。"说完，他就把狗放开了。

那条满身长有丑陋黄斑点的狗居然真的张着嘴朝泰特斯跑了过去，可他并没有咬他，而是摇着尾巴讨好，一个劲儿地舔他，过了一会儿，就满客厅地追着他玩起来了。

"泰特斯，"他的祖父说，"别闹了，解释一下你的行为。"

泰特斯走到他跟前，手里仍然牵着那条狗。见狗还在闹腾地冲着逗弄他的这伙人叫个不停，他便把自己的破帽子扔了出去，让它打着转儿飞到了客厅的一个角落里。这时，他才气喘吁吁地说："这将是您见过的最奇怪的狗，祖父。它讨厌衣着光鲜的人。先前它一进来就把我的裤裆给扯下来了。布里克让我上去换成流浪汉的打扮再下来，看看有什么不同。您知道，布里克曾经给一个流浪汉当过跟班。"

"当过什么？"法官问。

"就是跟着流浪汉的孩子——您听说过这种人的，祖父。他是给那个流浪汉跑腿的。拜洛也和他一起，他讨厌穿戴讲究的人和漂亮房子。"

"那么这儿就显然不是他该待的地方。"法官说，可他只敢小声说，怕让伯瑟尼听见。她这会儿正在给那黑小子抚平衣袖，高兴得不成样子。

"你叫布里克啊。"他对这个陌生人打了声招呼。

"是的，先生。"布里克露着满嘴的牙说。

他的肤色确实有几分像砖头。法官从来没见过这种肤色的黑人男孩，他敏锐地猜想，他应该是很久没洗过澡了。

"你喜欢这个小姑娘吗？"他指着伯瑟尼问。

"她是个可亲的小姑娘，先生。"黑小子回答说。他的嘴巴咧得那么大，叫人没法错开眼。法官不仅能看见他满嘴的牙，还能看见两排宽大的粉色牙龈、舌头，甚至嗓子眼儿。法官盯着它们，直犯迷糊，想说的话似乎都被这粉红色的深渊给吞没了。

"她是个可亲的小姑娘，"布里克又说，"她对猫狗都很友好。我自己也喜欢狗。我和拜洛是好朋友。"他用头指了指那条狗。此时的狗已经冷静下来，两只眼睛半闭着，躺在他脚下直喘气。

"爹爹老爷，"伯瑟尼忽然焦急起来，"他们去哪儿睡觉呢？唉，他们去哪儿睡觉才好呢？"

法官伸出一只手，使劲地抹了抹胡子。他知道伯瑟尼心地慷慨，想让他们在这里得到最妥善的待遇。

"这个嘛，"他和蔼地回答说，"我们家里已经住满了。不过马厩里罗伯劳的房间对面还有一间不错的住房。"

"爹爹老爷，"她难为情地说，"家里有一间大房间还空着——就是摆着镀金家具、铺着蓝丝绒地毯的房间。"

"我的朋友汉森上校下个星期要来，他得住在那里，"法官说，"要是叫他看到里面有个孩子等着他就不好了。"

布里克突然哈哈大笑。他比伯瑟尼大不少，把形势看得一清二楚。

"我觉得我们住在马厩里就挺好的，小姐，"他笑呵呵地说，"拜洛和我习惯了和马一起睡觉。要是来了鬼怪，我们就能保护你们了。现在鬼怪可不少。"他瞪圆了眼睛，眼珠子滴溜溜地打着转。

"你在西部见过很多鬼怪吗？"小姑娘满怀敬畏地问。

"到处都是啊，小姐。他们会一直叫我和拜洛的名字，直到我们

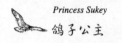

分不清东南西北为止。"

"救命！救命！谋……谋……谋杀犯啊！"突然传来了一声大喊。

"咬他，拜洛！"布里克含糊不清地叫了一声便飞也似的朝后面的楼梯跑去，"要是他还没溜走的话！"

泰特斯和达拉斯也跟着他冲了出去。小伯瑟尼不安地拧着一双小手，和法官一起走在最后面。

"那是黑格比，"她眼泪汪汪地说，"我让泰特斯通知他换上旧衣服，可我猜泰特斯一定是忘记了。噢，天啊，天啊！"

"谋……谋……谋杀啊，"那声音仍在喊，"救命！有什么东西在后面拽着我不放。布洛杰特太……太……太太！姑娘们！"

"我们来啦，"泰特斯在楼梯顶上大叫，"坚持住。"

"来个人，接……接……接住盘子，"黑格比哭天喊地，"噢！天老爷——天老爷——天老爷啊！它们都掉下来了！"

瓷器摔碎的稀里哗啦声传了过来，黑格比的声音也变得更尖利了。

"它……它……它拽着我……我……我的腿不放啊。噢！噢！噢！它要咬死我了！救命，我说，救命啊！"

几个男孩子英勇无畏地冲下楼。布里克一把揪住了狗脖子。黑格比憋不出话时的老毛病又犯了，一个劲儿地往后退。布里克和拜洛被他撞倒，再加上摔坏的瓷器，地上乱成一团。泰特斯和达拉斯把黑格比、狗和黑小子扶了起来，笑得险些喘不上气来。布洛杰特太太和女仆们也都从厨房里冲了出来，惊慌失措地站在一旁。

"小伙子们，"法官的声音从楼梯顶上传了过来，"小伙子们！"他的声音让场面平静了下来。

"好的，先生。"泰特斯气喘吁吁地说，果断地把黑格比按在墙上控制住。

"把那黑小子带到马厩里去，"法官接着说，"让他把那条狗拴起来。"

"好的，先生——好的，先生。"泰特斯回答说，接着，他又低声加上一句，"别出声了，黑格比。"

"我不……不……不能不出声呀，"黑格比怨气冲天地说，"瞧我的裤……裤……裤子，像条女人的裙子似的耷……耷……耷拉着。而且那些个姑……姑……姑娘们都在看笑话！"

唉，这话倒是一点儿也不假！发现黑格比并没有受伤，袭击他的只是一条顽皮的狗——它个头不大，舌头从嘴里垂下来的样子也显得很温和——而且摔坏的瓷器也不是家里最好的，女仆们全都开怀大笑起来。

"回你楼上的房间去，再换一身衣服，"泰特斯友好地推了黑格比一把，"还有你，小子，"他又冲布里克说，"跟我到上面的马厩去。"

伯瑟尼拉住向她和法官走来的黑格比，对他的不幸表示同情，又体贴地安慰了他一番。等这老人上楼的时候，他的神色已经镇定多了。

"快点儿，"泰特斯对布里克说，"我想赶在罗伯劳回来以前给你把窝安好。他这个人有点假正经。达拉斯，你也去。"

第十七章　大好人泰特斯

两个少年匆匆忙忙地带着布里克和狗赶往外面的马厩。

"走这边。"泰特斯说完便跑到了楼上，打开了罗伯劳房间对面那间小房的门。

"这里原先是个马具室，"泰特斯解释说，"可有一次黑格比那老伙计得了麻疹，得和我们隔离，这里就被收拾成了一间住房。瞧，这里是床、桌子，还有盥洗台。我马上让布洛杰特太太去拿一些铺盖来。"

布里克望着四周，瞠目结舌地说："这真是个了不得的地方，先生。我和拜洛从来没在这种地方睡过觉，从来没有，真的，从来没有。"

"你瞧，"泰特斯飞快地说，"因为伯瑟尼小姐很想让你们暂时留在身边，所以我想请祖父让罗伯劳雇你做个马童，反正他现在也在到处找人。他不会喜欢你的肤色，可我们要尽力把你的肤色弄浅一些。"

"你不会是打算给我洗澡吧，小少爷？"布里克紧张地问。

"没错，你和狗都得洗。你们俩都脏得没法看。"

布里克慌忙朝门口跑去，可是泰特斯却抢先一步把门锁上了。

"踢也没用，"他冷冷地说，"你长得是个男孩样，却蠢得把自己糟蹋成了个流浪汉。我要把你在这里关一会儿，让你好歹有个人样。"

布里克扑通一声跪了下来："噢，天老爷啊，别给我洗澡呀，小少爷。"

泰特斯冷酷地揪住他的衣领："达拉斯，你来帮帮我。"

英国少年低头看了一眼自己身上漂亮的衣服，默不作声地同意了。

"很好，"泰特斯理解而默契地点了点头，"我就知道你会同意的。回屋从我的衣橱里把我的旧衣服拿几件过来——记住，不要太旧的——再拿一把梳子、一把刷子、几块高级香皂和几条毛巾——多拿几条。返回时抓紧时间从后门那条路跑到查理·布朗家去，让他把给他那只纽芬兰犬洗澡的浴盆拿过来。对了，在你走之前，"他叫住正准备离开房间的达拉斯，"把暖气打开。"

达拉斯打开了角落里的暖气片就急忙离开了。

泰特斯仍然抓着布里克不放，因为他一直在求饶，请求泰特斯把他放开。

"你不准走，"泰特斯无情地说，"你这个肮脏的小畜生。我已经看上你了，所以你一定要留下来给我们当马童，而你只有身上干净了才能当我们的马童。我告诉你，罗伯劳会把你扔到外面的雪地里的。他比我还爱干净。"

"可我不想留下来啊，先生，"布里克恳求道，"水会毒死我的。噢，让我回里弗街吧，我和拜洛。"他无助地望着那条狗，可它早就在暖气片旁边心平气和地躺下了。

"这是为你好。"泰特斯认真地说，"难道你不想赚钱，不想拥有一本银行存折吗？"

"钱吗，先生？"布里克急切地问。

"没错，很多钱——干干净净、沙沙作响的漂亮美钞。可是你得工作才能得到它，我的孩子。嘿！他们来了！"

伴随着嘻嘻哈哈的笑声和乒乒乓乓的撞击声，达拉斯和查理拖

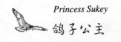
着浴盆上楼了。

门一打开，查理就把头探了进来："我觉得自己最好还是跟过来——听着好像会发生什么有趣的事。"

布里克一看见门开了就奋力往前挣，想为自由拼一把。泰特斯却对他说："你休想。"接着，他对另外两个少年吩咐道，"把门关上，快点。我不想让这只蛤蟆跳走。来，眼睛放亮点儿——罗伯劳很快就要到家了，我想赶在他回来以前把事情办完。"

"他在哪里？"达拉斯问。

"把马带到铁匠铺去了。我说，伙计们，把浴盆放在房间中央。赶紧去楼下的马具室拿两只提桶，到热水龙头下面灌满，再提上来。"

布里克看着男孩们跑来跑去，眼珠子滴溜溜地直打转。

"别摆出这副傻样，"泰特斯轻轻地晃了晃他，"人家见了，还以为我们打算把你吊起来呢。"

"拜洛，"布里克悄悄命令道，"咬他们，咬他们，乖乖狗。"

拜洛转过头来。泰特斯还穿着那身流浪汉的行头，查理·布朗因为一直在自家鸽棚里忙活而弄得衣冠不整，而达拉斯已经采取了预防措施，刚才已经回家把那身好衣服脱了下来，换上了刚来法官家时穿的那一身。所以，这会儿他们三个人都是一副衣衫褴褛的模样。拜洛只懒洋洋地看了他们一眼，就把目光转到了自己的小主人身上，似乎在说："你在担什么心呀？周围都是你的朋友啊。"随即，它重新挨着暖气片趴下，睡它的觉去了。它知道这几个有说有笑的少年对瑟瑟发抖的布里克没有恶意，而它也不觉得自己会有什么危险。

"行了，"泰特斯说，"你准备好了吗？"

"是的，好了，先生。"查理·布朗回答道。

"来帮我把这个小贼的衣服脱了。"泰特斯说。

不到五分钟，布里克就坐进了装满了温水的浴盆里，三双不同的年轻而友善的手都忙活了起来，给他全身打满肥皂。

一开始他还叫唤了一声，随后就坐着不动了——非得说实话的话，他已经觉得这是种享受了。

"这就是洗'沼'吗，小少爷？"他害怕地尖着嗓子问。

"没错，这就是洗'沼'，"泰特斯说，"你以为呢？"

"我还以为洗'沼'会很冷哩，先生。没想到还挺暖和的。噢，神啊！"他高兴得用手直拍水。

"住手，"泰特斯出声喝止，"你把水溅得我们满身都是。"

男孩们像英雄似的忙活着，因为罗伯劳马上就要回来了。给布里克擦洗完后，泰特斯喊道："把他拉出去，把狗放进来。"

"小少爷，"布里克嚷嚷道，"我的衣服呢？"

他站在暖气片边，兴奋地打着哆嗦，正准备用泰特斯扔给他的毛巾把身体擦干。

"烧了，"泰特斯说，"达拉斯少爷把你所有的破烂都拿下去扔进炉子里了。"

布里克哀嚎起来："我的外套下摆里头还缝着五个金灿灿的一美元硬币呢！"

"见鬼的五美元！"泰特斯呵斥道，"你们见过这样的黑小子吗？他连怎么把自己擦干都不会。查理，我和达拉斯要把狗弄进浴盆里，你能趁这工夫给他擦擦吗？"

拜洛吓坏了。它不会水，水一碰到它的身体，它就像最初的布里克一样抵触极了。泰特斯见状便扭头问布里克："它咬人吗？"

"先生，"布里克真诚地说，"它不会咬你的。我从没见过它用自己的牙齿咬过谁。它只喜欢撕扯衣物，先生。"

"那就好，"泰特斯说，"来吧，伙计们。我来按着它，你来擦洗。布里克，到那张床上去，用马毯把自己盖好。我们很快就会过去帮你。"

他们三个人得一起上阵才能帮狗把澡洗了。它不住地挣扎哀嚎，

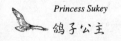

动静大得要命，却一次也没故意咬过谁。它和大多数狗一样机敏，知道揪着它后脖子的那只手是属于主人的。

它和布里克不一样，始终没觉得洗澡是件乐事。它才不管这水暖不暖和，只顾挣扎扑腾，把三个男孩弄得喘不过气来。

"我的天，它真粗野，"查理嚷嚷道，"瞧它的后背！黑小子，它到底是几种狗的杂交啊？"

"不知道，先生，不过我听它们说过，它的父亲好像是一条斗牛犬，它母亲是一条指示犬。"

"让它出来，"查理说，"快让它出来吧，我后背都快断了。"

"我也是。"达拉斯一边笑，一边紧追着正在使劲摇晃身体的狗，开始给它擦毛。

"化装舞会的时间到了。"泰特斯说。他从达拉斯带来的一大堆衣服中挑出一件，说："站起来，布里克——来，把这件衬衫穿上。"

布里克笑得像朵花儿似的，拿起那件粉白相间的棉衬衫，把胳膊伸了进去。

"这件，"泰特斯又把其他样式的衣服扔了几件给他，"不是这么穿的，呆子——像这样。"说完，他干脆亲自给他穿戴起来，随后，他又对达拉斯吩咐说，"我说，老伙计，回屋去，把我房间门后的那面长镜子拿过来。前几天练高踢腿的时候我把它给撞坏了，祖父说他会给我再添置一面镜子。"

达拉斯勤快地点点头，迈开两条长腿，很快就从马厩里出去了。

"糟了，没有领带，也没有假领。"总算给布里克穿戴完毕的泰特斯说。

"拿去，"查理把自己的扯了下来，"收尾的工作可不能省。"

泰特斯正在给他系那条红色的丝绸领带，达拉斯已经带着长镜子进来了。

面貌一新的布里克走到镜子面前，只看了一眼，就把目光投向镜子里那三个站在他身后的少年。

"布里克去哪儿了，先生们？"

泰特斯严肃地摇着头说："死了！"

黑小子又看了一眼："先生们，镜子里有四个小少爷哩。"

看着他那张脸，三个少年不可抑制地大笑起来。

"那个死去的男孩从前的脸就像糊着泥似的，先生们，"布里克的声音呆滞，听着可笑极了，"可这个孩子的脸干净得简直发白。"

"布里克，"泰特斯板着脸说，"我们从你身上洗掉了十层泥垢。"

"小少爷，"布里克的眼睛变得灵动起来，"下面旅店里的那些黑小子衣服上都有纽扣哩。"

他用狡黠的目光观察着泰特斯的脸色。

"以后你也会有很多纽扣的，"泰特斯安慰地说，"我们会给你钉满满一身的纽扣，直到你分不出哪个是纽扣，哪个是你本人为止。"

布里克吹出一声尖利的口哨，一蹦三尺高，接着就开始跳起舞来——跳得特别开心，分外滑稽。三个少年不住地爆发出阵阵欢笑。

"好了，干点正事吧，"泰特斯忽然大声说，"我看见贝蒂出来了，已经开始第一次催用晚餐了。我们赶紧把这些乱七八糟的收拾干净，先生们。布里克，你也来帮忙。"

黑小子欣然镇定下来。不一会儿，房间里就和他们刚进来时一样整洁了。

"让那条狗活跃起来。"泰特斯指着拜洛命令道。

布里克跑过去搂着拜洛的腰腹，和它一起在房间里跳起舞来，一直跳到气喘吁吁才停下来。

"用那几张毯子把他包好，"泰特斯说，"进屋吃晚饭去。"

"我吗，先生，"布里克大声问，"我？"

"没错，就是你——查理，你要留下来吗？"

"噢，好哇，"他的朋友自嘲地说，"我这副模样可酷了。"

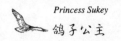
"那你赶紧走吧，"泰特斯开玩笑地推了他一把，"改天再过来。很感谢你帮忙。"

查理吹着口哨从马厩的后门跑出去了。达拉斯、泰特斯和布里克也朝屋里走去。

"你记住，"泰特斯对布里克叮嘱道，"一句话也别和姑娘们或布洛杰特太太说。给你上什么你就吃什么，什么也别问。"

他们一进屋子，泰特斯就开始呵欠连天，说话也结巴起来。他的兴奋劲儿已经过了。

"布……布……布洛吉花娘，"他在储藏室旁边的小起居室里找到了她——这里离厨房近，所以她经常待在这里，"我又新得了一只黑鸽子——我想给它弄点儿晚饭。"

"没问题，我的孩子。"女人亲昵地说完，就摇摇晃晃地走到外面的客厅里去了。

"这……这……这个就是。"泰特斯把手搭在布里克的肩膀上隆重介绍。

"我的神，我的天老爷啊，"布洛杰特太太大叫起来，"你这孩子可真要命啊！又来了个黑小子，先头来的那个还没走呢！"

"你……你……你愿不愿意把先头那个留下来，布洛吉花娘？"泰特斯淘气地问。

"我才不会把家里的房间给他住呢，"她趾高气扬地说，"那个脏东西！不过这个家伙看着倒还干净，"她朝布里克投去友好的一瞥，"我让姑娘们在盥洗室里给他支一张小床吧。"

布里克还挂着笑意，只是嘴咧得没先前那么大了。他觉得有点儿不自在，有点儿怕这个胖女人。

十分钟后，这个黑小子就又欣喜若狂起来。白人女孩们在他身边侍候着，还奉上了他从来没有吃过的丰盛晚餐。他悄悄地把盘子里的食物放到自己的口袋里，留着给自己的狗儿拜洛。

第十八章　艾丽第二次拜访法官

艾丽来到格兰德大道110号，走的是马厩那条路。

她像道小小的影子一样，飞快地从私家车道溜到了敞着门的马具室。布里克坐在一个倒过来的浴盆上，一边擦拭着镶银的马笼头，一边精神抖擞地吹着口哨。拜洛趴在他脚边，只懒洋洋地朝艾丽的方向支棱起一只耳朵。

布里克知道是谁来了。事实上，在看见她之前，他就凭自己狗一般灵敏的嗅觉辨认出了她。

"晚上好啊。"艾丽冷不丁开口说。

"你好啊！"布里克站起来，大声说，"老天，我还以为来的是鬼呢。你好吗，艾丽？"

"很好，谢谢你。"她的语气有些不自然。

"坐吧。"布里克热情地把一张凳子推到她跟前。

"谢谢你，"她倚门站着，"我不能跟个马童混——我是说，坐在一起。我得说，我是要当淑女的。"

"你还没放弃这个鬼念头吗？"他打趣地问道，随后把马笼子放下，站起身慢悠悠地朝她走过来。

"我永远也不会放弃的。"她严肃地说。

"你总叫人心里发慌，艾丽。"布里克不安地说，"每次和你在一

175

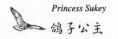

起，我都得念几句咒语。"

"什么咒语？"她正色问道。

"噢，'黛比，黛比，永生不死'，还有'小鬼今晚给我提灯笼'。"

"布里克，"小姑娘一本正经地说，"你要是念咒语就永远当不了绅士。"

"我可不想当什么绅士，"他坚定地说，"老天爷在造我这个孩子的时候往水里倒了点儿咖啡。我永远都是个黑小子。"

"随便吧，反正我要当淑女。"小姑娘一脸严肃地说，"我才不要陪你这样的垃圾浪费时间，只是答应了母亲过来瞧瞧你过得怎么样。"

布里克咧嘴一笑，他根本不在意她的讽刺。"告诉你妈妈，"他说，"我会去看她的。你瞧见我的纽扣了吗？光打在上面闪不闪啊？"他焦急地走近悬挂着的电灯。

"闪得很，"艾丽轻蔑地看着他的前襟，上面缀着一大片黄铜纽扣，"你瞧着就像是莫斯布朗店里装纽扣的抽屉，倒过来的那种。"

"是我自己缝上去的，"他不以为意地说，"泰特斯少爷给了我这些纽扣。我觉得它们的位置缝得不太正，不过总算是拥有它们了。"

"我猜你是打算留在这里干活吧。"她说。

布里克嗯了一声。

"你不会顺心的。"她嘲讽道。

"顺什么心啊，亲爱的——布里克心里烦透了——可是，唉！好歹有口吃的——黑小子是为了吃的才留下来的。"

"你会厌烦的，然后就会逃走。"她继续说道。

"有可能，"他打了个呵欠，"可你瞧瞧这个，小姐，"他从口袋里掏出一张窸窣作响的美钞，在她面前抖了抖，"泰特斯少爷管这个叫保证金。布里克昨天吃了一磅巧克力豆，今天又吃了两磅焦糖奶油酱，明天还能吃一整袋硬糖，如果他这个黑小子还能吃得下的话。我们吃饭时还有冰淇淋吃哟。"

"等我有了房子，你就瞧着我给自己的仆人们发冰淇淋吧。"她不屑一顾地说。

"你会变成一个呱呱叫的上等淑女的，"布里克揶揄地看了她一眼，"到时候你可别叫我去你手底下干活。"

"我才不要你呢。"她一眼瞥到拜洛的新项圈，立刻问道，"那是谁给它的？"

"是泰特斯少爷，小姐。他请求把我留下来的时候，罗伯劳那个老马夫气坏了，我猜法官心里也不怎么高兴，可是经不住泰特斯少爷一个劲儿地请求。法官说：'好吧，但是狗不能留。'泰特斯少爷说：'祖父，我会把那条狗调教得懂事的。'法官说：'你办不到的。'泰特斯少爷又说：'给我个机会吧。'于是他去了市区，买了一条上好的项圈给狗戴上，给它刷毛，让它见识上等人是怎么生活的。他对它说：'不要再当流浪狗了。'这条狗项圈戴着，毛被人刷着，又听了这些话，见识了这些人，吃得好，住得暖——嘿嘿，眼看就要变成一条高高在上的狗了。"

艾丽什么也没说，却显得很有兴趣。布里克说话时挤眉弄眼，手势不断，牙齿和舌头也没闲着，活像个唱戏的。

"那个老马夫也快喜欢上它了。你听着，我来告诉你。它来之前，老罗伯劳的马厩里总丢燕麦，有人专偷那个。他不知道该怎么办才好。他说：'燕麦箱子从来没打开过，只有我去喂牛马的时候才会把它打开拿燕麦。我不在的时候，只有送燕麦的人会往里面放燕麦，可他那个人和我一样诚实。'昨天，他对拜洛说：'狗啊，你看好那个燕麦箱。我把它敞着离开一会儿。你去那个黑咕隆咚的角落里仔细盯好。如果你还是条称职的看门狗，你就会捉到那个贼的。'"

艾丽朝拜洛伸出一根手指，它轻轻地舔了舔。布里克继续说道：

"我给拜洛做了个手势，它就走过去趴下——不再跟在我屁股后头了。到了下午晚些时候，罗伯劳开车带着法官出去了，我进屋去找

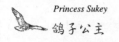

姑娘们烤的饼干，却听到马厩里面吵吵闹闹的。我跑过去一看，拜洛正咬着那个送燕麦的好人的裤子呢。"

"是那个送燕麦的人？"艾丽疑惑地问。

"是啊，小姐，那个好人知道罗伯劳不在家，燕麦是他送的，也是他偷的。他又是吼又是求饶，可拜洛就是咬着不松口。我把他带到马具室里，锁上门，带着拜洛守在外头。法官回来后，就过来审问那个犯人。他问：'你总偷燕麦干什么？'那人说：'我辛苦工作，却只能拿一半的薪水。我家里有个生病的孩子，想吃橘子和葡萄想疯了，可我没钱买。法官，如果您让他们把我给逮捕了，她就会死的。'法官说：'你应该早点为你女儿打算才对。跟我进屋来。'说完他就带着他进去了。十分钟后，我看见那个人一只胳膊下夹着一袋子疙疙瘩瘩的东西出来了——可能是土豆，也有可能是橘子——他还奉命拿走了布洛杰特太太的一个柠檬派，因为我看见它上面的蛋黄酥皮从纸袋子里露出来了。他还拿了些别的食物，哭了。我见他腾不出手来拿手帕，就带着拜洛跟在后面。等到房子看不见了，我看见他的车和等着的马，就问：'老板，我能把我的手帕借给你用吗？'他说：'别犯傻了，你这厚脸皮的小黑鬼。'他一边扯缰绳，一边说，'你这个容身地不错。要我说，你应该一直留在这里。'接着他就驾着车走了，后来我也没听谁提过报警。"

"再见吧，"艾丽突然打断他说，"我要去见法官了。"她慢慢地从来时的路绕到房子前面，按下门铃。

法官知道她今晚会来。珍妮事先接到了通知，所以没有拦着不让进。

伯瑟尼已经睡觉去了。她很清楚地记得今晚是艾丽来访的日子，所以不等吃完晚饭就回自己房间去了。看着她急匆匆的样子，法官不禁笑了——她不喜欢艾丽。

廷斯比家的年轻姑娘一进房间，他就放下书，摘下眼镜，一言不发地观察着她。她的模样让他吃了一惊。她还是那样纤弱苗条，可今晚，她的眼睛下面还多了黑眼圈，举止也无精打采的，唯独那双黑眼睛里还是闪耀着不肯服输的光芒。法官不动声色地向她回了礼，便开始询问她近来的状况。

"挺好的，"她淡淡地说，"只是我已经连续学习了一天一夜了。"

"这种行为很傻。"他和蔼地评论道。

"要学的东西太多了，"她焦虑地说，"我好像永远也赶不上进度。"

"一次只做一件事，"法官说，"你还年轻，还能活很多年——我是这么希望的。唯独一条，千万别熬夜不睡觉。"

她却不加理会，只是问："我有进步吗？"

"有，"法官很快回答道，"我上次教的你都记住了。你进来时安安静静的，可今晚你看着太憔悴了，不适合谈话。我告诉你一件我最近在忙的事就把你送到楼下去吃些东西，再派个女仆陪你一起回家。我不想再让你晚上过来了，这不是小姑娘该在街上晃悠的时候。如果你愿意的话，可以下午来看我。"

"没有什么能伤害到我。"她恼怒地说。

法官站起身来，走到壁炉架边："你认得手写的字吗？"

"认得，先生，只要不太潦草就行。"

"这里有一封我写给你母亲的信。我想让你读过之后再带给她——还是我来念给你听吧。"说着，他便坐了下来。

艾丽懒洋洋地把头耷拉在椅子的靠垫上，起初听得只算认真，接着便热切起来，到了最后，她变得兴趣盎然，听得既紧张，又入迷。

第十九章　达拉斯出手帮忙

法官用他清晰而浑厚的声音念了起来：

致廷斯比太太：敬爱的女士，前些时，我去见了城里的一位房地产经纪人，告诉他我想拿一笔钱投资房产。他为我置办了几处房屋，其中有一间是位于克洛弗代尔电轨沿线上的农舍。它离邮局只有四英里远，进城很方便。这间农舍有八个房间，有供暖的火炉和冷热水管，还有个可以养牛的小畜棚。那里风光明媚，位置也不偏僻，离左右邻居只有六十英尺左右远，离农舍四分之一英里远的地方还有一所不错的学校。目前，我的这间农舍还没有租户，租金是一美元一个月，也就是十二美元一年。如果您付得起租金的话，我觉得，为了您的孩子们着想，您应该马上把它租下来。有一件事我不能不提，那就是我很希望这间农舍的租户能答应接收一位寄宿人，她是我的一位老仆人——是一位洗衣妇。她如今身体很差，需要有人照料。因此，她的寄宿得多花些钱。我准备为她向您支付一周十二美元的酬劳。如果方便，希望您能尽早答复我。

您真诚的

泰特斯·桑克罗夫特

法官念完信后，房间里一片死寂。他把信折好，放回信封里，接着便望着艾丽。

她眼神古怪，目不转睛地盯着他。末了，她的嘴巴微微翕动了两下，似乎是在试用它们，看看她自己能不能说出一句话来。

"这是真的吗？"她哑着嗓子，喘着气问。

"是的，孩子，千真万确。"

"每个字都是真的吗——一年十二美元的房屋租金？"

"唉，真可怜。"法官把这声叹息硬生生憋了回去。这个年纪的孩子，竟然能如此准确地知晓一美元的价值，敏感得可怕。

"房租，十二美元。"他说。

"房租，十二美元。"她机械地重复道，"寄宿客的费用也是十二美元。只不过一个是按年算，一个是按周算。"她咧开嘴笑了起来，那声音十分刺耳，毫无感情色彩。

一开始，她笑的声音还很小，但很快就变大了，她的嘴巴张得大大的，目光呆滞，始终聚焦在一处。"天啊！"法官用手把耳朵捂了起来。他觉得，这一生中似乎还没有什么让他的心像这样突然被揪起。他见过歇斯底里的女人，可这稚嫩的叫声却比那还要糟糕一千倍。家里的男孩子和仆人都跑哪儿去了？他不忍心去干涉这个不幸的小东西，只能无助望着门口。

泰特斯和达拉斯从走廊对面冲了过来。泰特斯一看到艾丽就退缩了——他对她也怀着像他祖父一样的抵触情绪。

达拉斯却没有畏缩，只看了一眼就摸清了形势。他对泰特斯说："你最好把窗户关上。"说完，他冷静地脱下自己的外套，扔过去蒙在艾丽头上。

一到晚上，地窖里的大火炉就把整栋房子烘得暖洋洋的，窗户总是随意地开着。泰特斯在二楼上跑来跑去，忙着把它们一一关上。这时，仆人们也都跑到了书房来一看究竟。

"把她带走吧，"法官仓促地吩咐，"让女人们招待她。我估摸着她已经饿坏了。给她拿点吃的，然后就让她回去吧。"

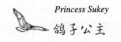

艾丽的声音虽然被蒙住了，却没有中断，不仅如此，她还开始乱踢起来。

达拉斯把她瘦弱的小身板揽进自己强壮而年轻的臂弯里，抱着她穿过走廊，进了起居室。

"进来吧。"他对那群挤在楼梯上的女仆们说。这群人听了，就跟在布洛杰特太太身后一股脑地拥进了起居室。

"我让她受刺激了——我就留在这里。"法官做了个认可的手势，就退回自己的书房里关上了门，可随即他又打开门，嘱咐道，"好好照顾她，等她好些了就送她回家。"

泰特斯缩到了起居室的一个角落里，达拉斯成了掌控场面的主人。

"我在寄宿旅馆里见过这样的女人。"他用宽慰的语气对泰特斯说，接着又吩咐道，"珍妮，拿些冷水来，洒在她脸上。"

艾丽的脸上被洒了水，手也被人揉过了。没一会儿，这个精疲力竭的女孩就坐了起来，闭上了嘴巴。

"麻烦你去给她做些热汤，类似的东西也行。"达拉斯对布洛杰特太太说，"让女仆都走吧，房间里人太多了。"

布洛杰特太太把所有人都撵走了，只留下泰特斯——可他很快就溜走了，于是房间里就只剩下她和达拉斯独自面对这个小姑娘。

他们什么也没对她说。艾丽在沙发上蜷缩了起来，压抑地抽泣着，直到珍妮拿着做好的热汤上来才停止。

"把它拿走。我不想喝什么汤。"她抗议道。

"喝了它。"达拉斯轻声说着，把汤碗送到她嘴边。

她没办法，只好接了过来。只是微微一动，她瘦弱的身体就变得大汗淋漓。

达拉斯敦促着她把汤喝得一滴不剩，随后便静静地看着她。布洛杰特太太接过碗，说自己很快就回来，便蹒跚地离开了。

艾丽紧张地摆弄着沙发垫，直到达拉斯开口向她发问。

"你为什么要这样尖叫，把法官都给吓着了？"

"因为他太让人敬佩了，"她有气无力地说，"他是个善解人意的人，难得一见。"

"他做什么了？"

"他给了我们一个农场——在城外一个郁郁葱葱的地方。"

"噢！"达拉斯轻声说，"是让你母亲照顾孩子的地方吗？"

"是的，先生。"

"你今晚来这里做什么？"少年问。

"我是来请教怎么成为淑女的。"

"法官肯教你吗？"

"教了，先生。"

达拉斯沉思了几分钟后，自言自语似的说："真想知道他会不会乐在其中。"

"不，他并没有，"艾丽直率地说，"他没有，可我没办法。我非得学会怎么成为淑女才行。"

"我会和法官聊聊的，"达拉斯淡淡地说，"我想，我也可以教你。打扰他这个年纪的人很不应该。"

艾丽的眼睛微微一亮，因为她知道这个文质彬彬的少年会和法官教得一样好。可她现在感觉太累了，不想谈论这件事，只想静静地坐在沙发上。

"我会来找你的，"达拉斯说，"你身体太弱，来这里不方便。"

"我喜欢，"她有气无力地说，"我喜欢这栋房子。"

"那也得等你身体好些以后再说，"他坚定地说，"眼下你这副模样是不应该离开自己家的。我放学之后过去教你，一个星期去几次。我想，既然法官给了你们一间房子，你们应该很快就要搬家了吧？"

"那还用说。"她虚弱地说。

"现在，"他继续说道，"我去叫一辆马车，会有一个女仆陪你一起回家的。"

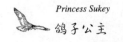

"我配不上这种待遇。"艾丽说。可达拉斯能从她的微笑里看出来，她心里是高兴的。

十分钟后，达拉斯站在前门，遥望着载有那可怜孩子离开的马车逐渐消失的灯光。

随后，他便去了楼上，来到法官的书房里。

"先生，"他说，"如果您允许的话，我想帮那小姑娘，让她受些教育。"

他的赞助人慈祥地看着他："可你没时间，达拉斯。"

"有，先生，我可以放学后再去教她。"

法官沉思了几分钟。让那小姑娘有个年轻些的老师也许是件好事。对达拉斯来说，这也是一个让他自我奉献的机会。

"你理解她的抱负吗？"他探询地问。

"我尝过那种滋味，先生，"达拉斯热情地回答说，"我受过穷，挨过人的鄙视，也一直渴望能接受教育。"

"很好，那我的担子就交给你了。如果你累了，就把她交还给我。"

"我不会累的。"少年坚定地说。

"她需要有营养的食物，"法官说，"比任何其他东西都需要。我会吩咐下去，让你每天从我们的餐食里给她送些过去。"

达拉斯对他道了晚安就离开了。法官若有所思地拿起一本书。

"真想知道他会把她教成什么样——可怜的小人儿，她看着像快死了的样子。"

入睡以前，艾丽的模样一直在他的脑海徘徊，挥之不去。可怜的小东西，他希望她能恢复元气。这副虚弱的身体里竟然藏着这样勃勃的野心，真叫人不忍啊。他很庆幸自己做了这些事，能让她母亲一家从狭窄而肮脏的里弗街搬走。

这天晚上，他梦到了廷斯比一家子，早上醒来的时候，他们的模样还在他脑子里转悠。他从房间来到走廊，透过窗户向外张望，这是他早餐前的习惯。结果，他毫不意外地看到了廷斯比一家子。他们全坐在通往他家前门的那段长长的台阶上，唯独不见艾丽。他看了一会儿，便慢慢走下楼去。

黑格比坐在客厅的椅子上，一见到自己的雇主就站起身来，像平时和法官说话那样略微向后退了退："有……有……有一大……大……大家子人聚在外面的台……台……台阶上，先生。他们不肯进……进……进来。"

法官耐心地戴上帽子，打开门。

"全体注意。"他一走出去，就听见了廷斯比太太的声音。

"早上好。"他礼貌地问候。

可她显然并没注意到他，又喊了一声："起立，小廷斯比们！"

"这架势像搞训练一样，"法官心里嘀咕着，"不过，要是这能让他们高兴，持续的时间又不太长的话，我就不说什么了。不知道我的邻居们有几家起床了？"他平心静气地望着隔壁家的窗子。那家的窗帘后站着两个女仆，显然被廷斯比一家给逗乐了。

法官出来的时候，廷斯比太太怀里抱着一个婴儿。这会儿，婴儿已经用他稚嫩的小脚好生生地站着了。凭借着过人的天资，他也加入到了家庭演习中。

"双手平举，小廷斯比们！"小女人命令道。

多比、吉布、戈尔迪、罗德和安妮，廷斯比家的每个孩子都把胳膊伸了出来。

"摘手套！"母亲又下令道。

每个孩子都把他（她）的双手露了出来。

廷斯比太太转过头来对法官说："请检查他们的指甲，先生。每个指甲都已经为您剪得干干净净了。"

法官微微打了个寒战。

"只要您有需要，随时为您效劳，"她加重了语气，"孩子们，现在是问答环节。第一个问题：是谁像绵羊一样来到羊圈里，把小伯瑟

尼带到了一个温暖的家里？"五个稚嫩的声音给这个寒冷清晨的习习凉风奉上了答案："是法官。"

"是谁一直在给艾丽姐姐指路？"

那些尖厉的声音一齐回答道："是法官！"

"那间几乎等于白送给廷斯比家的乡间绿屋——我们在这个美妙的早晨全都亲眼看到了的——是谁给的？"

"是法官！"孩子们兴奋地大喊。

"谁要爱戴法官，为法官工作，赞美法官，以法官为榜样？"

"是我们！"他们激动地大叫。

"我对这次感恩大会很满意，"法官尽量让自己的吐词清晰可辨，"非常满意。"

廷斯比太太微笑着对他说："先生，我是您卑微的仆从。假如叫我听到谁说您一句坏话，我就要拔光他的头发，挖出他的眼睛，我还要——"

法官摆了摆手。开口说话也是白费力气，因为她一个字也听不明白，可她还是能看懂这个手势的阻止的含义的。这个女人平常是很通情达理的，可眼见着马上就能带着她的孩子们到乡间生活了，她似乎处在一种古怪的狂喜之中，精神亢奋。一句话，她在犯糊涂，所以赶紧回家才是最好的。

"您愿意进来吃点早饭吗？"法官热情地指着敞开的大门问。

"先生，"她正气凛然地说，"我知道自己的本分。除了艾丽以外，廷斯比家的任何人都不能从您的前门进去，后门也不行。不过，我们还是要去马厩里瞧瞧，也看看布里克，我们全部都去。"说完，她行了个隆重的告别礼，把她的一窝孩子从门前台阶上撵下来，从房子的拐角处朝马厩走去了。

"黑格比，"法官走进客厅，"赶快带一篮子甜甜圈和早餐喝的咖啡去马厩。让厨子给我再重做一份。"

第二十章　养猫人与法官的家人

　　这天傍晚，离开了那座他饲养着许多漂亮的用来贩卖的猫的河中小岛，养猫人巴里·马菲蒂飞快地划着船朝城里赶去。

　　冬天快过去了，春天就要来了。空气中有一种这样气息。巴里一向能说会道，却无法用言语来形容它。

　　"不管怎么说，"他自言自语地低声说，"冰雪寒天快过去了，暖和的日子就要来了。有人对我说过，有样东西让我的思绪转向绿草和流水，转向花园和花儿——那就是信念。"

　　他扭过头向城市的方向眺望。"不大不小，刚刚好，"他喃喃地说，"既不小得太愚蠢，也不大得让人感觉压抑。今天晚上看着也不错——笼罩在一团迷蒙的红雾里。"

　　很快，他的船就来到了鱼市边上。每次来城里，他的船总是由这里的老看守看管着的。

　　巴里跳上那条通往码头的泥泞石阶，把船系好，没好气地回头看了看那个耳聋的老看守——他正吼着他的名字和他打招呼——随后，他便快步走向大鱼市旁边的小屋。

　　天色还不算太暗。除非天黑透了，否则他是不会上城里去的。

　　以前当渔夫的老看守跟着他钻进小屋里。

　　"你急什么？像条飞鱼似的从我旁边掠过去了。"

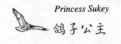
"我想赶紧坐下来，我累了。"巴里把自己的帽子扔到桌子上。

"你是站着划船的吗？"老人扯着嗓子问。

"不，我没有。"巴里温和地说。

"岛上有什么新鲜事吗？"老渔夫在他的客人对面坐下，问道。

"除了猫，我还能有什么新鲜事？"巴里自嘲地说。

"那就跟我们说说猫的新鲜事。昨天我看见市长的蒸汽船朝你岛上开过去了。他是不是想给自己的夫人买只猫？"

"没错，他的确买了一只。"马菲蒂说。

"你说啥？"

"他买了一只——或者说，他派人去买了一只—— 一只蓝眼睛的白色安哥拉猫。"

"卖这么一只猫你能得多少钱？"

"二十美元。"

"二十美元！"老看守嫌恶地跟着念了一遍，"我都是成袋成袋地把它们淹死。"

"换了是安哥拉猫，你是不会淹死它们的。"

"谁说我这么干过了？我淹死的都是普通的猫——灰猫、虎斑猫、黄猫，各种各样的猫。"

"你干这种事能挣多少钱？"

"十美分一袋子。"

"你就是在这里把它们淹死的吗？"巴里问。

"没错。难不成你以为我会开船把它们带到大西洋里去吗？"

"旁边就是龙虾塘，"巴里说，"真恶心！"

老人耸了耸肩。

"你这条来钱的路子马上就要被切断了。"巴里继续说道。

"什么被切断？"

"你从猫身上挣的钱！老天！这老东西到底有多聋啊！城里马上

就要有瓦斯箱了。"

"城市、瓦斯和猫之间有什么关联？"老人满脸愠怒。

"有关联，也没有关联。将来，谁要是有想要弄死的猫，都可以把它带去市政厅，里面专门设了一个大房间。你把你的病猫、老猫或多余的猫送过去，自然会有人把它放到一个大箱子里，里面放着一块带汁的肉。同时，瓦斯会被打开，猫吃着肉就困了，接着就会倒地而死。"

老渔夫猛地一拳砸在桌子上："到底是谁想出这么个见不得人的法子的？"

"汤姆·埃弗勒斯太太。"

"我应该知道的——我应该猜到的。从一个老实人的嘴巴里把他的面包抢走。"

"拖着成袋尖叫的猫从城市里经过，对孩子们又会造成多可怕的心理阴影？"

"尖叫个鬼！它们又不疼。"

"你自己怎么不当猫试试？"巴里狡黠地问。

"她老是跑出来碍事，"老人义愤填膺地控诉道，"总打着那些小鬼头的旗号来搅和每个人的营生。"

"我生病的时候是谁跑来帮忙的？"巴里调侃地问。

老人朝他咧嘴一笑。

"又是谁总帮我垫付医药费？"巴里用清晰的声音继续追问。

"我现在已经进了一个慈善社，"老人吼着说，"她再也不会关心我了。"

"那你的孙子呢？"巴里说，"那个谁也管不住的混世魔王克拉克呢？"

老人垂下头，一副若有所思的样子。

"她把他从治安法庭里救出来多少回了？老克拉克，你真是个忘

恩负义的混蛋。你说说，难道你不是吗？"

可怜的老家伙把头垂得更低了。他年轻的孙子是他在这个世界上唯一的所有。

"我觉得我是，"他慢吞吞地说，"我觉得我是。"

巴里望向窗外。"差不多天黑了，我可以走了。最近可见过有什么陌生人出没，克拉克，老大哥？"他把领子竖起来围在耳边，把帽檐拉下挡住眼睛。

"没，没，没见到什么陌生人，只有鱼。"老看守回答说，"只有鱼，鱼，还是鱼。"巴里由着他自言自语，径自离开了。

这个面色黝黑的中年男人迈着轻快而警觉的步子离开里弗街，拐进一条通往百老汇的小巷，从那条灯火辉煌、人潮拥挤的主干道上快速穿过，又连续经过好几条安静的街道，最后总算是来到了格兰德大道。

许多房屋的轮廓一点点地出现在眼前。一直走到格兰德大道的这个地方，他才发现身边都是豪华的宅邸。

快到桑克罗夫特法官的房子时，他走得慢了些，随后又突然折回去，走上了通往马厩的那条私人车道。

他用敏锐的眼睛仔细地观察着房子上的每一扇窗户，不时能看见一两扇开着的。"他们都喜欢新鲜空气。"他喃喃地说。在其中一扇打开的窗户下，他听见有人说话，便停了下来。说话的人是达拉斯——法官收养的那个聪明的英国少年。达拉斯正在责备伯瑟尼，可爱的小伯瑟尼。

巴里的神色柔和了起来。他特别喜欢这个孩子。自打认识她以来，她在他面前就一直很乖巧，很温柔——当初在廷斯比太太家是这样，现在他偶尔见到她与法官在一起时也是这样。亲爱的小伯瑟尼——除了可怜的艾丽外，她是他在里弗街上唯一在乎的小女孩。想到这里，他的神色更柔和了。达拉斯为什么要为难她呢？

他们俩似乎就站在起居室里一扇敞开的窗户旁。"伯瑟尼,"达拉斯严肃地说,"我把你叫来就是为了教训你两句。我觉得你是个自私的小姑娘。"

"我不觉得自己自私。"伯瑟尼呜咽着说。

"可你的行为就是自私。我觉得你是整个家里最自私的人。从早到晚,家里的每个人都忙着取悦你,这对你的影响很坏。我觉得你今天下午对艾丽的态度很不得体。"

"我什么也没做。"伯瑟尼愤愤不平地说。

"问题就出在这里——你什么也没做。你和我一样清楚,这几个星期以来我一直在教艾丽,她进步惊人——真的很惊人。今天下午她自己过来了,我自然而然地想带她到法官面前炫耀炫耀。我费了好大气力才让她见着放学回来的你,可你是怎么做的?"

"可你也没告诉过我该怎么做,不是吗?"伯瑟尼生气地说。

"没告诉过你?当然没有。我原本希望你自己的善心能告诉你。你明明看得出来艾丽很想和你一起玩,可你为什么不邀请她一起玩呢?"

伯瑟尼蹦出一句不客气的话:"我不喜欢艾丽。"

"我也不喜欢,可这是理由吗?想想看,要是我因为不喜欢她就不再教她了,那会怎么样?"

"我要把你教训我的事告诉爹爹老爷。"伯瑟尼伤心地说。

"我很高兴听到这句话。他的头脑冷静而公正,会知道咱俩谁对谁错的。我也想叫他知道,可我不会去找他,因为我讨厌嚼舌头。好了,现在你可以走了,自私鬼小姐。我和你的对话结束了。"

巴里站在窗户下,暗自好笑。随后,他听见了法官和蔼可亲的声音:"孩子们,你们在这间冷冷清清的房间里争论什么呢?"

"噢,爹爹老爷,"伯瑟尼喊叫起来——巴里能想象出她扑到养祖父怀里的模样,"我是个自私鬼吗?"

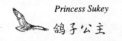

法官清朗的声音飘到窗外："当然是——我们都是。"

"可达拉斯说我不——不什么来着——那个词是'不'字打头，结尾是个'喻'字。"

"我们也一样啊，"法官说，"我们也一样。"

"可他还说，我对艾丽的态度很可恶，爹爹老爷。"

"我们也是这样，"法官乐不可支地说，"我们也都是这样。艾丽很渴望来这里。只要在街上遇见我，她就会对我发出这种暗示。达拉斯，邀请你的学生来拜访我们，任何一天的任何时候，或者随便哪一餐都可以。她很给你争脸。"

巴里能听见少年心满意足的声音："谢谢您，先生。"随后，他就再也听不见这几个人的声音了，因为法官说了句："请把窗户关上，我的孩子。伯瑟尼身上衣着单薄。"

巴里微笑着继续朝马厩的方向走去。那里的灯熄了，一切都静悄悄的，可他看见布里克的房间里还透着一丝光亮。

"你好啊！"他喊了一声，朝窗户上扔了一把小石子，"布里克，啊嗬！"

布里克掀起百叶窗，打开窗子，好奇地探出头来。

"是您吗，马菲蒂先生？"

"是啊，布里克。下来，让我进去。"

黑小子敏捷地沿着楼梯跑下来，打开了马厩下面的灯，把他的朋友带了进来。

"到上面你的房间里去。"巴里吩咐了一声，就径自走在了他前头。布里克笑得嘴巴一直咧到了耳朵根，屁颠屁颠地跟了上去。这真叫他面子上有光——因为这是巴里这个星期第二次来看他。

两人都进了布里克那间温暖的小卧室。巴里坐下来打量四周，布里克则忙着换衣服。

"这么晚了你还穿得这么好干什么？"巴里狐疑地问，"你应该睡觉才对。"

"我不是在往好了穿，我是在往寒碜了穿，"布里克吃吃地笑着说，"我准备出去走走，先生，可我不想弄脏我的宝贝纽扣。"他一边说，一边深情地看了一眼床上亮闪闪的衣服。

"你打算去哪儿？"

"去下面的里弗街。我打算去瞧瞧我的老朋友们。我和拜洛已经有好久没下去了。"说着，他用脚扒拉了一下那条正在酣睡的胖狗。

"他可不想去。"巴里干巴巴地说。

"我猜您说得对，先生。我琢磨着拜洛应该很愿意待在家里，不过，布里克不在意。"他把胳膊伸进刚从墙钩上取下来的一件破外套里。

"你有几件没扣子的外套？"巴里好奇地打听。

"这件，"布里克把手放在胸口，"还有这件。"他从壁橱里拿出另一件来，又指着拜洛身下说，"那里还有一件。"

"你把它们都放在床上让我看看。"巴里孩子气地说。

布里克傻乎乎地一乐。看到这位体面的绅士——他就是这么看待养猫人的——对他的衣裳这么有兴趣，他觉得很高兴。他脱下刚穿好的外套，把从壁橱里拿出的那件也拿了过来，再把另外那件从不满的拜洛身下抽出来，一起放到床上。

"那么，你又有几件有扣子的外套呢？"巴里问。

"只有两件，先生。一件顶好的和一件第二好的。"

巴里不动声色地把那三件没纽扣的衣服卷到一起，夹在自己的胳膊下。

"你要去里弗街见什么特别的人吗？"

"不，先生——只想去随便转转，没准儿会去廷斯比太太家看看。不过，唉，黑小子嘴飘了，她已经不住那里了，她搬到漂亮的绿茵茵的乡下去了。"

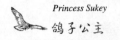
"布里克，"巴里正色问道，"你在这里快乐吗？"

布里克做了个鬼脸。

"噢，原谅我，"巴里继续说道，"我忘了。你当然不快乐了。你怀念的是过去的自由生活——怀念灰尘，破衣烂衫，空空如也的肚肠；你怀念的是别人的踢打，而不是感谢。"

布里克低下头。他当然记得那段被嘲笑的日子。

"当然，先生，"他说，"那时候不知道什么时候能吃上饭，有一顿没一顿的。"

"还有那些脏兮兮的下等人。你一定很喜欢和他们生活在一起吧。还有那个流浪汉，你的主人——多好的一个人啊！"

"他狠狠地打过布里克，"他难过地揉了揉自己的肩膀，"真高兴我从他身边逃走了。"

"好了，看过来，布里克，"巴里粗暴地说，"我觉得你真是个傻瓜。你在这里有一张舒服的床，可你要是回到里弗街鬼混，就铁定会失去它。前两天我是怎么跟你说的？"

"您告诉我晚上好好地守着房子，把狗放到院子里，别和陌生人来往。"

"这些你都在照做，不是吗？"巴里讥讽地说。

布里克认真地盯着他看了一会儿，然后开口道："先生，布里克没什么可抱怨的，只有一件事例外。"

"什么事，你这傻瓜？"

"他不能做他喜欢的事，"这小子严肃地说，"布里克喜欢他自己的生活方式，是他自己的，不是罗伯劳的，不是法官的，不是泰特斯少爷的，也不是马菲蒂先生的。"

"你这蠢蛋！这世上有谁能想怎么着就怎么着？"

"那个流浪汉啊，"布里克一本正经地说，"他就能。"

"他能吗？"巴里反问道，"他能吗？那个流浪汉平时最怕谁？"

"他谁也不怕，只怕他自己。"

"他怕。你想想看，在你那错乱的记忆里好好找找。"

"您是说警察吗？"布里克问，而从他那微张的嘴巴里，巴里一眼就看到了他那粉红色的牙龈和白色的大牙。

"当然了。他怕警察怕得要死。"

"这个不假，这个不假，"布里克爆发出一阵狂笑，"警察一来，流浪汉就跑了。要是不能摆平他，就要花上一大笔钱去摆平这个国家的整个警局。"

"你绝对不能离开这里。"巴里警告道。

"先生，"这小子脸上的笑意消失了，"有两个布里克。一个布里克说：'小子，难道你没闻着从法官厨房的烧肉锅里飘出的香气吗？'另一个布里克却说：'跑，小子，跑吧——城里才有乐子——跑，小子，跑吧。'"

"叫你留下来的是有纽扣的那个小子，不是吗？"巴里瞥了一眼布里克放在床上的体面衣服。

"是的，先生。那些纽扣就是我的精神支柱。布里克可不能带着它们一起跑，它们代表着尊严。"

"那么你就必须留下来。"巴里起身朝门口走去，"因为我要把你这些粗布衣服带走。"

布里克焦急地追了上去："先生，您该不是存心要把可怜的布里克的行头都带走吧？"

"没错，我就是存心的，如果你胆敢跟别人提起一个字，我就狠狠地揍你一顿，让你一个星期都站不起来。"

"可布里克不能带着这些纽扣到处乱跑呀，"这小子难过地看着床上闪闪发光的外套，"如果他穿成这样出现在里弗街，他们准会说：'法官家的小子来了。'"

"如果你穿着那件外套出现在里弗街上，"巴里斩钉截铁地说，

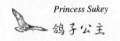

"我就会叫你知道后果。我会去找吉特·麦克葛洛力,你认识吉特吧?"

"认识他的拳头,"布里克憨厚地说,"那两只拳头就像小土豆桶一样。"

"我要去告诉吉特,我对他的老相识——某个叫布里克的黑小子——很感兴趣。我要对他说:'吉特,如果你在里弗街上看到那小子,你就对他晃晃拳头,把他送回家去。他已经有了一个很好的家,我不想让他离开。'"

布里克颤声问:"先生,难道我永远也拿不回自己的行头了?"

"能拿回去,如果你表现好的话。不过记住,我会盯着你的。如果你胆敢把外套上的纽扣剪下一颗,或是跑到任何不好意思让法官看见你的地方,我就会找上门来。你现在就给我好好记住。"说完,他果决地对他歪了歪头,便打开门走了出去。

"对了,"他又把自己的头探了进来,"你见过像那天晚上一样跑来打听布朗家的马夫的其他陌生人吗?"

"没有,"黑小子认真地说,"我没见过。"

"如果在白天见到他,你能认出他来吗?"

"认不出,先生。"

"好吧,你别和他扯上任何关系。"巴里说完这句让人摸不着头脑的话就走了。

布里克独自静静地在房间中央站了几分钟,随后就开始打起寒战来。一开始是假模假样的,可慢慢地就变成真的了。他忍不住念了几个咒语。就算经常去教堂做礼拜,也在学校受过训导,可他对咒语的迷信从来没有因此而动摇过。最后,他穿着所有的衣服跳到床上,嘴里反复念叨着:"蛇吐芯,蟾蜍跳,圣水保佑,免我火烧!"他把拜洛唤过来,让它趴在床底离自己更近些的地方,接着就用毯子蒙住自己的头,战战兢兢地准备入睡了。

第二十一章　马菲蒂揭露了一个阴谋

汤姆·埃弗勒斯太太正在哄她的宝贝入睡。没有比他更恼人的小娃儿了。他笑着，玩着，喉咙里叽叽咕咕的，抓着她的手不放，想方设法地咬自己的脚趾，拍打她系在腰带上的黑色小包——总而言之，他实在太顽皮了，惹得她终于板起脸来对他说："宝贝，要是你再不躺下，妈妈就要教训你的保姆们喽。"

他一听就咯咯地笑起来。他肆意地拍着小手，用他的嘴巴在她身上乱啃了一阵。忽然，他安静了下来。他累坏了，他竭尽全力地捣蛋了一整天，现在终于和睡神撞了个满怀。他眨了眨眼，屈服了。在打了个疲惫的呵欠，用精疲力竭的婴儿特有的充满信赖的目光瞧了一眼正俯身照看他的年轻妈妈后，小汤姆总算是进入梦乡了。

汤姆太太把他毛茸茸的脑袋安放在枕头上，把被子拉过来，盖住他粉嫩的四肢，在他潮乎乎的脸蛋上轻如鹅毛地吻了一下。面对她唯一的宝贝，她的珍宝，她哪里舍得离开。正当她在以母亲独有的方式对他百般疼爱时，有人敲门了。

"是谁，黛西？"她扭过头去，轻声问。

"是马菲蒂先生，太太。"小女佣说，"他在客厅，是特意来看您的。"

"告诉他我马上就来。"年轻的埃弗勒斯太太稍微耽搁了一会儿，

把婴儿小床周围的床屏摆正后，便下楼了。

"你好吗，巴里？"她走进那间舒适而又朴素的大房间，脸上挂着少女般坦率的微笑，朝他伸出一只手来。

"晚上好。"他郑重地说。

"你有心事，巴里。"她敏锐地说，"来吧，向圣母倾诉你的忏悔吧。"

他看了她一眼，眼神里带着一丝敬慕。

"这感觉就像那天，"他神情恍惚地说，"你遇到我的那一天。那时我还是个流浪汉，四体不勤，一无是处，没人瞧得上。"

埃弗勒斯太太笑了起来："我差点忘了当初在钢铁厂附近碰到的那个棕脸男人了。"

"我永远也不会忘记你那天的样子，"他真诚地说，"那个干净甜美的小姑娘。"

"四年前的事了，巴里，"她摇着头说，"四年前了。"

"当时我还厚颜无耻地管你要钱，"他继续说道，"更过分的是，我还威胁了你。可你不但原谅了我，还把我带进城里，给我提供住处和食物。上天会因你的善行而保佑你的！"

"我已经得到奖赏了，"她轻声说，"你不知道，看着你和你妻子在岛上幸福地生活，我心里觉得多么欣慰。她是个好女人，巴里。"

"好得让我觉得配不上，"他苦涩地说，"我让她受了不少苦。"

"可是，巴里，你做得已经比以前好多了。"

"我从来不是什么犯罪之徒，"他严肃地说，"上天原谅我，可我还是得说，我相信真正的罪犯很少有能洗心革面的。我只不过是个酒鬼，以前是，现在也是。我好像永远也戒不了酒瘾。"

"向上苍祈祷吧，巴里，你自己也要努力工作。"

"噢，这些对你来说都行得通。"他不耐烦地摇了摇自己的头，"你的心和灵魂都是新的。我的已经老了，钝了，硬了。凭借理智，我看待世事还能像从前一样清楚，可要是说到感觉，我就——"

"巴里，"她温柔地打断他，"你对自己太苛刻了。"

他把一只握成拳头的手轻放在另一只手上，说："埃弗勒斯太太，孩子们的纯真和温柔应该被保留，这就是我一直以来的看法。我今晚来找你，是想说一桩阴谋，我担心这是针对某个孩子的阴谋。没人能听见咱们俩说话吧？"说着，他不放心地朝后望去。

"没有人，巴里。你尽管说。"

他如释重负地叹了口气，重新在椅子里坐好，说："这两天我一直很紧张。这世上什么样的人都有，很奇怪，不是吗？老天爷似乎特意让我们所有人好坏有别。如今你住在这条脏污的街上，就像从淤泥里长出的莲花一样。你知道这里有淤泥，却能不受它的污染。"

"有人说过，近墨者未必黑。"埃弗勒斯小声说，"莲花憎恶它周遭的环境，可它的根须却从中挣脱了，新带来的土壤也许能净化原来的淤泥。"

"这条街上的风气比原来好了一半，"他说，"可我得开始说我的遭遇了。我很不愿意和你讨论下层社会，可它的确存在，就连孩子们都知道这个。有些人品性很坏，靠压榨别人为生。就像我方才说过的，我从来不是什么犯罪之徒。事实上，我也当不了罪犯，因为我不愿意作恶。可是，在环游这个国家的途中，我听说过不少臭名昭著的恶棍的事迹。那时，我只是被他们踩在脚底的烂泥，可是只要一混进流浪人员收容所之类的地方，我就能听到他们谈论罪犯圈里的大佬某某——你在听，是吗？"他望着埃弗勒斯的脸，身体向前探了探。

"听着呢，巴里，不仅在听，而且很感兴趣，只是客厅里的煤气灯不够亮，我来把这张桌子上的灯点亮。"说着，她便把那盏灯的玻璃罩拿了下来。

等她重新在他对面坐好后，巴里继续说道："在波士顿时，我听说了一个人，是这个国家最出名的罪犯，无恶不作。他们都说，此人

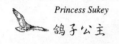

虽然年纪轻轻，却什么事都干得出来。后来，也是在那一年，我竟然在新罕布什尔的一个小镇上见到了这个人。他正在逃避警方追捕，当时风声已经越来越紧了。我认出了他，主动和他搭上话，还帮了他一把。我当时住在树林的一个棚屋里，就让他在那里躲了一阵子，心里还觉得挺荣幸的。与此同时，我又有些瞧不起他，尽管我当时也只是个下三滥的无业游民，可吹嘘自己接待过吉米·斯莫利也是件有面子的事。"

"可怜的巴里！"埃弗勒斯太太怜悯地感叹道。

"从那以后我再也没见过他，"巴里继续说道，"谁知两天前，我却在格兰德大道上看到了他。我知道，我对桑克罗夫特法官产生了好感。只要一来城里，我的脚就会不由自主地带着我去他的房子周围转一圈。两天前，我正在圣马可教堂附近慢慢地走着，那里已经离法官家很近了。无意中，我看到前面有个人在一面闲晃，一面抽着雪茄。"

"他该不会就是斯莫利吧？"埃弗勒斯太太激动地问。

"先等一会儿，"发现自己成功地激起了她的兴趣，巴里欣慰地笑了，"当时在我看来，他只是个跟我一样散步的闲人。这时，他不动声色地把头转到了法官家的方向。我身上感到一阵寒意，那是斯莫利啊！"

"想象一下吧！"他的朋友惊呼起来。

"埃弗勒斯太太，"他认真地说，"我没法告诉你当时我有多惊慌，又有多高兴。惊慌的是，我觉得像是有条蛇扬着头拦住了我的路；高兴的是，我能察觉出那是一条蛇。我对自己说：'振作起来，巴里。你已经变好了。要是换了从前，见到可恶的斯莫利，你一定会兴奋不已。可现在，你唯一的想法就是赶快从他身边离开。'"

"好样的，巴里！"埃弗勒斯太太赞许地说。

"我亲爱的小姐，"巴里继续说道，"笼子里的鸟只要一见到它的天敌从头顶飞过，就会奋力地撞向把它囚住的笼条，你听说过吗？"

"没有，"她好奇地问，"它为什么要这么做？"

"本能，直觉。我相信——事实上，是犯罪学家说的——纯真的孩子或善良的男女往往会对恶人产生某种不自觉的奇特反感，哪怕他根本没有什么作恶的直观证据。斯莫利是个长相老实的年轻人。他的脸并不狰狞，而对我来说，很长时间以来，没有什么比躲开他更让我高兴的了。"

埃弗勒斯太太同情地笑了笑。巴里忽然想到什么，又往下说道："刚才，就在我提到对外表无辜的罪恶的本能反感时，我心里想的不是我自己，而是您和伯瑟尼这样的人。唉！我还没有完全改过自新啊。"

"可是你仇视斯莫利和他的恶行，说明你已经改得够多了。"

"那倒是，"他恳切地说，"我希望他也能反省。"

"还有悔改。"

"这是我的心里话——如果有可能的话。可是当时我只觉得害怕，我害怕！"他沮丧地摇着头。

"我想，你当时的第一个念头就是从他身边逃走。"

"没错，可我又生出了第二个念头，看看他是不是在这片地方盯上了什么目标。他一定是盯上了——我对自己的同类很了解。他漫不经心地看了看法官邻居家的房子，唯独盯着110号看了很长时间，眼神里充满了诡诈和算计。'他憋着一肚子坏水，'我心想，'真想知道他在盘算什么。'我不想被他发现，可就算他听到了我过来的动静，我也不想停下脚步。那天天气湿冷，刮着东风，幸运的是我恰巧穿着法官送给我的那件衬毛皮的外套，头上戴着从外套的口袋里找到的毛皮帽子。我伸手把衣领竖起来，再把帽子拉低，就直接走了上去。我还想过，要不干脆停下来，从口袋里把备忘录拿出来，装作查看的样子，可我没有这么做，因为这样反而可能引起斯莫利的注意——他们都说他有第六感。他在我前面继续走着，我发现他又看了一眼法官住

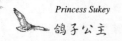

的房子。有些人从一个眼神中看不出什么，可斯莫利的眼神却告诉了我很多东西。他特意看了看110号，一定有什么特殊的缘由。接着，他又顺便看了一眼通往马厩的私人车道，这就证实了我的怀疑。他一定很想过去，可他不愿意这么做。"

"他丝毫没想到你在监视他！"

"没错，他一点儿也没怀疑到我头上。他走得很慢，我只能从他身边走过去，可我能感觉到他在后面打量我。"

"他认出你了吗？"她屏住呼吸问。

"完全没认出来。那种心惊肉跳的感觉没有了，我如释重负。想想看，我的模样已经与他以前见过的那个肮脏的流浪汉截然不同了。他一定想不到我会衣冠楚楚地走在富人区的大道上；最要紧的是，他从没想过会再遇见我——他压根不记得有我这么一号人。"

"可是，巴里，"埃弗勒斯太太好奇地问，"如果他认出了你，他会怎么害你呢？"

"不会害我，可他会闹得我不得安宁。一旦叫他发现我想改过自新，他只消说一句话，新英格兰的所有流浪汉都会去我家投宿。如果我不肯让他们住，他们就会捏造出一大堆关于我的丑闻。在流浪汉的世界里，谎言是生活的必需品。"

"后来发生了什么？这太有趣了！"她的眼睛闪着亮光，激动地问，"快些往下说吧，巴里。"

"天呐！用得着这么激动吗？得亏你的心肠是好的。"巴里敬慕地说，"我年纪大得可以做你的父亲了，可我总觉得你就像我母亲似的。"

"说下去，说下去，"她像个小姑娘似的不耐烦地连声催促，"不要停下来分析你的感受。你可以另外找个时间再分析。斯莫利还做了些什么？"

"当时他倒是什么也没做。你一定会觉得，到目前为止，他的举动还不足以证实我的怀疑。实际上，天黑后我就去了法官家。罗伯劳已经入睡了，可布里克就像所有年轻人一样习惯晚睡。没一会儿，我们就听到下面有人敲门。我让布里克把窗户打开，把头探出去看看。他问：'是谁啊？'你该猜到那人的声音是谁的了吧。"

"是斯莫利的。"她马上回答说。

"没错，是斯莫利的声音。他竟然顺口反问道：'托马斯在吗？'

"'你说的托马斯是哪个啊？'布里克问。

"'当马夫的托马斯。'斯莫利回答说。

"我推了布里克一下。'布里克，'我说，'那是个坏家伙，放拜洛去咬他。'

"'这不是布朗先生府上吗？'斯莫利又问，吃惊得像真的一样。

"'不，这不是布朗先生家。'布里克回答说，'不过这条狗会带你去见布朗先生。'说完，他就带着拜洛火急火燎地下楼去了。

"斯莫利拔腿就跑，拜洛紧追不放。我知道那条狗不会伤害他，不过它撕咬起来也是一把好手。当布里克和它一起回来时，我从狗嘴里扯出一块碎布来。我认得出，那正是斯莫利那条时尚长裤上的。这样一来，他就决不会再趁着天黑在法官的房子周围搞侦察了。"

埃弗勒斯太太露出困惑的神情："我没听太懂，巴里。"

"斯莫利本想摸清楚房后的情况，看看马厩里是怎么守夜的，方不方便趁夜潜进法官家里。我觉得拜洛已经把这些问题的答案告诉他了。他是特意趁着夜色还早时过来的，这样就不会因为夜深时鬼鬼祟祟而冒名誉扫地的危险了。唉，斯莫利这个头脑灵光的流氓。我一摆脱他就去了公共图书馆，结果看到了自己最担心的事。斯莫利正在对110号这户人家的某样东西或某个人图谋不轨。在图书馆里，我觉得自己找到了斯莫利在那里出现的原因。"

"是什么呢？"

他看了看四周，站起身来，走到门边，又走回来重新坐下，压

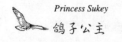

低嗓门说:"你不清楚小伯瑟尼的身世吗?"

"不清楚,只知道她母亲是位有出身的女士。"

"我清楚。法官把伯瑟尼带走的时候,廷斯比太太激动坏了,而我也一点一点地从她那里听说了整个故事。伯瑟尼的父亲是个无赖,算半个罪犯——没准儿就是个罪犯,但事实上,他是名门出身。伯瑟尼的母亲则是海特科尔家族的后代。"

"就是海特科尔肥皂的那个姓氏?"

"正是。海特科尔家有两弟兄,一个会赚钱,另一个不会。伯瑟尼的祖父就是倒霉的那个。不过,他在世的时候,他那富有的兄弟一直在帮他,但兄弟的孩子他是不管的,何况这些孩子如今已经全死了。这个有钱的海特科尔要多小气就有多小气。他只对自家人好。你猜猜看,我在纽约报纸上看到了什么?"

"当然是与海特科尔一家有关的事了。"埃弗勒斯太太回答说。

"正是这样。一个星期前,老海特科尔的女儿和她的丈夫、孩子发生了一起惨烈的事故。他的女婿打算带着老婆、孩子从加拿大回家探亲。乘雪橇的时候,他们过的那条河——还是湖来着,我忘了——冰面破了,不过,我倒宁愿相信他们是栽到一个冰孔里去了。说实话,我担心被斯莫利撞见,所以读得很匆忙,细节部分记不起来了,只知道他们全都溺死了——老海特科尔的女儿、女婿和孙儿们。"

"人间惨剧啊!"埃弗勒斯太太皱着眉头叹息道,"谁能理解这种伤痛呢?"

"所有的报纸都说,"巴里冷冷地说,"这位老人受了致命的打击。你想想看,他把一切都押在他的独女和孙儿们身上了。现在他们都被从他身边夺走了,他落了个一无所有。"

他沉默了一会儿。埃弗勒斯太太正色问道:"这件事与伯瑟尼有什么关系?"

"你看不出来吗,这孩子是他的继承人——唯一的继承人。报纸上没有关于她的只字片语，只说海特科尔除了她就没别的亲人了。照我分析，斯莫利或他的同伙们看到这些报道时一定和我一样感兴趣。他们中的某些人还有可能知道史密斯——伯瑟尼的父亲——娶了海特科尔的侄女。想来，他们一定是盘算着，就凭那老人家的小气劲儿，等从打击中恢复过来后，他一定会去找伯瑟尼的下落，把他的钱财全留给她，而不是捐出去做慈善。"

"好嘛！"埃弗勒斯太太惊愕地说，"好嘛！巴里·马菲蒂，你真是个聪明人。"

"斯莫利打算绑架那个小家伙，"他说得更起劲了，"绝对不会错，以她为要挟，向法官和老海特科尔勒索一笔赎金。所以我才特意来找你商量这件事。"

"你为什么不去找法官呢？"

"他是个做事干净利落的人，"深思熟虑后的巴里皱着眉头说，"他不会在斯莫利这样的家伙身上浪费时间，一定会把他赶出城去。可我想让这家伙束手就擒。不久前，纽约发生了一起有名的儿童绑架案。我看了当时的相关报道，意识到这件事一定与斯莫利有关，何况我也听说他有绑架的前科。如果这次我们能把他抓个正着，也许还能找到另外那件案子的线索。总而言之，我想亲眼看到斯莫利入狱，这对他来说是件好事。"

见埃弗勒斯太太激动得满脸通红，巴里欣慰地笑着说："我知道你也会赞同把他抓起来的。只要是与孩子们有关的事，你都会支持。"

埃弗勒斯太太想说什么，却没能说出来。她的声音因愤怒和情绪波动而颤抖起来。"这个无耻之徒！"末了，她大声说，"我希望上天能把我心里的怜悯恩赐些许给他，可我现在真生气，太生气了！竟然偷抢孩子——那只是个小不点呀！"

"话又说回来，"巴里用安抚的语气说，"我们也不能把他逼得太紧。我们要做的就是盯紧他。不过，老实说，我还从没听说过斯莫利

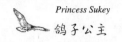

干过什么好事。他总在为巨额利益铤而走险。可我估摸着,如果我们把他抓住了,他的同伙一定会背弃他,坦白罪行的。"

"你是怎么打算的?"埃弗勒斯太太问。

"我的想法很自私,不想掺和进来。如果让斯莫利看到我,他也许会认出我来。一旦认出了我,整个计划就泡汤了。他知道我会揭露他的真实面目的。"

"我们不能事先提醒伯瑟尼啊。"

"噢,不,那么做可不明智。"

"我们越晚让孩子们知道世事的丑恶越好,"埃弗勒斯太太继续说道,"可同时,我们也得提醒孩子们在和陌生人说话或跟他们走时要小心些,这样没什么害处。"

"我不会对她透露一个字的。"巴里郑重地说。

"你准备怎么做?"

"我会和那个英国少年谈一谈,他还算懂一些世故。我会让他留意在房子周围闲晃的陌生人,但也不能盯得太紧。我还会去提醒小姑娘在学校里的老师,她每天都是独自上学、放学,那段时间是她最需要看护的时候。"

"我知道派谁去才不会引人注意。"埃弗勒斯太太马上说。

"谁?"

"小克拉克,原来是个报童。他一肚子鬼主意,整天无所事事,所以我送了他一辆自行车。格兰德大道是他最喜欢的骑行路段。"

"很好,"巴里低声说,"他会很乐意盯着一个比他还坏的人的。可你能信得过他吗?"

"能,我自有办法约束他,他好像也挺喜欢我的。这段时间我一直让他在我家里睡觉。他最怕自己没人管。他的祖父快被他给愁死了。不过他现在表现很好,因为他喜欢这里。"

"好,那就用他试试。要想让这伙人束手就擒,我们必须格外小心才行。他们就像野鸭一样警觉，又像狐狸一样狡猾。"

"嘿！"一个精神抖擞的声音传了过来，"是哪位客人啊，贝尔蒂？噢，'喵呜，喵呜，'这是咱们的宝贝看见巴里时的叫声。你好吗，马菲蒂？"埃弗勒斯太太那总是兴高采烈的年轻丈夫走进了房间。

"博尼在客厅里，"他对他的妻子说，"正在找最适合炫耀他漂亮春帽的地方呢——因为春天就要来了，马菲蒂。猫咪们告诉你了吗？"

"是我的兄弟博尼费斯，你认识的。"埃弗勒斯太太压低声音对自己的客人说，"我们也把这件事告诉他吧，他做事一向很谨慎。"

巴里点点头。很快，三个年轻人和一个中年人就都安坐在起居室的角落里，一起小声讨论着用什么法子才能最好地保护小女孩的权利，惩罚那些妄图侵犯她的罪恶人渣。

第二十二章　法官受惊了

苏姬公主严肃地瞪着法官。

他待在自己最爱的地方——他自己的书房里，坐在他的大扶手椅里，周围都是他心爱的书。房门大开着，准备迎接中午回家的小伯瑟尼。

现在还没到她回来的时候。她今天可能会来得迟一点儿，因为她早就提醒过"爹爹老爷"，她放学后得在学校多留一会儿，商量一下给她的一个同学办生日聚会的事。

法官舒舒服服地靠在椅背上，沉浸在他自己的思绪里。从脸色来看，他现在的思维很活跃。

鸽子瞪着他的样子更严肃了。她性情稳重，不喜欢看人笑——可法官现在分明就在笑。

他心里正想着艾丽，一想到她那煞有介事的样子就觉得有趣。昨天，她受邀过来与他一起共进晚餐。她一进房间，法官就发现她的嘴巴虽然紧闭着，一双敏锐的眼睛却滴溜乱转。她一点儿也没有任性胡来，专心致志地观察着其他几个孩子的言行举止，盲目地模仿。她像伯瑟尼那样吃东西，说话时用的达拉斯和泰特斯的语句，要是一时想不出他们会说什么话，她就干脆一声不吭。

"我敢说，苏姬，"法官乐呵呵地对鸽子说，"我相信艾丽最终一定会变成淑女的。人家都说，忠实的模仿就是很好的原创。不过，我能预见往后我们要教的课还不少。这小精怪已经下决心要花大把的时间琢磨我们。呵呵，我们不介意——我们不介意。"说着，他又哈哈大笑起来。

末了，他摘下眼镜，用手帕擦了擦眼睛，说："我发觉，孩子们引我发笑的时候比过去多得多了。当年我年纪轻轻，持家太严了。我收养的孩子们让我得到了更多真正的喜悦，胜过了当年从我自己亲生的孩子们身上得到的。真希望他们此刻都在我身边啊！"说着，他叹了口气。

鸽子恼火地抖了抖身体。她可不想周围出现更多孩子了，现在的几个孩子对她来说已经太多了。她扬起头来，一遍遍地厉声叫着："咕咕！咕咕！"

法官向她看过来。她黄绿色的眼里闪着不变的幽光，牢牢地盯着他。法官似乎被这双眼睛给催眠了，不到两分钟，他白发苍苍的头就上下点了起来。

这是他午餐前的小睡。可就算打瞌睡也有时间做梦。梦里，他面对着挤满了人的法庭，某地出了件麻烦事，可梦里的他却不知道是什么事。忽然之间，周围变得吵吵闹闹的，他想说话，却说不出来，终于闷闷不乐地醒了过来。

他睡着的时候，房间里安安静静的，房子里安安静静的，街道上也安安静静的。可梦中的那种吵闹似乎跟着他一起来到了现实里——还是说，这只是他的幻想？他举起一只手，似乎想要赶走耳朵里的嗡嗡声，心想自己可别是聋了。

的确有吵闹声。那巨大的嘈杂声是从外面传来的，不是他耳朵里的。他听见街上的马车声，开门关门声，楼下客厅响亮的说话声，还有人往楼上冲的声音。

这些声音让他直犯迷糊。他发现鸽子也听见了这些声音，歪着

围着毛领的脑袋，愤怒地摇晃着身体。这时，十几个人冲进房来，哗啦啦地涌到他的扶手椅前。

法官无奈地靠在椅子上看着这些人。这是什么情况？

埃弗勒斯太太也挤在这群人里。她朝他俯下身来，面颊像罂粟花一样，巨大的帽子上的羽毛轻拂着他的白发。

她的情绪很激动，说起话来简直像在尖叫："亲爱的老先生，我一直都很想亲亲您，现在我就要这么做啦。"

法官微微地笑了一下。难不成她也想被收养？他没有反抗，不过，当她饱含深情地抱着他，甜蜜地亲着他的额头时，他的确没有任何反应。

这是一个庆祝式的拥抱，他能感觉出来；可他究竟做了什么，又发生了什么事？

"请允许我握握手，对您表示祝贺。"又一个喜气洋洋的声音说——这是贝尔蒂的丈夫，他冲上前来，抓住他的手，紧紧地握住。

法官挣扎着离开椅子。这群人里有贝尔蒂的兄弟博尼费斯，有埃弗勒斯家的几个年轻人，有查理·布朗、泰特斯、达拉斯，还有几个他不认识的男孩子。另外，那两个小伙子手捧着笔记簿干什么？没得说，一定是记者。尽管身边的人喋喋不休，情况混乱不堪，他们俩却浑然不觉，飞快地记着笔记，眼睛在房间里四下打量，就连书架顶上也不放过，因为那里站着一只气愤而又胆小的鸽子，正俯视着闯进她家里的这群不速之客。

很快，这两个记者就被法官抛在脑后了。他正打算问问自己做了什么事值得被新闻报道时，慌乱的目光却落到了人群背后的一个小家伙身上。

那是谁啊？如果他头脑清醒，就一定会说这是打扮成男孩模样的伯瑟尼。她的头发被剪短了，身上穿着男孩的衣裳。说来也怪，她完全不理会周围的说笑声，只顾着自娱自乐，在一张被她翻过来的椅子上玩骑马游戏。

法官听见跨在椅子上的她在说："快些，小马儿。"她挥着"鞭子"，还不住地用她胖乎乎的小手敲打椅子。

法官无奈地望着埃弗勒斯太太，开口问道："她疯了吗？"

"可怜的小宝贝，"年轻的女人愤慨地说，"那帮混蛋利用了她鲜活的想象力，还妄图把她假扮成一个男孩子。"

"什么混蛋？"法官小声问。可埃弗勒斯太太眼下却有些失控，没顾得上回答他。

"市长来了，"她大声说，"我听见他的声音了。"说完，她就跑到了外面走廊里。

"汤姆·埃弗勒斯，"法官严肃地向贝尔蒂的丈夫询问，"这到底是怎么回事？"

"是的，先生。"汤姆心不在焉地说。法官明白了，他根本没听见他的问题，因为他正和博尼费斯聊得火热。

"我告诉你，博尼，你不应该把所有的功劳都归在咱们的警察身上。让那些纽约人自鸣得意一番也就得了。这件事根本没他们的份。"

"有他们的份，汤姆。"博尼不快地回嘴说。法官在一旁冷眼旁观。博尼费斯·格雷夫利是个文雅的年轻人，一向为自己的礼貌举止而骄傲。有什么争议让他非得跑到他的书房里来解决不可？他还从来没见过他发脾气的样子。可现在，他的脸涨得通红，瞧那架势好像想揍他姐夫似的。

法官还从另外几个情绪激动的人嘴里听到了几个词。"警察——出租车——开得飞快——逃跑——火车站——及时抓住了他们。"显然是发生了什么骇人听闻的事。

法官伸出他的一条长胳膊，把泰特斯拉了过来，问："孙子，这到底是怎么回事？"

"我……我……我要是知道就好了，"泰特斯不假思索地说，"我

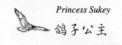

还从没见过这么混乱的局面。这些人一窝蜂地拥进家里，激动得连解释都顾不上了。我本想抓住达拉斯盘问一下，可他却钻到角落里和一个我见过的最脏的小邋遢鬼吵起来了。那家伙名字叫克拉克，我猜达拉斯一定是看见他偷东西了。"

"你最好多留点神，泰特斯，"法官唉声叹气地说，"我还从没见自己家被人这么侵犯过。"

"不……不……不管是什么事，都和伯瑟尼有关。"泰特斯说，"我听见他们都在谈论她。"

"泰特斯，你就不能把她拉过来，把她那身衣服给脱了吗？"

泰特斯用敏锐的目光看着他。他祖父这会儿说的话简直就像孩子一样幼稚，可见这些人已经把他弄得心烦意乱了。

"到外面的走廊里去，祖父，"他拉着祖父的胳膊说，"外面凉快些。"

"天哪，"来到走廊窗户边的法官不禁呻吟起来，"瞧瞧这些从街上冲下来的马车。布朗·加德纳家的，达利·詹姆斯家的，雷克托家的——"

"泰特斯，"一个声音突然传来，"你们学校要派代表过来。他们刚才打过电话了。你能下楼去接他们吗？"

"不，我不去，"泰特斯吼着说，"我要陪着祖父。你自己去。"

达拉斯踮起脚尖，目光穿过人群朝他们望过来。

"有什么我可以帮法官做的吗？"他暂时按捺住激动的情绪，问道。

"不用，"泰特斯回答说，"忙你的吧。我来陪着他。"

"有汤姆·埃弗勒斯先生的电话留言，"一个刺耳的声音喊道，"他父亲要和他商量钢铁厂里的事。"

法官挺直他高大的身躯，从敞开的书房门里望进去。一个陌生的年轻人正坐在他的电话桌前，忙着接电话，传消息，好像这房子是他自己的一样。

"市长要来见法官了，是市长，市长啊。"好几个人喋喋不休地说。已经把整个楼梯和二楼客厅都挤满了的人们往两边让出一条夹道来。

泰特斯带着他的祖父来到巨大的客厅窗户旁，把窗子完全推开。

市长杰姆森先生是一个中等身材、豪爽率真的男人，很得法官的尊重。他是一个不喜欢假装风雅的人，可法官就是欣赏他的诚实。这已经是他第二次连任市长了。第一次任职期间，他曾因为市政贪腐而扬言要辞职，可城里所有好公民都强烈要求他留任，也多亏了这些人，许多改革都收到了成效。

而现在，市长本人正满面春风地看着法官。

"祝贺您！"他伸出手来，真诚地握着法官的手，"真高兴您抓住了那些家伙。"

"谢谢您。"法官只简单说了这几个字。他的骄傲不允许他向这个城市的最高官员打听什么，尽管他似乎是唯一能告诉他的人。

"看看这些涌到大街上的人，"市长继续说道，"我希望里弗街上的民众也能这样尊重我。这是您的孙子？你好吗，年轻的先生？很高兴见到你。"说着，他握了握泰特斯的手。

泰特斯的性子和他的祖父一样傲，也同样不想打听什么。

埃弗勒斯太太忽然站到了法官身边。她是什么时候过来的？他不知道。

"刚才和新闻工作者一起忙活了一阵，"她愉快地说，"那可是门艺术。亲爱的法官，房子里已经人满为患了—— 一个人也挤不进来了。他们的队伍都排到了人行道上，连马路中间都是人。不信您看。您没法和他们一一握手，只能发表一次演讲了。"

外面那些人似乎和她心有灵犀，但也有可能是街上的人们瞥见了法官白发苍苍的头，只听一阵海啸般的欢呼声响了起来："演讲！

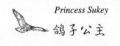

演讲！"

法官无奈地看着周围的人。

楼梯上、走廊和书房里的人们也跟着叫起来："演讲！演讲！"

身陷困境的法官只能向埃弗勒斯太太询问："演讲！演讲！可我要演讲些什么？"

"啊？当然是说说这件麻烦事——说说您的损失，还有——"

"请你大点声，"法官大声说，同时把一只手放在耳后，弯下腰来，好听清她的话，"太吵了，我听不清。"

她把嘴巴凑过来，用长笛般清晰的声音大声对他说："劝他们珍爱自己的家庭，保持家风清白，保护他们的孩子。我觉得您最擅长讲这些笼统的话，只要别具体到个人身上就好了。"

法官的脸色镇定了下来。"我明白了，"他坚定地说，"这是要当众树典范，不过我不是那种摸不清状况就能侃侃而谈的人。简单地告诉我这到底是怎么回事。"

贝尔蒂惊愕地看着他，问："还没有人告诉您吗？"

他摇了摇头："没有。"

"有几个绑匪妄想把伯瑟尼拐走，"她大声说，"被我们救下了，所以大伙儿都很高兴。"

法官一下子明白过来了。他郑重地说了声"谢谢你"，便转过脸去，面对着街上的人们。

天气并不冷，从他的白发边拂过的春风暖融融的。他从窗口望去，下面乌泱泱一片，尽是聚集在一起的市民，还有些刚赶来的人们不断地聚拢过来。

有那么一瞬间，法官心里打起了退堂鼓。他不是个擅长当众演讲的人，也从来没有对这么多人打过招呼。也许他会失败，也许只能发表一篇磕磕巴巴的蹩脚演讲——如果不是因为那双比他小的手出现了的话。

　　他心爱的孙子泰特斯站在他身边，正忧心忡忡地看着他。法官想到了他，也想到了家里的其他孩子。他决心发表演讲，一篇让他们都为他感到骄傲的演讲。于是，他的声音在这个晴朗的中午响了起来："我亲爱的市民同胞们，我要感谢你们团结一心地进行了这次盛大的聚会。不管是烦恼还是喜悦，同为一城的居民，大家都应该并肩面对，站在一起，站在你们的家人身边。我们在经典中读到，上天在家庭中安置了孤苦无依的人，而你们不得欺凌寡妇和没有父亲的孩子。现在，一个没有父亲的孩子受到了欺凌。恶人们妄图对她下黑手，可他们被打败了。"

　　一阵热烈的掌声打断了法官，让他热血澎湃，一鼓作气地奉上了一次二十分钟的即兴演讲，而根据第二天的新闻报道，这是里弗港有史以来最精彩的演讲。

　　演讲的结尾不像它的开端那么庄重，却比它的开端动人得多。法官正要致辞结尾，对他的朋友、熟人和这些向他表达敬意的善良民众表示感谢。这时，原本寂静无声的四周忽然响起了小小的哭喊声——是一个孩子的哭喊声。

　　那是伯瑟尼。她原本正高高兴兴地骑着她的小马玩，可很快，那些不断拥入的陌生人就把她给吓着了。有几个好心人把她抱了起来，好言好语地安慰她，这才勉强让她情绪稳定了片刻。

　　可这孩子牵挂着她的爹爹老爷，没有他在，别人再怎么安抚她也不肯接受。她才不管他是不是正在演讲呢。起先，她只是小声啜泣，随后越哭声音越大，直到最后有人想出了个妙计，让大家把她抱起来，传到法官怀里。就这样，她被人一路高举着，从一双壮实的胳膊传到另一双壮实的胳膊里，终于，她的小脚站到了法官身边的窗台上，她的胳膊也搂到了他的脖子。

　　她那剪短了头发的脑袋贴在法官的嘴边，让他一个字也说不出来。大伙儿都能理解这个深情、惊恐而又稚气的小小拥抱，迸发出震

耳欲聋的欢呼和掌声。

法官从窗户前退了下来，市长忙走上前去。

"为法官欢呼三声，"他挥舞着自己的帽子，"再为里弗港的孩子们欢呼三声！"

大伙儿热情地欢呼了起来，随后就慢慢散开了。

泰特斯溜到埃弗勒斯太太身边，说："看这里，埃弗勒斯太太，把这些人都送出去吧。我不能这么做，因为这是我自己家里。祖父受不了这种阵势。"

"好的，"她点点头说，"我只留几个人。"

"一个也别留，"少年固执地说，"您自己留下来就够了。祖父需要您把事情的原委解释清楚。"

"连我兄弟和市长也不留吗？"她心有不甘地问。

"兄弟不留，市长也不留，"少年说，"我好像很无礼，请原谅。不过祖父现在脸色苍白，他昨天就觉得不舒服了。"

埃弗勒斯太太急忙到市长身边耳语了几句。

市长是个办事很有效率的人。不出十分钟，房子里除了埃弗勒斯太太和自家人以外就再也看不到一个外人了，只是人行道上还有些人在三五成群地闲晃着。

埃弗勒斯太太随法官和伯瑟尼一起来到书房，泰特斯跑到楼下，想去叮嘱黑格比别让任何人擅自跑到楼上去。

一开始泰特斯怎么也找不到黑格比，后来才发现他竟然躲在储藏室的门后抹眼泪，一副心灰意冷的样子。

"你怎么了？"他问。

黑格比抬起一张泪涟涟的脸。

"布……布……布洛杰特太太扇了我一耳光。"

"她为什么要扇你？我敢说一定是你自找的。"

"我……我……我是个单身汉，"黑格比嘟囔着说，"她……她……

她是个寡妇。"

"好吧，就算你是单身汉，她是寡妇，"少年不耐烦地说，"那又怎么了？她总不能因为这个就扇你吧？"

"我一看……看……看那么多人，以为她没……没……没准儿会受惊吓，就一把抱……抱……抱住了她。"

"受惊吓！你这傻瓜，你受惊吓比她快多了。"

"反正她……她……她就扇了我一耳光，"黑格比郁闷地说，"她还骂我，说：'你这厚脸皮的老狗。'可……可……可我不是什么老狗呀。"

"太遗憾了，"泰特斯冷漠地说，"要真是狗的话，你还能聪明点。行了，你听好，祖父想安安静静的，要是有人要见他，你就先让他（她）去会客室，再过来通知我。如果你没有我们的命令就把谁放上了楼，我就会狠狠扇你，让布洛杰特太太的那一耳光被衬托得只是对你的爱抚。你听明白了吗？"说完，他捏住老人的肩膀，轻轻地晃了晃。

黑格比立刻破涕为笑。"保……保……保佑你，泰特斯少爷。你是想让……让……让老黑格比开心哩。"

"你明白了吗？"少年问。

老人点了点头。

"把你的手帕放到口袋里收起来。"泰特斯命令道。

黑格比照办了。

"站起来，走到外面的客厅里，昂首挺胸地走两步，要是你能办到的话。"

黑格比带着一脸惨笑，试着抬首挺胸地走了两步。见效果好得出奇，泰特斯笑得喘不上来气，只好先到储藏室门后回避了一下才又出来。

"黑格比，跟着我念：'单身汉也能过得很起劲。'"

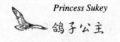

"单……单……单身汉也……也……也能过得很……很……很起兴。"

"是起劲，你这傻瓜。"

"起……起……起劲。"

"你们这些寡妇，我一个都不稀罕。"

"你们这些寡……寡……寡妇，我一个都不稀罕。"

"现在你觉得好些了吗？"

"是的，先生，"黑格比说，"下次我宁可去抱楼梯柱也……也……也不抱那个寡妇了。"说完，他雄赳赳地走到他说的楼梯柱旁，一拳打了上去。看着他那恶狠狠的滑稽样子，泰特斯连忙低下头，猛地往楼上跑去。

黑格比对布洛杰特太太的爱慕是家里人总也讲不够的笑话。

第二十三章　埃弗勒斯太太开始揭秘

来到书房，泰特斯发现他的祖父正坐在他的扶手椅里，伯瑟尼坐在他脚边的小椅子上。她的头挨在他身上，眼睛红红的，神色不安，不时还小声地抽泣一两下。

埃弗勒斯太太坐在他们对面，一见泰特斯来了，就赶忙说："过来，孩子，我们都在等着你呢。"随后，她又对法官说，"您的意思是说，您对今天发生的一切都一无所知吗？"

"要说是一无所知，好像也不确切，"法官回答说，"我知道发生了件要紧的事——我想，这应该是一件对伯瑟尼的生命或自由造成威胁的事。可对于具体细节，我的确毫无头绪。"

"您是说没有人说起过这件事吗？"埃弗勒斯太太难以置信地问，"怎么那些人都没对您说呢？亏我还对他们抱着指望呢。我一直忙着照顾那群人，还想找记者说几句话，交代一些我们不想让媒体透露的事。达拉斯去哪儿了？这些事他全都知情。"

一个声音突然叫道："我在这儿呢。"英国少年推开门走了进来。他脸上红通通的，显得很疲惫。

"我真该在那个克拉克离开后跳支舞好好庆祝一下！"他嚷嚷着说，"那孩子真是个小畜生啊！他在家里到处偷东西，没偷也一直在穷琢磨。我只能走到哪里就把他拽到哪里。他一来就把自己的自行车

219

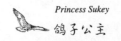

从后面的过道里拖了进来，接着又弄坏了一把折梯，楼下客厅里的好些干净衣裳也都被他弄脏了。谢天谢地，他总算走了。我刚把他送到第一条街上的拐角去了。"

埃弗勒斯太太一脸焦急："我要赶快回家教训他一顿。不过，我还是得先向您交代清楚，亲爱的法官。我从头开始讲吧。两个星期以前，巴里·马菲蒂心急火燎地来找我。不过，这件事不能细说。你们这些男孩子要小心，别对人说起他的任何事。亲爱的小伯瑟尼已经快睡着了。"说着，她向那张伏在法官膝盖上的疲惫的小脸投去充满怜爱的一瞥。

"马菲蒂这个名字该不会与这件事有什么关联吧。"法官敏锐地说。

"一点关系也没有。您也知道，他从前属于那种卑鄙的货色，可现在他已经真心悔过了。他说，他过去认识的一个罪犯在您家附近鬼鬼祟祟的。他怀疑——事实上，这种怀疑是有根据的——那家伙对您家里的某个人图谋不轨。他怀疑这个人就是伯瑟尼，因为他发现，老海特科尔——"

她顿了顿，停下来缓了口气，因为她刚才的语速太快了。法官的脸上露出一丝值得玩味的表情，问："就是海特科尔肥皂的那个海特科尔吗？"

"正是。可怜的老人，一夜之间，女儿、女婿和孙子们全没了。在这世上，除了伯瑟尼，他一个亲人也没有了。马菲蒂说，有一伙罪犯可能想拐走伯瑟尼，因为他们猜测她会成为老海特科尔的继承人，就算她成不了，您也会愿意掏一大笔钱把她赎回来。"

法官摇了摇头："不知道怎么回事，外界都觉得我很有钱，其实并非如此。我猜想，一来是因为当初我一觉得钱够花了就退休了，二是因为我有钱就会花出去，而不是存起来。"

"您不是那种吝啬的人，"埃弗勒斯太太说，"您为人慷慨，通情达理。接着往下说吧。巴里很着急，又不想为这件事来烦扰您，所以只好找我和我的丈夫帮忙。同时，他想把这些预谋犯罪的绑架犯抓起来，又担心您不会像我们那样有耐性等着他们慢慢来。说起来，这件事并不光彩，不过我丈夫和巴里都说，绑架孩子的人太损了，应该被抓住关起来才好。"

"这么说，你们一直在扮演侦探的角色？"法官的眼里闪着兴趣盎然的光芒，同时伴着一丝揶揄的意味。

"是的，亲爱的法官，半吊子侦探而已。我们没有做任何刻意引诱犯罪的事，只是一直等着。我知道，巴里知道，我丈夫知道，您的马夫罗伯劳知道，休姆太太也知道。克拉克，那个调皮鬼克拉克，只是在按吩咐监视几个指定的人。这段时间，他一直在这条大道上骑着车来回飞奔，像着了魔似的。我们直到最后一两天以前都始终没有向本地警局或纽约警局求助。这里的两个年轻记者帮了我们大忙，其中有一个还给珍妮当过保镖。"

"珍妮！"法官诧异地说。

"噢，是的，我忘了说了，这件事也对她说了。那群无赖发现她和伯瑟尼同睡在一间房里，又负责照料她，就想和她套近乎，好从她嘴里多套些信息出来。前些天，他们中的一个还假装成工人过来了。"

"来的是谁？"

"就是这个恶人帮里的一分子。他按下门铃，走进来，声称是来修理阁楼百叶窗的工人。珍妮带他上了楼，可等他钻进阁楼里，珍妮才发现压根没有什么百叶窗要修，所有的窗子都好着呢。那人就笑着说自己来错了地方，又说想交她这个朋友。他说自己刚来这个城市，希望她能带着他到处转转，问她愿不愿意第二天下午陪他一起出去走走。"

"她一定没去吧？"法官问。

"她去了，"埃弗勒斯太太无奈地说，"她把我们的意思领会错了，我们是怎么也不会让她陪他出去的。不过您放心，她不是一个人

去的。"

"既然不想让她去，你们为什么不阻止她？"法官微皱着眉头问。

"当时我也不知情，亲爱的法官。您听我说，是这样的：那两个年轻记者中的一个在这里拐角的那条僻静的街上租了个房子，那是伯瑟尼上学的必经之路。那条街叫什么来着？"

泰特斯把地名说了出来："是花园街，埃弗勒斯太太。"

"噢，没错——花园街。巴斯比先生在休姆太太的住处对面租了个房间。珍妮找他拿主意，他说她不妨跟那人出去，他本人会在一旁跟着。这么着，珍妮就去了。克拉克骑车跟在她后面，向哈里·巴斯比汇报他的行踪。那个假工人自称叫辛普森，行为举止活脱脱就是个绅士。他对珍妮说话很客气，带着她在百老汇转了一圈，后来又邀请她去吃达菲冰淇淋。"

法官听着心里不高兴，埃弗勒斯太太忙说："她是为了伯瑟尼才这么做的，亲爱的法官。当时她是很为难的。您知道珍妮是个多么善良文静的姑娘——根本不是那种喜欢和陌生人打交道的人。虽然她受邀去吃冰淇淋，可她觉得走到这一步实在太过头了，哈里·巴斯比见了，就没再为难她了。因为她伸手把自己的面纱摘了下来，这是她不愿意再掺和这件事的暗号。见珍妮进了门，巴斯比就跟着走了进去，假称是她的老朋友，说发现她和一个陌生人在一起让他嫉妒。就这样没吵没闹的，珍妮被他顺利带走了。"

"这场恶作剧的结果如何？"法官加重了语气问。

"一无所获，只不过那个陌生人也明白了一件事，他是不可能控制珍妮的。"

"他向她问起过关于伯瑟尼的任何问题吗？"

"什么也没问。很明显，他是打算下次见面时再问的。可从那以后他就再也没见过珍妮。发现这条路行不通，绑架犯们就转了念头，准备直接控制孩子本人。顺便一提，我们发现最初卷进来的只有两个人——两个年轻人。其中一个本名叫斯莫利，自称是吉文斯；另外那个准备欺骗珍妮的同伙，我之前说过了，化名辛普森，他的真名巴里也不知道。"

"你觉得斯莫利是第一个人的真实姓名吗？"法官探究地问。

"噢，不是，可巴里说这是他最常用的名字。不管怎么说，我们对这两个家伙进行了严密的监视，而且监视得很巧妙，因为他们没对我们产生怀疑。您也知道，我们人多势众，他们只有两个人。两天前，他们都没了踪影，在这个节骨眼上，我们才把这个秘密告诉了本市警探和纽约警探。我们的一个自己人跟着吉文斯和辛普森去了纽约，把这件事上报给了纽约当局，所以那两个人在那里一直受着监视。我们希望很快就听到他们被捕的消息。

"好吧，这的确是个阴谋。"法官长出了一口气，说。

埃弗勒斯太太朝他点了点她漂亮的头："您不太赞成，法官，我能从您的眼里看出来。唉，您要知道，保护您的切身利益是件多么荣幸的事啊！"

法官露出欣慰的表情。"我亲爱的孩子，谢谢你，"他真诚地说，"可你看看。"他忽然把头转过去，看着达拉斯和泰特斯。

两个少年都激动得红光满面，脑袋和身体都向前倾着，生怕听漏了她说的每一个字。

"瞧瞧这两个，"法官用讽刺的语气说，"他们年轻的眼睛都要夺眶而出了。你知道我过去是干什么的吗。可以说，我一直是把自己的职业和家庭分开对待的。我早就下定决心，要尽可能地把善恶隔离开来。家里人从我嘴里听到的，没有一个字是关于司法法院或平衡法院的诉讼词语，也没有一个字是关于犯罪行为和刑事案件方面的阴暗内容。被指控犯罪的人要经过诉讼才能受到审讯和判决，而我知道，人，尤其是年轻人，对这方面的事都充满了好奇，病态地好奇。而我认为，这种好奇是不该被满足的。"

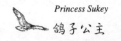

"我也这么觉得，"埃弗勒斯太太附和道，"但这件事无疑是个例外。"

"也许吧，"法官说，"也许吧。请继续讲你的故事。"

她冲他甜甜一笑，继续说道："辛普森和化名为吉文斯的斯莫利离开这里后，又来了两个陌生的女人。可我们不知道这件事。毕竟每天来这里的游客太多，我们没法一眼就认出谁是罪犯。就算这样，我们也没有放松对伯瑟尼周围一切的警惕。没有经过我们的允许，任何陌生人都不能接近她，包括您的家里人。可以肯定的是，今天早上就是他们准备实施绑架的时机。"

"原谅我，"法官打断道，"可楼下的声音实在太吵了，吵得我脑袋嗡嗡响。泰特斯，你能去看看吗？"

法官是在场所有人中唯一听到吵闹声的。其他人都沉浸在埃弗勒斯太太的单口故事会里，而她本人也非常兴奋，没注意到了周围发生的事。

泰特斯一跃而起。他跑到外面的走廊里，透过楼梯栏杆往下望去。

是可怜的老黑格比，他又遇到麻烦了。他围着一个年轻人转圈子，像跳战舞似的。泰特斯一眼就认出来了，那人是埃弗勒斯太太的丈夫。

泰特斯用一只手捂住嘴巴，免得自己笑出声来。出于看热闹的心理，他没有急着去劝架。

"让我过去，你这老油子，"汤姆·埃弗勒斯半是好笑、半是恼火地说，"你不认得我吗？当年我跪在地上捉蚂蚱时就开始往这里跑了。"

"没……没……没法子，"黑格比挥舞着手里的笤帚说，"你就是不……不……不能上去。"

"你这老狗——赶紧让开——我太太不是在楼上吗？"

"往……往……往后站，"黑格比大叫道，"不然我就要用这把笤帚打……打……打你了。"

"天呐，黑格比，你疯了，"汤姆一点儿也没恼火，"我对你说了，我妻子在上面。你还能让夫妻分居不成？无论如何我都要上去。再说一次，也是最后一次，你能帮我通报一下吗？"

黑格比摇摇头。汤姆不满地嘟囔了一声，毫不费力地把笤帚从他手里夺了下来，扛在自己的肩膀上，开始向楼上进发。

黑格比跟跟跄跄地追上去，结结巴巴地跟在他屁股后骂开了。汤姆不怀好意地先由着他追上自己，随后又跑着拉开一小段距离。

"你好，汤姆。"泰特斯亲热地和他打了个招呼。

"你好，"汤姆抬眼答复道，"这座城堡从什么时候开始被包围了？来吧，家臣，拿好你的火枪。"说着，他把那把笤帚递给黑格比，同时恶作剧地戳了他一下。

"从今天早上的入侵开始的。"泰特斯笑着说。

"天老爷啊，"汤姆似笑非笑地看着下面的黑格比，"我正准备扯起嗓子，让你把你的狗唤走。我觉得这老伙计精神失常了，瞧他那扛着笤帚神气活现地上蹿下跳的样子。"

"黑格比，"泰特斯俯视着他，"把笤帚放下来。"

"好……好……好的，先生。"

"坐下来，好好休息一下，"泰特斯有些焦虑地说，"你看起来累坏了。我觉得早上的事让他受刺激了，"他压低声音对汤姆说，"刚才我还见他哭来着。"

"他现在可没哭。"汤姆不依不饶地说。

黑格比愣愣地坐在走廊里的一把高背椅上，发出一串极为怪异而又难听得要命的声音。

"天啊，你想干什么？"泰特斯板着脸呵斥道。

"呜……呜……汪……汪！我在练习狗叫，"黑格比狂笑着回答，

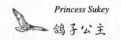

"这已经是今天早上我第二次被人当……当……当成狗了。起头的是布洛杰特太太，这里的埃弗勒斯先……先……先生，他也这么说。呜……汪！老黑格比是——————条狗。哈！哈！哈！"

"他这会儿精神错乱了，泰特斯，绝对的，"汤姆说，"我来的时候他就疯疯癫癫的。先是当着我的面把门关了，我只好绕到后面那条路上。他一听到我来了，就带着笤帚迎上来了。"

"黑格比。"泰特斯轻轻唤道。

"在……在……在呢，先生。"

"过来。"

老人站起身，咯咯笑着爬上楼梯。

"到下面的厨房去，"泰特斯吩咐道，"告诉珍妮，今天剩余的时间你要回自己房里休息，接着上楼去，脱掉你的衣服上床睡觉。你听见我说的了吗？"

"可今……今……今天的午餐有好……好……好吃的果冻。"黑格比着急地说。

"你会吃到的。我亲自让人把那个大托盘送到你房里去的。赶紧去吧。"

"呜……汪。"黑格比压低声音叫了一声。

"黑格比啊，"汤姆和气地说，"当我叫你狗的时候，我只是在跟你开玩笑。你知道，你并不真的是狗。"

"那我是猫……猫……猫吗？"黑格比小声问。

汤姆那作恶的心理开始作祟，又开起了玩笑。

"没错，"他嬉皮笑脸地说，"喵，喵，可怜的猫咪。走开！走开！"

他假装吐口水，嘴里嘶嘶有声。黑格比见了，急忙逃下楼去。

见他走了，汤姆才正色说："这个伙计出多少钱你能卖，泰特斯？"

"祖父很喜欢他，"少年简短地说，"刚才他对你那么凶，是因为我嘱咐过他不要放人进来。"

"你祖父让你们的仆人跟你们吃一样的东西？"汤姆好奇地问。

"一模一样。你应当看看吃草莓的季节里他账单上的数字。"

"贝尔蒂也是这么做的，家里的每个人吃的都差不多，"汤姆继续说道，"可我们这种人从不这么做。他们会觉得负担不起。你们好啊，我们来了。"他走进法官的书房。

"又见面了，先生。"汤姆握着法官的手说，"我是来找我夫人的，可刚才我还以为自己上不来了呢。"

"汤姆，亲爱的，快坐下，"贝尔蒂忙说，"听我说——要不你帮我往下说也成。我正要讲到最精彩的地方。"

汤姆和泰特斯在沙发上并肩坐好，听着埃弗勒斯太太继续往下说。

第二十四章　继续揭秘

"泰特斯离开房间时，我正说到，今天早上就是绑架犯预定实施计划的时间。您完全蒙在鼓里，而我们对此也不知情，尽管我们全都警戒着，照常护送小伯瑟尼去了学校。早上十点钟，她正安安静静地和其他的孩子们一起做任务，做得正高兴时，有人来到老师家的门口。"

"我记得你说过，你们把这桩秘密告诉了休姆太太。"法官说。

"是的，先生。所以当休姆太太的女仆对她说门口来了辆马车，有个年轻女人想要见她时，她便立刻去了她的那间小会客室。据她说，当时有个穿着体面的年轻女人站在那里，说是您让她过去——"

"我？"法官问。

"是的，她说是您——桑克罗夫特法官——让她过去把伯瑟尼接走的。她说廷斯比太太突然病倒了，您得去她那里看看，又说医生说那可怜的女人可能快死了，临终前想见见伯瑟尼。整件事都很自然。一般情况下，这种事是不会引起休姆太太的怀疑的，可由于我们事先对她交代过，她就多了个心眼。当然，当时她还不知道那女人的故事是编的，只是问她驾车过去是不是有点儿远。年轻女人说，是的，大约五公里。她自称是廷斯比太太的邻居，肯定会把小姑娘照顾好的。休姆太太说她会帮伯瑟尼准备好，接着便离开了，只留那年轻女人一个人在会客室里。我们事先在休姆太太家的阁楼上安装了一部电话，她便急匆匆地给您打电话去了。"

"我记得，"法官说，"她早上确实打了个电话过来。"

"她问您是不是在家。"

"不错。"

"还问廷斯比家中是不是安然无恙。"

"我对她说他们一家人都好得很，她听了，只突然说了句她今天晚些时候会来看我，接着就挂断了。"

"她还得给别人打电话呢，"埃弗勒斯太太微笑着说，"她时间有限。她和哈里·巴斯比通了电话，这个新闻记者就在街道对面，他公寓里也有电话。'您在盯着那个有福的孩子吗，巴斯比先生？'她问。'盯着呢。'他回答说。她听了，便亲了亲伯瑟尼，带着她下楼去了。"

法官听得直摇头。

"您别急着摇头啊，"埃弗勒斯太太俏皮地说，"先听我说完嘛。反正这一切结果是好的。休姆太太把伯瑟尼带到会客厅，把她介绍给年轻女人后，她就信任地伸出了她的小手。既然是爹爹老爷的意思，她当然乐意跟陌生人走。"

法官伸出一只手来，温柔地抚摸着伏在自己膝盖上沉睡的孩子。

"休姆太太把她们送到前门。'照顾好孩子，'她担忧地叮嘱着，朝那辆厢式马车里望去，'跟你一起的是谁啊？''我妹妹，'那女人回答说，'她是和我一起来的。'"

"先生，这里有四个共犯。"趁他的妻子停下来用手绢擦拭脸上的汗珠时，汤姆·埃弗勒斯说。

"四个？对，我明白了。"法官回答说，"埃弗勒斯太太，我们叫你受累了。"

"没这回事，是我自己想说。我很愿意向你们交代这些细节。看着孩子上车走远，休姆太太心里很难受，因为她知道自己亲手把伯瑟尼交到了两个居心不良的女人手里。她抬头望向街道对面：哈里·巴斯比把窗户推开了，窗帘也拉开了。她知道，巴斯比一定掌握了马车上的人数，记下了细节，也给警察局打了电话，这样一来，在马车拐过街角之前就会有一名警探跟上她们。还有克拉克，他也骑着车跟在旁边，他那装满鬼主意的脑袋从车把手前探出来，用敏锐的目光紧盯着司机，观察着他的一举一动。他把我们吩咐的事记得牢牢的，这些天只要一有车离开休姆太太家，他就会傻乎乎地跟上去。伯瑟尼很安全，倒是把可怜的休姆太太急坏了。她头疼得厉害，只能让学生们回家，自己上床歇着去了。"

"我觉得她是该歇着了。"法官评论道。

"她已经听说了我们摆脱困境的大好消息了，"埃弗勒斯太太交代完，又往下说道，"我们的马车继续往前开去。"

"那个年轻女人是怎么吩咐司机的，告诉法官吧。"汤姆插了一句。

"噢，对呀，我给忘了。在离开休姆太太家以前，那个年轻女人就吩咐司机说：'去百老汇，上琼斯药店。'她对休姆太太的解释是她们得去买点药，而她们真正要去的地方是火车站。可她不想让休姆太太和司机知道这个。一到琼斯药店，两个年轻女人就带着一个小男孩从车里走了出来，打发走了司机，径直走进药店里。"

"我想，她们应该已经给伯瑟尼变装了吧。"法官轻声问。

"是的，先生。一离开休姆太太家，两个女人就一个劲儿地对着她又抱又亲，还塞给她一盒糖果，谎称是您送给她的。她们还对她说，您要去纽约，所以她也得去，您会在那里和她碰头。她的外公——也就是她母亲的父亲——听说她要来纽约，想见见她。他会给她一栋漂亮的房子，里面全是玩具和小鸟。这些话跟孩子从她母亲和廷斯比太太那里听来的全都对得上。任何寻常孩子听了这话可能都会觉得吃惊，可伯瑟尼自小就是在不幸中长大的。"

"别忘了她是怎么变成男孩模样的。"她丈夫提醒了一句。

"没忘，我正要说呢。这两个女人对伯瑟尼说，她外公一直很想要个小孙子，您嘱咐过让她穿上男孩子的衣服好让外公高兴高兴，而这套小衣服她们早就准备好了。"埃弗勒斯太太抚摸着沉睡的孩子——她身上还穿着男孩子的小衣服，"接着她们就开始催促她换衣服，还拿出一把剪刀，不等晕头转向的孩子拒绝就把她的头发剪短了。她虽然很困惑，却非常顺从。我想，她们一定是把糖果塞到了她嘴里，骗她说这都是您交代过的。在药店里，她们只买了五分钱的止咳药就出来了。她们步行穿过一个街区，朝火车站去了。她们没有急着赶路，也没有在街上闲逛，因为她们不想让伯瑟尼和任何人说话。"

"你当时在监视她们吗？"法官问道。

"没有，先生，不过他们让我去火车站，说把伯瑟尼救出来是件值得骄傲而又光荣的事，得由我来做。看，"她解开外套，露出系在腰间的白围裙，"当时我正在厨房做蛋糕。和警察局长通完电话后，我只有二十分钟的时间赶到车站。我抓起帽子和外套就往外跑，您瞧，连手套都没戴。"说着，她伸出两只光溜溜的手。

她讲述得如此真诚可爱，法官忍不住抓起她的一只手热情地握在自己手里，怜爱地说："继续说下去，我亲爱的姑娘。"

"我刚冲到火车站，"她说，"就发现警察局长已经到了，警长也在那里。一个守在售票处旁边，一个在站台上转悠，而去往波士顿和纽约的火车还有三分钟就要到了。我从售票处经过时，局长朝站台的方向对我点头示意。我赶了过去，用眼睛四处搜寻。我看到了两个女人和一个小男孩，可也看到了其他的许多人：男人们，女人们，还有孩子们，全都带着即将要踏上旅程的人才有的神色。都说内行的事得让内行人来办，就像是为了印证这个说法似的，我没能认出伯瑟尼来。那两个女人神态自若地站在一起聊着天，伯瑟尼的脸恰巧也被她们的提包和斗篷给遮住了。"

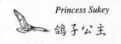
"不是故意遮挡的吗？"法官问道。

"噢，不是，因为那样会马上引起我的怀疑的。她们的站姿很自然。警探没办法，只好走过来站在她们身边，就差没直接用手指着了。这时我才恍然大悟。我不假思索地走上前去，轻轻叫了声'伯瑟尼'。

"您是没瞧见那两个女人看我的目光有多么犀利。她们有点慌乱，可也只有那么一小会儿。我觉得，她们直到那时都没发现有人跟踪。随后，她们醒过神来，装作若无其事的样子，低头望着伯瑟尼。"

埃弗勒斯太太微笑着继续说道："小鬼头说：'啊，埃弗勒斯太太！'似乎很高兴见到自己认识的人。她没有见过我几面，所以表现得有点儿腼腆，可还是朝我伸出一只手来，用古怪的眼神望着那两个女人，似乎并不愿意跟她们走。

"'你怎么穿得像个小男孩？'我问，'还有，你在这里做什么？'

"'这是您的孩子吗，女士？'其中一个女人恭敬地问。

"'不是，'我回答说，'不过我认识她。您是从哪儿把她带过来的？'

"'候车室看门的女人说她被人丢在这里了，说她母亲在开往波士顿的最后一列火车停站时和她走失了。她请求我们照顾她，我们就同意了。'

"'可她为什么穿得像个男孩的样子？'我板着脸问。

"那女人耸了耸肩，说：'我们看到她的时候就是这副模样了。'

"伯瑟尼一直很感兴趣地听着我们之间的对话。听到这里时，她忽然指着其中一个女人手里的提箱说：'伯瑟尼的衣服在那里面。'

"这个年轻女人的脸色顿时变得难看极了，知道自己遇到麻烦了。我看见她给同伴使了个眼色。她们被一个小孩的一句话给定了罪。噢，法官，我还指望能从她们脸上看到一丝心软、悔恨或脆弱的神色呢，可我什么都没看到。

"你怎么穿得像个小男孩？"我问，"还有，你在这里做什么？"

"'你怎么穿得像个小男孩？'我问。

"这时，我们听到远处传来沉闷的轰鸣声，火车进站了。两个女人再次面面相觑，不知道该怎么办才好。我想，她们一定以为我只是个偶然路过的人，所以决定趁着混乱冲上火车，因为我已经紧紧攥住了伯瑟尼的手，她们知道是不可能带着她一起离开的了。

"'别动，'我低声说，'你们身后有两个便衣警察。'您知道，法官，当时伯瑟尼已经被拐走，可我们这些负责盯梢的人都四分五散了。哈里·巴斯比还在坚守岗位，克拉克在暗中监视，另外那名新闻记者也保持着警惕，而珍妮和达拉斯也都没有麻痹大意，可他们俩都有自己的事要做——珍妮得守在家里，达拉斯得上学。巴里提醒过我们，我们还没有摸透这群恶棍的企图。他说：'你们可千万别被他们的障眼法给糊弄了，别擅离职守。'那会儿，我们都摸不准他们的具体计划是什么。他们可能另有所图，而抓走伯瑟尼可能只是一个开始。可事实证明，这是开始，也是结束——在我看来，是彻彻底底地结束了。"

"那两个女人怎么样了？"法官问。

"噢，火车轰隆隆地开进站，又轰隆隆地离开了。我们想看看火车上是否还有她们的同伙，可结果没人下车和她们会合。于是我们这毫不起眼的一行人——两个女人、伯瑟尼、两个警察，再加上我——就打道回府了。我们一起走下站台，那两个女人很聪明，不吵不闹的。当我们来到停车的地方时，警探麦金太尔先生已经打开车门等着了。两个女人一上车，他就跟着钻了进去。可我不想让她们就这样一走了之。冲动之下，我跑到车门前，说：'告诉我，你们内疚吗？'我觉得，她们哪怕是流露出一丝悔悟的表情，我也会原谅她们的罪行的。"

"她们对你说什么了吗，贝尔蒂？"她丈夫连忙问。

"一个冷笑了一声，另一个大言不惭，说我搅乱了她们的计划，扬言要报复我。当时不是和她们理论的好时机，因为计划败露让她们沮丧得顾不上思考别的。所以我只能尽力忍耐着，等明天再去看她们。"

"既然这件事是悄悄解决的，怎么这么快就闹得满城皆知了？"法官问。

贝尔蒂笑呵呵地说："噢，都是那些记者！他们实在是兢兢业业，我们没办法，只好由着他们去了。您知道，那两个给我们帮忙的都是新闻界人士，趁这个机会来打压同行是再好不过了。他们做好了万全的准备。赶在那两个女人入狱之前，也就是我带伯瑟尼回家之前，他们的报道就已经发出去了，号外也写好了。我原打算回家给伯瑟尼换身衣服，可刚到家门口，才发现忘了管那两个坏女人要手提箱，所以只好打了个转，赶到这里来了。那会儿，消息已经像野火似的传开了。除了上次总统大选，我还从没见这个城市如此兴奋过。看到市民朋友们如此坚定地拥护孩子们的权利，我心里真骄傲啊。"

说完后，她便用报纸给自己扇起风来，所有人都一言不发地看着她。

大家都在等法官开口。

"我亲爱的小姐，"他感动地说，"你的耕耘换来了收获。你从约摸五年前起就开始为孩子们奔走呼吁，日复一日，不辞辛劳地坚持着这份正义的事业。今天的游行与其说是向我致敬，不如说是向你。"

"亲爱的法官，"她伸出一只手来，用细腻温柔的语气说，"我们不可以说这是老少团结换来的吗？团结才能成功，分裂必然失败。"

她一边说一边起身，法官却做出了挽留的姿态。"我唯一要做的，就是对你为我所做的一切表示最衷心的感谢。更多的细节，我们改天再好好聊。要是换成钱的话，这次我算是欠了你一大笔债。可是从道德的角度，我似乎又不能完全赞同这件事，我觉得自己心里像是笼罩了一层可怕的阴云，这层阴云是对概率和可能性的担忧。假如你没能

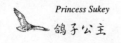

把伯瑟尼救出来，她的命运会是什么样？"

法官哽咽了，激动得无法自控。良久，他才低声说："我想见见养猫人，他是这次拯救行动的发起人。"他的话里没有一点儿打趣的意思，却惹得大伙儿哄堂大笑起来。在过去的几个小时里，他们的神经都绷得太紧了。

泰特斯和达拉斯的大笑声吵醒了伯瑟尼。她睡眼惺忪地揉了揉眼睛，看着四周，最后竟然被埃弗勒斯太太放声大笑的样子吓哭了。

"好啦，"她的丈夫无情地打断她，自己却开起玩笑来，"走吧，大姑娘。偶尔也得让神经放松一下，你才能当好这座城市的家，当好它的老妈子和老婆子。回家陪你的宝贝和克拉克去。他快闹翻天了。"

贝尔蒂轻轻地擦了擦眼睛。一遇到正经事，她就能重新控制好自己。"他在干什么？"她问。

"把黛西和厨师捉弄得活不成了。他们把他锁进了他自己的房间里，在钢铁厂给我打了电话。"

"再见，亲爱的法官，"贝尔蒂急匆匆地说，"我很快就会来看您的。"说完就飞快地跑了出去。

"汤姆，"在回去的路上，她问自己的丈夫，"人性是种很奇怪的东西，不是吗？"

"怪透了，贝尔蒂。"

"你知道吗，我刚开始讲伯瑟尼的这件事时，亲爱的老法官好像有点不高兴，有点儿要批评我的意思。"

"他喜欢别人事先询问他，亲自参与到事件中去。"

"在把我们做的那些事告诉他时，我还以为他会激动得一把抱住我呢。"贝尔蒂若有所思地说。

"照你说的，他不但没有这么做，反而不高兴地批评起来？真有意思。"汤姆忍不住笑了起来。

"可后来他的态度改变了，"贝尔蒂认真地追忆着，"他似乎意识到，如果我们不出手相救，可怜的伯瑟尼没准儿会倒大霉。"

"他当然得改变了，否则他不就成了一头倔驴了吗？"汤姆毫不客气地说，"你做得没错，贝尔蒂——过去如此，以后也是如此。"

"你也是，汤姆。"她落落大方地回应道。

"不过，说到伯瑟尼，"他又说，"即使那两个女人把她带走了，她一时半刻也没什么危险，她们一定会小心翼翼地照顾她，直到谈定赎金为止。"

贝尔蒂耸了耸肩："要是没拿到赎金呢？"

"噢，伯瑟尼是个乖巧的孩子，要是那样的话，我想她一定会结交朋友，好好地生活下去。即使环境改变了，她也会适应的。她会长成一个漂亮的小窃贼。"

"汤姆，别拿这种事开玩笑，"贝尔蒂热切地说，随即，她换了一种揶揄的口气说，"自从这件事发生后，我满脑子都在想着巴里告诉我的另一起绑架案。"

"哦，纽约的那起绑架案吗？"

"是啊——那是一个寡妇的独生子。汤姆，想想看，要是我们的孩子被人抢走了，那可怎么是好？"

"难不成你想变成个无儿无女的寡妇？"他牙尖嘴利地问。

"别这样，汤姆。什么事你都能拿来开玩笑，你这毛病真是没救了。严肃点儿。我真的梦到过那个寡妇。"

"她干吗不把自己的儿子弄回来呢？"

"她手头不宽裕，筹不到那么多钱。巴里觉得这桩案子是斯莫利那伙人干的。我想，那两个女人应该知情吧？"

"有可能，问问她们。"

"我会的。汤姆，回家后马上给鱼市打电话，让他们找条船去接巴里。我想让他今晚过来，好好聊聊这件事。"

第二十五章　法官的访客

两个星期后，贝尔蒂和她的儿子在法官家过了一整天。那天的一大早她就过来了。

"亲爱的法官，"她带着大包小包从出租车里下来，抬头望着站在前门台阶上用碎面包屑投喂麻雀的法官，"亲爱的法官，我是来这里陪您打发这美好的一整天的。"

"那敢情好。"法官殷勤地说着，扔下手里的面包，忙不迭走下台阶，把她怀里的婴儿抱了过来。

"昨天，"她继续说道，"我被那些个电话搞得心烦意乱。'汤姆，'我对我丈夫说，'如果明天一早能得闲，我要带着宝贝出去躲一天。你早点起床，早饭、午饭和晚饭都在你母亲家里解决好了。我要把家门关上，给黛西和厨师放一天假。'"

"你丈夫是怎么说的？"法官为她打开门，忽然叫了一声，"哎呀，我亲爱的女士——"

"怎么啦？"贝尔蒂忙问。

"小家伙把什么东西塞进我耳朵里了。"

"是小石子，"他母亲踮起脚来检查着法官这一侧的脑袋，"我们出发时，他抓了满满两手。他是有史以来最淘气的小娃儿。您最好把他还给我，您来拿包裹，我来抱着他。"

"不，不，他太重了，你抱不动。"

"您吃过早餐了吗？"见法官朝餐厅的方向走去，贝尔蒂问道。

"没，还没吃呢。我在等孩子们。"

"他们来了，"贝尔蒂抬头望着楼梯，"早上好啊，孩儿们。"

伯瑟尼和男孩子们立时把贝尔蒂团团围住。他们都很喜爱她，那个小娃儿对他们更是有莫大的吸引力。没多大工夫，他就把伯瑟尼的头发钩出了一缕，把达拉斯的领带拉开了，还打了泰特斯一巴掌。可他们一点儿也没生气，反而礼貌地挤成一团，争取在做祷告时能坐得离他近一些。

在朗诵赞美诗时，他的举动实在是不像样，他母亲只好抱着他离开了房间。可没一会儿，他就咯咯地笑着回来用早餐了，丝毫没觉得难为情。他在饭桌上摸摸索索的样子，尤其是对奶油壶和他母亲盛玉米糊的盘子的探索，叫人越来越难以容忍。她只得拿了一块面包，把他和面包一起放在地板上。

他早就吃过早饭了，一点儿也不饿。他拿着他的面包爬到饭桌底下，用它擦起孩子们的鞋子来。伯瑟尼和男孩子们乐不可支，笑声不断，由着他摆弄；他的母亲则和法官聊起了天。

"您会不会既热爱自己的工作，又对它感到厌烦？"她探究地问她年迈的朋友。

法官摇了摇头，但这个摇头没有否认的意思，而是深思的表现："唉，厌烦坏了，我亲爱的朋友，尤其是身体老迈以后。"

"有个法国人曾说：'思想上很愿意，肉体已经软弱了'，"贝尔蒂笑着说，"法官，昨天我觉得自己都快疯了。我一起床，他们就开始了。'埃弗勒斯太太，'黛西在门口说，'婴幼坊里的人说，送鲜奶的车半路出了事故，牛奶罐全都打翻了。他该怎么做？''做就行了，'我说，'这个蠢人！尽力把他的事做好不就行了吗？总还有其他奶牛不是？让他满城去找鲜奶，再打电话到郊区问问，总会有地方有奶

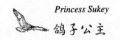
的。无论如何我们都得让里弗街的小娃儿们喝上牛奶。他干吗非得浪费时间来找我呢？我把他安排在那儿是为了让他管好自己的事。要是他干不了，我就把他换下来。'"

"尝尝这种克洛弗代尔蜜糖，"法官说，"味道很不错。"

"法官啊，您这是觉得我需要尝点甜头，"她狡黠地眨了眨黑色的眼睛，"可您一定得把我的烦恼听完才行。让我想想，接下来是哪件事来着？噢，对了，我想起来了——还有一件事：我还没起床，黛西就隔着门喊我：'埃弗勒斯太太，莎莉·德雷丽特小姐的男仆来了。他说，他家小姐说，您从猫场给她买回的那只安哥拉猫提着一条腿不停转圈。她该怎么办？'"

正在听贝尔蒂说话的达拉斯噗嗤一声笑起来。

"你会笑，我一点儿也不奇怪，"贝尔蒂愤慨地说，"你听说了吗，这么个没用的女人还想着开公司呢！'让男仆告诉德雷丽特小姐，去找个称职的兽医，那只猫可能腿断了。'我再想想，下件事是什么来着？我得趁着生气赶紧告诉你们，因为只要一冷静下来，我就会为这种倾诉个人不幸的行为感到羞愧，哪怕是对着你们这样亲密的朋友。"

"在工作时，你们都会被这种信赖你却又无能的人给绊住。"法官抛出了一句富有哲理的话。

"说到点子上了，"贝尔蒂说，"普通人好像都不怎么思考。接下来，我的任务是去看望一个生病的女人。其实她没病，只是心神不宁。前一天晚上，她丈夫怒气冲冲地离了家，之后就再没回来过。她吓唬我，我也吓唬她。我听完她对我吐的苦水便对她说：'我不会怪他。如果我是你丈夫，我一个星期都不回来。'那可怜的东西只知道看着我。'呵，你左右瞧瞧，'我说，'瞧瞧这脏兮兮的房间，乱糟糟的，叫一个有自尊的男人怎么坐得住。别顾着哭了，把房间收拾收拾。'法官，您知道吗，有我的指点，她竟然还看不出哪里脏乱。我只得另找了两个人来，把她的全部家当都挪进两间干净房间里，就是您大发善心地给我照顾的那些穷人买下来的那栋房子。现在的问题是，她有保持整洁的那份能耐吗？"

"感化人没你想的那么美好。"法官言简意赅地说。

贝尔蒂笑了起来："请给我再拿些蜜糖吧。里弗街的这些人是该批评，这小家伙的脾气就是从他们身上学来的。虽然我骂他们骂得凶，可心里是爱他们的。泰特斯，你有没有打算成人后搬到里弗街和我一起住？"

"没这个打算，不过也许我能帮上您，"他不失礼数地说，"我心想着，要在祖父将来给我的那片牧场上多留些地方，好修些棚屋给贫病交迫的人们住，再每天从城里接些孩子出来玩。"

"真乖。"她热情地称赞道。随即，泰特斯便和达拉斯热烈地谈论起开农场的事来。贝尔蒂在一旁听着，压低声音问法官："奇怪，这孩子说话不结巴了，不是吗？"

法官点点头："我很快就会告诉你是怎么回事。"

当两个少年和小女孩请求离开餐桌起身去上学时，三个人都不约而同地发出阵阵笑声，原来他们的鞋子都不在脚上了。

"是那个可爱的小宝宝，"伯瑟尼说，"他把我们的鞋带都解开了。"

"我的不仅被解开了，还被脱下来拿走了，"贝尔蒂满不在乎地说，"也许黑格比能发发好心把它们找回来。"

被小娃儿的恶作剧逗得咧嘴直笑的老仆人在煤斗里找到了一只鞋，另一只是一个小时后在外面的院子里被人发现的——是被拜洛叼去的，小汤姆把鞋子胡乱扔在后厅里，也许恰好被它拾到了。

"我觉得，"法官的双脚在地上摸索着，"这小坏蛋把我的鞋带解开了。达拉斯，你帮我看一眼。我不喜欢穿戴整齐后还得为我的脚烦心。"

达拉斯跪下来，灵巧地给法官系紧鞋带，把他的双脚放在一只

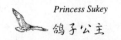

小凳子上，这样就能避开那到处乱爬的小家伙了。

"今天早上该谁送伯瑟尼上学了？"法官问。

"轮到我了。"泰特斯回答说。

"再见，爹爹老爷。"小姑娘凑过来亲了他一下。

"再见，"他说，"记着，放学后要等着珍妮送你回家。别自己一个人离开休姆太太家。"

"不会的，亲爱的爹爹老爷。"说完，她又着急地问，"伯瑟尼回家时，宝宝还在家吗？"

"希望如此。"法官客气地说。

"会的，他还会在的，"贝尔蒂说，"这个捣蛋的宝宝会留在这里吃午饭，晚饭也是，要是那时他还没被撵出去的话。"

法官笑了："他不会的。我觉得这小家伙是我的同类。我曾经无数次听我那过世的亲爱母亲说起，我是她见过的最淘气的孩子之一。"

"噢，法官，"贝尔蒂眉飞色舞地说，"是真的吗？这是不是意味着我的宝贝能长成一个像您一样的人？"

"呸，瞎说！他会比我强得多。"

"法官，要不把他交给您来抚养吧？"

法官尽力克制，可还是忍不住打了个寒噤。他喜欢贝尔蒂的孩子，也有耐心招待偶尔来做客的他，可要说到长久的陪伴——"不成，"他若有所思地说，"这小家伙需要的是母亲。"

"的确，"贝尔蒂一把将他抱进怀里，"他需要的是母亲胖乎乎的身子和里面那狭隘的鬼灵精心灵。对了，法官，您今天早上准备做什么？"

"我准备好好招待你。"他礼貌地回答。

"不，不，除非不打扰您办正事，我才会留下来。我和小家伙自己玩就好了。"

"我向你保证，我就是愿意陪着你们，别的事都不算什么。"法官说。

"好吧，"她回答说，"您是一位诚实的人，我相信您。您能先带我去看看那些鸽子吗？对了，我们该拿小家伙怎么办？"

"黑格比，"法官说，"你一向喜欢孩子，你来逗他玩。"

老仆人郑重其事地走上前来，把欢叫的小娃儿接过来抱在怀里。

小汤姆对陌生人早就习惯了，一点儿也没反抗。很快，他就被黑格比的牙齿给吸引了。那牙齿大大的，长得奇形怪状。他把自己粉嘟嘟的手指伸进他嘴里，想把它们给抠出来，可怎么也抠不出来。

"黑格比，如果你不反感的话，"埃弗勒斯太太说，"这倒是个逗他的好法子。"

黑格比含糊不清地表达了赞同的意思，贝尔蒂便跟着法官离开了。

几分钟后，他们就钻进了鸽棚里。"噢，这些可爱的东西，"她兴奋地叫道，"真温顺！"

鸽子们纷纷朝法官飞过来，歇在他的头顶、肩膀和胳膊上，用喙轻轻地啄着他。

"它们越来越温顺了，"他说，"善待低等生灵就能开发它们的智慧，真是奇妙啊。"

"我想，泰特斯一定经常爱抚这些鸟儿。"

"噢，是的，他和伯瑟尼爱抚起来都不知道累。一开始我还暗中观察，以为他早晚会把它们抛在脑后的，可他并没有。"

"我也养过鸽子，"贝尔蒂一脸向往地说，"特别喜欢。"

"要是你愿意再养，我敢肯定泰特斯会愿意送给你一两对的。他从不舍得把它们交给任何人，可你对它们的热爱之情，他心里是有数的。"

"我很愿意再养几只。"她热情地说，"对了，法官，说说他结巴的事。他这毛病真治好了吗？"

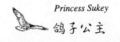
"他现在说话慢吞吞的，你应该注意到了。"

"是啊。"

"他正试着自己纠正，非常努力。前些日子他受了些触动，就开始朝着正确的方向努力了。那还是艾丽·廷斯比上次来访时的事了。那天，艾丽一走，我就把他叫了过来。'泰特斯，'我说，'艾丽在晚餐说话时结巴了好多次，晚上也是这样，你发现了吗？'

"'是啊，'他不情不愿地说，'是这样。'

"'你知道吗？'我问，'那小丫头志向远大着呢！她想成为一名无可挑剔的淑女。'

"泰特斯说他知道。

"'可是，'我说，'你会成为她的绊脚石。她急着模仿家里成员的一举一动，所以把我们的习惯不分好坏地都学了去。你不觉得应该尽量改掉这个结巴的毛病吗？'

"泰特斯问我觉不觉得艾丽是故意模仿他的。

"'你自己是这样觉得的吗？'我问。

"他对我解释说他并不这么想，艾丽只是在强烈欲望的驱使下不自觉地记下了他说的每个字，把他的话和说话时的怪毛病都一并吸收了过去。

"我用不着再多说什么了。这孩子因为这桩事沮丧得不行，那垂头丧气的模样让我都吃惊。他为自己拖了一个女孩的后腿而羞愧不已——毕竟，艾丽是那么个雄心勃勃而又弱不禁风的小东西。于是他下决心一定要克服自己的弱点。你也看见了，他进步很大，虽然偶尔也会磕巴一下，却不常犯了。"

"泰特斯是个品德高尚的孩子，"贝尔蒂热情地说，"他会成为一个优秀的人的。"

第二十六章　寡妇的独生子

贝尔蒂对泰特斯的称赞让法官很是欣慰。他带着她来到巢箱，指着几只小鸽子让她看。

"噢，可爱的小东西！"贝尔蒂望着这些毛茸茸的鸟儿，兴奋地叫喊起来，"都是成双成对的。鸽子都是一次生两只吗？我养的鸽子从来没伏过窝。"

"通常是这样，有时也只生一只。当然，不能让这些鸽子在冷天产蛋。它们刚开始产蛋，因为它们感觉已经到了冬春交替的时候了。"

"瞧它们向我示威的样子，法官。它们知道我是陌生人吗？"

"当然了——碰这几只信鸽试试。"

贝尔蒂把她纤细的手插进两只小信鸽之间，它们马上用羽毛未丰的翅膀拍打起她那只手来。

"淘气的小雏鸽，"贝尔蒂爱怜地说，"我猜想，等这群信鸽长大后泰特斯就会把它们放走吧？它们是工作鸽吗？"

"是的，它们的父母亲曾经创下过飞行 500 英里的纪录，可它们不是在这间鸽棚里孵化的，所以泰特斯不会把它们放走。但这些小雏鸽日后放飞，肯定会飞回来。"

"训练信鸽一定是件很有挑战力的事。"贝尔蒂热情洋溢地说。

"的确。就连达拉斯也对此很感兴趣。他从书上看到乡村医生们

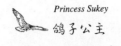

在出诊时会大量地用到信鸽，所以他也许会去乡下训练。说到医生，有人说马菲蒂生病了，是真的吗？"

"是真的，不过只是小感冒，不是什么重病。一想起几周前的事，他就高兴得很。"

"我猜他还是像往常那样乐呵呵的。"

"更乐呵了——他现在是整个里弗港最自豪的人。"贝尔蒂把手放在一只躲躲闪闪的扇尾鸽身上温柔地抚摸着，"绑架的事出现转机，没有谁比他更高兴的了。他精心安排的计划成功了。"

"新闻里没有提起他的功劳，"法官说，"也没有记者采访他，不过他可能也没把这种事放在心上。"

"一点儿也没有，他对名誉一向嗤之以鼻，何况他在意的人们都把这份荣耀归给了他。尤其是您，亲自去了他的那座岛，紧紧地握着他的手，给予了他至高无上的荣耀。您和警察局长是他心目中的英雄。如今他在警局里名声很好，这让他深受鼓舞。"

"而你对他的赞许，"法官一语中的地说，"他心里是有数的。"

贝尔蒂笑了起来："说来有趣，他更看重您的赞许，远胜过于对我的，也远胜于任何其他人的。他拿得准我的脾气。我在他众叛亲离的时候做了他的朋友，他觉得，不管他做了什么事，我总是会喜欢他的。他喜欢我的肯定，不过，我说的任何话、做的任何事都比不上您和他的那次握手。"

"你答应过，要是有任何我能帮得上他的地方，你都会告诉我的，要记住。"

"我会的。反正他现在好得很。"

"对了，你现在还会去探望那两个误入歧途的女人吗？"

"噢，是的，每天一想到她们，我就觉得难受极了。说起来，我也应该为她们的被捕负责。我发过誓，要尽我所能让她们得到轻判。就像上次见面时我对您说过的，最初那几天她们什么都不肯对我说，可后来她们的态度稍微缓和了一点。渐渐地，她们似乎想通了，知道我是真心为她们好。"

"你向她们提起过另外那起绑架案吗？"

"提过，是三天前才提的。我告诉她们，审判的日子没几天了，如果她们能提供一点关于那个被拐孩子的信息，可能会使舆论朝着有利于她们的方向转变，可从她们俩那里还是没打听出什么来。她们矢口否认，声称对那个失踪的男孩一无所知。可是，刚提到那桩案子时，我就发现她们其中一人的眼里闪过一丝狡黠。她一定是知情的。亲爱的法官，您猜我后来是怎么做的？"

法官把一只站在他肩上把身体往外鼓的球胸鸽推走，戏谑地说："你经常会有些惊人之举。"

她欢快地笑了起来："我敢用自己的名誉起誓，她们一定和这件事有瓜葛。于是我给纽约的那位寡妇发了封电报，说：'来找我，或许我能提供一点关于你孩子的新消息。'这可怜的女人几乎是飞着过来的。如果您当时也去见了她就好了，法官。一个没了丈夫的女人，战战兢兢，眼泪汪汪，心力交瘁。她面纱下的那双大眼睛格外动人，里面装满了愁绪，谁见了都会诧异的。"

"你把她带到监狱里去了？"

"去了。我把她们双方带到了同一间房里，让她和那两个女人面对面地见了一次。不管是对那两个女人，还是对那位名叫特拉利太太的寡妇，我都没有作任何解释。当那两个女人——或者说姑娘，因为她们才二十出头——进来时，我突然指着她们，对特拉利太太说：'这两个姑娘能告诉你，该去哪里打听关于你丢了的孩子的消息。'

"那小寡妇的脸色让人看着实在不忍，法官。想象一下她的处境吧——在这世上就这么一个宝贝儿子，还叫人给抢走了。她看了我一眼，那眼神像刀子似的，似乎是在质问：'你在骗我吗？'我郑重地摇了摇头。那两个姑娘就算不知道她儿子的下落，也能告诉我们谁知

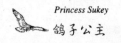

道。我敢用我的性命打赌。

"特拉利太太没有浪费时间寒暄，扑通一声跪在她们面前。她，一个温文知礼、打扮精致的富裕女人，竟然伸开双臂抱住了那两个道德败坏的女人，恳求她们拯救她的灵魂。

"那一幕太震撼了，法官。我还从来没听说过比那更感人的事。我站在那里，哭得像个孩子，监狱看守也站在门后抽鼻子，被我听到了。后来我们出门时，我发现他的眼睛红红的。

"一开始，那两个姑娘还企图一笑了之。她们一边笑，一边愚蠢地交换眼色，可这件事根本就不好笑。她们无疑是铁石心肠，但终究还是被激发出了一点母性，对那可怜妇人痛苦的哭喊和呻吟产生了恻隐之心。

"我说过，那一幕太震撼了。特拉利太太的哭诉让我心如刀绞。她向那两个姑娘保证，当初她说自己付不起赎金，是她当着造物主的面讲的真话。她丈夫给她留下的遗产不是由她单独支配的。她愿意把自己所有的每一分都交出来，可她真的动不了留给她儿子的那笔信托资产。

"两个姑娘面面相觑。她们开始不安了，动摇了。两个人窃窃私语了一番，想摆脱正狂乱地拉扯着她们衣服的特拉利太太。最后，其中一个无奈地俯下身去，说：'按这个地址到纽约去找——我们不能，也不会再多说一个字了。'接着，她就在特拉利太太的耳边飞快地说了点什么。

"来不及等着她说感谢，两个姑娘就挣脱了她，跑到门边，由监狱看守带着回她们的牢房去了。

"特拉利太太用双手捧住了我的头。她看了我一眼，法官——用她那双大眼睛看了我一眼。什么都不用说了。然后，她飞一般地赶到火车站，搭了一列去纽约的专列。从那以后，我再也没听过和她有关的任何消息。"

"你刚才说这是多久以前的事来着？"

"三天前。我以为她会给我发电报的，也希望那两个姑娘不是在骗她。昨天我去给她们送吃的，和她们谈起了这件事，她们对此却毫无反应。"

"从你方才说的这些事上来判断，"法官敏锐地说，"我觉得她们并不是在误导那个丧了亲的女人。过不了多久你会收到她的消息的。她现在也许正在和偷孩子的人谈判，双方很有可能各让一步，达成一致——很不合法，但也很好理解。好了，过来吧，这些鸽子越来越闹腾了。我们出去瞧瞧别的家畜。我知道你喜欢马。"

"是爱，"贝尔蒂热情地说，"我还想去瞧瞧牛。布里克说您新买了一头牛。对了，这孩子现在适应得怎么样了？"

"我真不知道'适应'这个词还能用在布里克身上，"法官乐呵呵地说，"倒不如说，要把他留在一个地方，就得让他来去自由。我觉得自己有责任给罗伯劳涨涨薪水，这样才能让他鼓起勇气面对这种新的磨难。"

"老天爷会奖赏您的，法官。"贝尔蒂衷心地说。

"我没把这件事算在自己的功劳簿上，完全没有，"法官说，"我很少和他打交道。他把泰特斯当成他唯一的主子。往那上面看，埃弗勒斯太太。"

贝尔蒂抬起眼来。法官透过马厩敞开的门指着外面的房子，问："你能看见老榆树上的那两团小灰球吗？"

"我没看见啊，先生。"

"再看看——就在屋檐的集水沟下面，在树梢的那片枝丫里。"

"噢，没错，我看见了——那不会就是达拉斯养的小猫头鹰吧？伯瑟尼那天和我说起过。"

"是啊，它们整天都蹲在上面睡觉，一到晚上就到处飞。伯瑟尼是怎么对你说的？"

"当我把她从那两个女人手里救出来后，她显得如释重负，向我坦白了她其实一直有些怀疑：要是她们把她带去了纽约，而她却找不着爹爹老爷了，那该怎么办？'告诉您吧，埃弗勒斯太太，您知道伯瑟尼会怎么做吗？'那小可人儿对我说，'到了夜晚，伯瑟尼会打开她的窗户，把达拉斯那两只在黑夜里飞翔的小猫头鹰——阿弗里斯科和阿门托——唤回来。她会说：'快些回家，告诉爹爹老爷，伯瑟尼要他。'"

法官专心致志地听着。"孩子们脑子里的想法真奇怪啊！"他说，"她在这番坦白里透露了自己的信念，那就是我一直在这里，根本没去纽约。她一定是对那两个女人有着某种本能的怀疑。"

"我也觉得，"贝尔蒂笃定地说，"只因为她本性乖巧柔顺，才会跟着她们走。"

"她也并不总是这么乖巧柔顺。你应该看看艾丽·廷斯比来的时候她的表现。"

"我知道她不喜欢艾丽，"贝尔蒂觉得好笑，"可艾丽喜欢她呀。"

法官神情严肃地说："伯瑟尼正在克服她的反感。她最近总是让艾丽留在这里。"

"我听说您把艾丽送到费瑟比小姐的学校去了。"贝尔蒂带着一丝好奇说。

法官笑了起来："是啊，你也知道，达拉斯应承了教导她的事。他的举动让我觉得很困惑，因为我知道他并不介意教导艾丽，可后来，他忽然又不愿意去廷斯比家的平房给艾丽上课了。"

"当然了，您应该理解，那是他从我们这里受教诲的结果：尽量多待在自家房子里。"

"没错，现在我想通了，可当时我并不理解。不过，我还是自己把这件事梳理明白了。艾丽还是由某个女性来照料比较好，于是我去拜访了费瑟比小姐。对于把艾丽送去寄宿学校的事，我是有些顾虑的。"

"何况还是这么一家上流学校。"贝尔蒂低声说。

"可是费瑟比小姐是个非常细心的人，细致入微，"法官继续说道，"所以我很希望艾丽能由她来照料。"

"你是真心喜欢那个可怜的东西，法官，我对此深信不疑。"贝尔蒂不由得激动起来。

法官谨慎地回头看了看，似乎担心这里的牛马会偷听似的。

"我不喜欢她，我不喜欢她。"他认真地说。

贝尔蒂忍不住欢笑："没人喜欢，现在还没有。可为什么她能让我们个个都围着她打转呢？"

"我不喜欢她，"法官慎重地重复道，"可每当和她在一起的时候，我都会发现，我所面对的是一个强有力的年轻人格。那股力量会以某种方式消耗殆尽。如果我能对它加以训练，那么我就应该去做。"

"她非常聪明，非常特别，非常迷人。"贝尔蒂简单地说，"只要她愿意，她能轻易地影响我，可她没有这么做。她的信念不是我的。"

"她也有感情，"法官热情地说，"那天早上，她一听说伯瑟尼险些被那两个女人抓走就冲了进来，那副愤怒和惊慌的模样让我吃惊不小。"

"既然她去了费瑟比小姐的学校，我想，她应该不怎么过来了吧。"

"一有外出的机会她就会过来。要是有哪位老师带着她们去市区，她也会拉着我们同去。"

贝尔蒂又笑了起来："您一定会把她也收留了的，法官，只要您对提升她的阶层没有疑虑，您就会这么做的。"

"我有疑虑，可我又能怎么办呢？难道有野心不是好事吗？廷斯比太太不想跃龙门，可艾丽想。我已经和这孩子严肃地谈过了。我对她分析说，她的野心会在她和她家人之间分出一道鸿沟。她却说不

251

会的。"

"会的。"贝尔蒂的语气很肯定。

"我的目标很明确，"法官说，"我感觉到了。那病恹恹的小东西在一个毫无生气的房间里彻夜不眠的画面在我脑子里挥之不去。所以我把她送去了一个温暖舒适的地方，那里的环境足以振奋和激励她。"

"她和其他女孩子相处得怎么样？"

法官微笑道："怪怪的。我原以为，由于社会地位截然不同，她和她们相处起来一定很难。不过，我还是对她说：'不要编故事，艾丽。把你的真实情况说出来。'"

"她说了吗？"

"她说了。"法官简短地说，过了一会儿，他突然发自内心地笑出声来，"她的亲身经历远远超出了女学生们的预期和自身经历，让她们觉得无比荒唐。"

贝尔蒂显得很困惑。

法官忍住笑意，像父亲一样慈爱地低头看着她："你自己想象一下，我亲爱的埃弗勒斯太太，满满一教室的女孩子，都对新来的学生充满了好奇——我这话是直接套用艾丽的——而她，一个穷孩子，板着脸端坐着，做好了一切准备。最后，一个女孩子鼓足了勇气问艾丽，问她叫什么名字，她住在哪里，她母亲请了多少仆人，她父亲是做什么生意的，她平时去哪座教堂，她在银行里存了多少钱，她母亲有多少件真丝连衣裙，诸如此类的。"

贝尔蒂愉快地笑了："我了解她们——女学生们就是这样，傻得可爱。艾丽说了些什么？"

"真相，全部的真相，也只有真相。"

"女孩子们都说不出话来了吧，我猜。"贝尔蒂咯咯直笑。

"说不出话来，摸不着头脑。艾丽说，接着她们就开始上下打量她。我已经预想到了这一点，从我作为男人的角度隐约地想到了。所以我费了很多心思，给我的女门徒送了一身精心挑选的行头。她的衣服并不惹眼，但够得上你们女人所称的高雅。如果我告诉你，我亲自找到裁缝，让她为艾丽量体裁衣，我想你一定会觉得这只是一个老男人愚蠢的心血来潮吧。我吩咐她，用最好的缎子给她的小衣服做内衬。"

贝尔蒂倚在马厩的门上，不可抑制地笑了很久："法官，您是最了不起的人——"

"我还给了她一块金怀表，"他眨着眼睛继续说道，"很小的一只表，但是非常精致——表链子是手工制作的精品。"

"您太可敬啦！"贝尔蒂忍不住叫起来，"您做的一切不是为了虚荣心，而是不想伤害一个孩子的感情。"

"呵呵，"法官谦虚地说，"我没打算欺骗艾丽的同学，可那些小精怪都听说了我另一个养孙女伯瑟尼的事，知道她有个有钱的祖父，所以艾丽说，她们把她的那些亲身经历全当成可笑至极的荒唐话。她三言两语地把自己过惯了的穷日子描述了一番，却惹得她们哄堂大笑。从那以后，班里的核心圈子就把她当成个神秘人物来看待。她说，因为她面色黝黑，女孩们都以为她是外国人，而她那蹩脚的英语更让她们坚定了自己的看法。学校里流传着一种已经深入人心的说法，说她是一位印度公主，是吉卜赛人从一座宏伟的城堡里偷来的。"

贝尔蒂惊愕又好笑地问："艾丽对此是什么反应？"

"冷静得很，"法官笑着说，"其实她是个相当出色的孩子，不像大多数人那样为琐碎的事挂心，她看重的是大局。穿戴和环境对她来说都是次要的，虽然不应该被忽视，也不应该太过重视。她把受教育看成最要紧的。而且，她还打算挣些钱，报答我为她做的一切，也好负担家计——这是压在她稚嫩肩膀上的一副重担。"

"她长大后会是什么样子呢？真想知道啊。"贝尔蒂沉思着说。

"说到这里，我有一件事正想问问你的意见，"法官说，"自从有

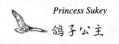

人妄图把伯瑟尼从我们身边偷走后，我就一直在想，我需要个年轻人来照看我的孩子们——尤其是那两个小丫头。"

"您把艾丽也当成家里一员了吗？"贝尔蒂意味深长地说，"我以为她顶多只是住在这里。"

"谁能拒绝得了这么个聪明伶俐的孩子呢？"法官坦率地说，"起初她只是登门拜访，随后就开始挑用餐的时间上门。现在呢，每天在去费瑟比小姐家以前，她大部分时间都耗在这里。我能想象得到，等假期来临的时候，我们身边一定少不了她。"

"看这情形，您需要的是一位贤淑的女管家，"贝尔蒂立刻说，"要不然艾丽就成了你们所有人的主宰了。我知道一个合适的人选，法官。"

"是谁？"他饶有兴致地问。

"我的朋友南希·阿米蒂奇·斯蒂尔。"

"你说的该不会是小南希吧，就是老将军阿米蒂奇的女儿？"

"就是她，法官。可她如今已经是个年轻的已婚妇女了，而且不幸的是，已经成了寡妇。"

"什么！那孩子结婚了！"

"孩子——她已经二十五岁了。"

"时光飞逝啊！"法官沉思着说，"我和将军少年求学仿佛还是不久前的事。倏忽之间，他的女儿都要靠自己养家糊口了。"

"她丈夫身体垮了，病了很久便离世了。他什么也没给南希留下，她父亲也是，所以她只能出来工作了。"

"可怜的阿米蒂奇——我知道他好几次投资失败，可我以为他总能给自己的孩子留下一大笔资产。不过，我很久没见过他们一家子了。"

"是啊，他们已经离开这里很久了。法官，您不觉得南希太太能很好地料理好您的家务事吗？她是最温柔可人的了。"

"我的确是这么想的，"法官真诚地说，"照顾孩子们既要像个母亲，也要像个姊妹，她可别太端着小姐的架子才好。你看，布洛杰特太太年纪大了，她就是专管家务事的。我想为两个小女孩找一个仅次于她的母亲。"

"南希眼下正像母亲一样照料着孤儿院里的两百五十个孩子，"贝尔蒂热心地说，"她给予那些孩子慈母般的关爱，管理人员许诺，只要她肯留下来，就给她的薪水涨一大截。可这副担子对她来说太沉重了。她工作出色，可惜身体不太强健。下个星期她就要过来看我了。我知道她已经收到几份工作邀请了，可我相信，在她眼里，没有比为她父亲的老朋友工作更合适的了。"

"如果你能安排让她和我见一面，我将感激不尽，"法官说，"只是话不能说得太绝对。你可能觉得二十五岁不算年轻，可这个年纪的女孩子在我眼里还像个孩子——我可不想再收养个孩子了。"

"您用不着担心，"贝尔蒂微笑着说，"南希虽然年纪轻轻，可她老成着呢。"

"埃弗勒斯太太，"法官忽然说，"我一直让你吹着穿堂风。我们往后走，去看看马。"

贝尔蒂跟着他走了两步，忽然想起她的小娃儿来，便急忙催着法官进了屋。

小家伙一直乖乖的——像个完美的小天使。他的母亲满心骄傲地把他抱上楼去，没过一会儿，他就在法官的书房里睡着了。

法官自己上城里去了。累坏了的贝尔蒂垂头坐在沙发上，挨着小汤姆睡着了，直到伯瑟尼和法官回家吃午饭才醒来。

午饭过后，他们陪着法官坐了好长一段车。在车上小家伙还是很听话，可回来后就尽显调皮本性了。还没宣布吃晚饭，他就先后把法官、他母亲、达拉斯、泰特斯和伯瑟尼给折腾坏了。他用炉刷打了黑格比；扯掉了苏姬的两根尾羽，让她尖叫着飞到了外面的阳台上，

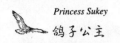

在漂亮的书房地毯上打翻了一瓶墨汁；从书桌上偷了一本珍藏版的《莎士比亚》，把书页都撕掉了。从始至终，他对自己的可耻行为毫不害臊，终于惹得她年轻的母亲打了他的手。

他马上反击地打了她一下。"别放在心上，亲爱的法官，"她可怜巴巴地看着他说，"吃完晚饭后，您的这场噩梦就结束了。"

法官愉快地微笑道："我向你保证，我没觉得不好过。可要是你着起急来，我就该不好受了。所以，请原谅你的宝贝吧，他只是充满了动物的本能。"

她亲了亲她握着的那双小手。这时，她听到珍妮叫她，便抬起头来。

端庄而漂亮的年轻女仆站在门口，看了看法官，又看了看贝尔蒂。

"楼下来了位女士，"她有些犹豫地说，"她问桑克罗夫特法官是不是住在这里。她说一定要见见埃弗勒斯太太，好像是有什么特别的事。她自称是特拉利太太，身边还带着个小男孩。"

贝尔蒂高兴得叫起来："噢，法官，亲爱的法官，她找回了自己的儿子。和我一起下楼去吧。珍妮，照看好宝宝——我不能把他带到下面的会客室去，他会把那里的每个小摆件都弄坏的。来吧，亲爱的法官。"说完，她一把抓住他的手，把他从房间里拽了出去。

宽敞的会客厅中央站着一个娇小的女人。法官目不转睛地看着她。贝尔蒂说得没错，特拉利太太最吸引人的地方就数她面纱下的那双眼睛了——那是一双怎样的眼睛啊！

法官往后退了退，感觉自己有点多余。没有寻常的见面场景，也没有正式的介绍，两个女人就站在那里，看着一同前来的那个小男孩。接着，她们——贝尔蒂和这位小寡妇——紧紧地拥抱在了一起。

法官只听得一阵哭声和亲吻声，他悄悄地转过身，正准备离开，却被贝尔蒂叫住了。

"噢，法官，法官，"她说，"这就是那个孩子——那个丢了的孩子。噢，我亲爱的特拉利太太，你是在哪里找到他的？快和我说说。"

这个陌生的女子专注地看着贝尔蒂，目光里满是敬慕。此时的贝尔蒂已经跑到小家伙身边，抓着他的手，真诚地望着他的眼睛。

特拉利太太把目光转向法官。"先生，"她简单地说，"一个寡妇的独生子——被他们从我身边偷走了。是这位可亲的姑娘找到了他，而我把他带了回来。我把我的宝贝孩子带回来了。要说我打心眼里尊敬她，您也不会觉得奇怪吧？"

她的这番话是指着贝尔蒂说的。她的声音微微发颤，甚至有些激昂。法官善解人意地点了点头。

"噢，我累坏了，"特拉利太太坐到椅子上，"好几个星期了，我一直难过得没怎么睡觉，现在又高兴得睡不着了。"

贝尔蒂忽然转过身来。"你和我一起回家，"她说，"我给你安排个安静的房间让你好好休息。你只管睡觉，我会时刻盯着你的孩子。亲爱的法官，能给我们安排一辆马车吗？"

特拉利太太坐着看着贝尔蒂，对她的话表示默许。看着她那几近哀痛的眼神，法官不禁扭头躲开。"女人真苦啊！"在去打电话叫马车的途中，他喃喃地自言自语起来，"可她们又能如此深切地相互安慰！"

第二十七章　海特科尔先生拜访法官

　　几个星期后的一个明媚春日，泰特斯手拿着榔头站着，在撬开一个刚由快递送来的箱子。

　　他正卖力地拔钉子、拆木条时，布里克嘴里叼着一枝五月花，慢吞吞地沿着台阶走了上来。

　　"泰特斯少爷，珍妮说有一位从纽约来的老先生想见见法官。"

　　"法官乘车出去了。"泰特斯简单地回答说。

　　"可那位老先生不达目的不罢休，说一定要见着人才行。"

　　"那就把他带过来吧。"

　　布里克犹豫起来，他已经对礼节有所了解了，总觉得小泰特斯少爷在鸽棚里接见客人有些不对劲。

　　泰特斯知道他在想什么。"你觉得我会丢下这些鸽子不管吗？"他满脸不快地说，"它们刚结束一趟闷热无聊的旅程，我得先给它们喂食饮水才行。要是那老先生等不及，就把他带过来。要是他不着急，我稍后就会进屋的。"

　　布里克去了，很快又回来了，身后还跟着一个又高又瘦、双手插兜的老人。

　　"很抱歉把您带到这里来，先生，"泰特斯彬彬有礼地说，"只是这些鸟儿正在受苦，我不能扔下它们不管。您愿意坐下来吗？"他对

258

着一张凳子点头示意道。

老先生仍然站着，一双小眼睛冷冷地打量着这间宽敞而明亮的鸽舍和歇在敞开窗户边的鸽子，以及泰特斯本人那瘦长而又健美的年轻身躯。

"这些都有什么用？"末了，这位陌生人开口说，同时从兜里抽出一只手朝鸟儿们挥舞起来。

"噢，我喜欢听它们说说笑笑和打闹，和我们人类没什么两样。"泰特斯不动声色地说。

"呵，说说笑笑。"老人重复了一遍，直起身子，那模样就像一个强迫自己对什么东西感兴趣的人。

"是的，先生，它们和我们一样有自己的语言。看看那边的那只小鸽子，它这会正在哭闹，因为它正在挨它继父的打。喂，当继父的，你走开。"

老人耷拉着头，似乎陷入了沉思，可泰特斯敏锐地猜到，他的心思并不在鸽子间的关系上。

"他好像有什么烦心事。"少年暗暗想，接着，他开口大声唤道："过来吧，鸽儿们。"在他小心翼翼的指引下，两只刚被他从运输箱里放出来的囚鸟钻进了一个大鸟笼里。

"只要是新来的鸟，我总会先把它们放在笼子里养一阵，"他爽朗地解释说，"好让它们先熟悉周围的环境。鸽子们不喜欢被人仓促地凑成一群。"

陌生人回过神来，望着新来的鸽子。"这是什么品种的鸽子？"他好奇地随口问。

"球胸鸽。"泰特斯回答说。

"肚子像长在下巴下面一样，"老人微微不悦地说，"一群丑东西！"

"它们可是从纽约来的。"泰特斯巧妙地回了一句，接着又说，

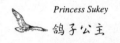
"我自己也觉得它们长得不漂亮，可还是愿意养它们。过来，鸽儿们，吃点儿雀粟。"说着，他便在它们旁边放了一个盘子。

"你祖父去哪儿了？"陌生人忽然问，"如果你是桑克罗夫特法官的孙子的话。我记得有人说过你就是。"

"没错，先生，我就是。我祖父带着领养的妹妹伯瑟尼乘车出去了。"

"领养的妹妹，"他的客人若有所思地说，"就是那个海特科尔家的孩子吗？"

"是的，先生，母家姓海特科尔，父家姓史密斯。我祖父已经办了些书面手续，我们以后和小伯瑟尼就是一家子了。"

老人的脸上掠过一丝浓重的阴影，泰特斯依稀听见了他的叹息声。"我听说过她，"他神情恍惚地说，"他们说曾经有绑架犯想把她拐走。"

泰特斯心中一动。"您不会是海特科尔先生吧，先生？"他毫不避讳地问完，便带着少年气的好奇盯着他的访客。

老人微微点点头："是啊，是啊，我就是海特科尔。"

泰特斯满脸同情地打量着来客身上的黑衣服。"先生，"他不无同情地轻声说，"我们对您的遭遇感到很难过。伯瑟尼一听说有小孩子溺死了就哭了。"

这番话一说完，泰特斯的客人的注意力就完全不在他身上了。海特科尔先生的神情比先前更恍惚了，思绪飘荡到了让少年捉摸不透的地方。他只觉得海特科尔先生瞧着像生了病，精神状态也一定不太正常。

海特科尔先生眼神茫然，一言不发地站了许久。

泰特斯靠着墙，观察着他。最后，正当他年轻的四肢因为一动不动而开始隐隐作痛时，海特科尔先生回过神来，忽然转头对他说："我们刚才在聊你的祖父。他什么时候才能回来？"

"可能要到晚饭前才回，今天天气很好。"

"我要搭晚上七点的火车回纽约，"海特科尔先生缓缓地说，"不过不打紧，不打紧。"

"就在这里留宿吧，先生，"泰特斯好客地说，"那样您就有时间和我祖父说说话了。可是，"他一字一句地往下说道，"我希望您不要管他要伯瑟尼，这是没用的。我们不会让她走的。"

海特科尔先生盯着他，没有答话，神色阴晴不定。

"我祖父不看重钱财。"少年自豪地说。

"钱财，"他的客人重复了一遍，精明的尖脸上的那双小眼睛随之一亮，"你倒让我看看，男人也好，女人也好，有哪个不在意钱财的。"

"从某种程度上来说，我祖父就不在意，"泰特斯真诚地说，"他觉得，要是一个人有许多钱，他就能办许多好事，从而影响这个社会。不过他也一直教导我们，不要把富人看得太高。"

"说起来容易，"海特科尔先生似乎对这个话题产生了些许兴趣，"如果你是那个黑人马童，你就无法拥有这一切。"他环视着配备齐全的鸽舍说。

"先生，"泰特斯热切地说，"有天晚上，我和祖父聊天的时候经过郊外的一间小屋子。一个男孩子正在一个箱子上敲敲钉钉，像个小大人似的吹着口哨。我们停下来和他说话：原来他正在给他的兔子做窝，用的是两个大肥皂箱子——对了，就是装海特科尔肥皂的箱子，我看见那名字了。当我们走开后，我祖父说：'你是否觉得自己比刚才那个男孩子更幸福？'

"'不，先生，'我说，'我不这么觉得。'

"我祖父接着说道：'千万别以为茅屋里就没有幸福存在。人只要知足，就能自得其乐。'"

海特科尔先生漫不经心地看着一个装着木屑的箱子。他年纪太

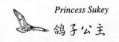

大，太自以为是，也太心不在焉了，就算泰特斯再怎么口若悬河也打动不了他。何况，他做小孩的时候，也没有个睿智的祖父磨炼他的心智。一个父亲要是贪婪又吝啬，带出的儿子也一定是贪婪又吝啬的。

泰特斯只好闭上嘴巴，耸了耸肩。他对这位客人既有些同情，又有些反感。"进屋里来吧，先生，"他热情地说，"我可以离开这些鸟儿了。要是您肯看看我祖父的书，也许时间一下子就过去了。"

海特科尔先生根本不喜欢看书，他最感兴趣的书就是账本。尽管如此，他还是心甘情愿地跟着泰特斯去了。

第二十八章　法官视察全家

一个星期又一个星期，一个月又一个月，时光匆匆飞逝。春天走了，夏天来了又去了，接着就是秋天和冬天，圣诞节来了，圣诞假期也来了。

距离法官和泰特斯在百老汇遇见跌跌撞撞的伯瑟尼的那天刚满一年，而把鸽子公主接到家里已经是一年多以前的事了。如今，她已经是一只完全成熟的鸟儿了。

她蹲在炉火边的篮子里。黑格比仔细地铺了一层金属网，免得从柴火里冒出的火花溅到她身上。

苏姬留神听着法官的脚步声。晚餐已经结束一阵子了，他该来书房了。

用过晚餐后，法官戴上帽子，去了外面的马厩。他想在家里上上下下地巡视一番，看看他们是不是都过得高兴、舒心。

看到罗伯劳和布里克正待在一起，他心里满意极了。老马夫把黑小子带进了自己房里，正在教他读书。外面寒冷而昏暗，狂风呼啸，半空里洋洋洒洒的尽是雪花，罗伯劳的房间里却温暖而舒适。罗伯劳坐在电灯下支起的一张小桌子旁，把脚搁在一圈热水管上，嘴巴几乎随时都张着，为正在费劲地苦读《雾都孤儿》的布里克纠正他那不计其数的错误读音。

法官站在门口望着他们俩。"你喜欢那本书吗，布里克？"他忽然开口问。

房间里的两个人扭过头来，一见是他就都恭恭敬敬地站了起来。

"坐下吧。"法官说完，走进房里，自己端了把椅子，和善地和他们说了几分钟话。

罗伯劳虽然被布里克烦透了，可屋檐下多了个年轻人，对他来说也是件再好不过的事了。

从他的房间离开后，法官就转头去了鸽棚。心满意足的鸽子们正犯着困，用明亮的眼睛望着他。

"暴风雪就要来了，可你们吃不着苦头喽。"在下楼去瞧牛马的路上，他自言自语地说。一出马厩，刺骨的寒风就打在他的脸上，他望着自家灯火通明的大房子。有几只流浪鸽在漆黑的屋檐下筑了窝，他是知道的。

"它们栖身的地方很危险，"他说，"赶明儿我得叫个木匠过来，给它们修个更好的避难所。一想到在我的庇护下还有什么东西在受这冰雪寒天的苦，我就受不了。是你吗，拜洛？"他正走着，忽然感到有什么东西在蹭他的膝盖。

"好狗儿。"他弯下腰来，轻轻拍了拍这条如今已经被世人高看的狗，"到马厩里去吧，外面对你这样一条短毛狗来说太冷了。"说着，他就为它打开了门。

往回走时，有什么东西从他脸边一掠而过。他什么也没听见，可他知道一定是哪只猫头鹰挥舞着无声的翅膀从一旁飞过去了。

"阿弗里斯科，阿门托，"他笑着说，"你们夜游回来啦？要是你们兜完了风，上面有个舒适的箱子等着你们，你们知道的。"

"奇怪，"他一边继续朝家走，一边嘀咕，"所有的生灵都一样，不仅能共苦，还能同甘，关系紧密。以前我对傻头傻脑的动物从不往心里去，可人一旦开始关心孩子，就很容易让步了，连猫头鹰都开始挂怀了。啊，这幅景象真美啊！"他猛地停下脚步，往窗户里望去。

窗帘开着，在仆人们用的小餐厅里，厨娘玛莎、珍妮、贝蒂和老黑格比正围着炽烈的炉火坐着。玛莎在往手上搽药膏，珍妮和贝蒂在做针线活，布洛杰特太太坐在上座的一把大摇椅里，正在读书给他们听——阅读的姿态有些傲慢屈尊，可从她不时对听众们露出的微笑来看，她也是心满意足的。黑格比偶尔会因为笑得太放肆而显得得意忘形，每当这时，布洛杰特太太就会停止朗读，摘下眼镜，板着脸把他训斥一顿。

为了不打扰他们，法官轻轻地走进屋子里，悄悄地上楼去了。

他在客厅门前停住。啊！眼前的景象才是最美的呢。

南希·斯蒂尔太太早就过来了。法官让她做了女管家，也当了所有孩子的母亲，再兼家里的总顾问，赋予了一切能让她成为这个家的最佳主管的头衔。

她成功得让人羡慕。法官满怀敬慕地望着钢琴边的那个苗条而优雅的身影。南希太太很有魅力，端庄娴淑，可在她安静得近乎慵懒的外表下，却又有着十足的魄力。

每个孩子都为她着迷。伯瑟尼紧挨着她站着，央求她再唱一会儿。艾丽安静而警觉地坐在一旁，目光像黏在南希太太脸上似的。法官知道，两个女孩都很喜爱她，这让他很是高兴，因为他为她们找了个榜样，就是这位年轻的寡妇。

这个圣诞假期，就像法官预言的那样，艾丽大多数时候都是在格兰德大道110号度过的。

斯蒂尔太太说话带了点儿口音——只是一点点而已。让法官觉得好笑的是，艾丽虽然只和她在同一屋檐下相处了几天，却已经把她的口音学了过去。她还穿了一条黑裙子，因为这位年轻的寡妇穿着朴素的拖尾裙，让她爱慕得不得了。

达拉斯和泰特斯正在一张小桌边玩游戏，偶尔瞟一眼围在钢琴

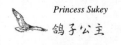
前的那群人。

他们的脸上都洋溢着幸福。"家宅安宁，未来可期啊。"法官喃喃地说，"多希望我那亲爱的妻子能亲眼看看这幅景象啊。这让我想起我们俩刚搬进来时的快乐时光。多少年了，这个家都是凄凄凉凉的。自从出现了一个好女人和几个充满希望的孩子，这个家才又变得神圣了起来。唯一的期望就是他们都能长大成材！愿上天成全，赐予我恩典，让我来锤炼他们，让他们成为这个纷乱世界里的闪耀光芒！"法官最后望了一眼这个漂亮房间里的所有人，便往他的书房走去。

苏姬一看到他就兴高采烈。她昂首挺胸地朝门口走来，展开尾羽，发出愉快的咕咕声。

"这是我剩下的唯一东西了，"法官愉快地说，"换句话说，是唯一需要我亲自来管的东西。斯蒂尔太太帮我卸了不少的担子。"

现在他可以按自己的方式来度过这个夜晚了，不会再受到伯瑟尼、艾丽或男孩子们的打扰。想着想着，他心满意足地深深叹了口气。

可是，他能吗？他刚翻开书，他们就全都心急火燎地朝他拥了过来——为首的是优雅的南希太太，紧跟着的是性急的伯瑟尼、泰特斯和达拉斯，殿后的则是艾丽。

"祖父。"泰特斯迫切地叫他；"亲爱的爹爹老爷。"伯瑟尼直嚷嚷；"法官先生。"艾丽一脸严肃地打招呼；"亲爱的法官，"年轻的寡妇满脸微笑地说，"我想教孩子们玩个新的猜谜游戏，可他们说除非您也参与，否则就坚决不玩。"

法官摘下眼镜，和蔼地看着簇拥着他的一张张稚嫩的面孔："时间长吗？"

"噢，不长，先生，"达拉斯急切地说，"我对那个游戏已经有些了解了。在伯瑟尼睡觉之前，我们一定能结束。"

"斯蒂尔太太说，我可以比平时晚睡半个小时，你这淘气的达拉斯。"伯瑟尼愤愤不平地插嘴说。

法官笑了起来。伯瑟尼现在偶尔会要一点小性子，最近她被宠坏了，他担心是不是有些蠢人向她提起过她那有钱的祖父。

他和海特科尔先生进行过一次令人厌烦的面谈。首先，作为两种截然不同的人，他们发现彼此根本没有什么值得深谈的共同语言。何况，海特科尔先生一直走神得厉害，法官几乎没办法让他把注意力集中在伯瑟尼这个话题上，尽管他来拜访法官的目的就是为了好好地聊聊关于她的事。

很明显，他对伯瑟尼根本没什么兴趣。他的头脑和心灵似乎都随着他死去的孩子和孙儿们一起被埋葬了。不过，在离开之前，他还是让法官明白了一件事：他把伯瑟尼视为除了他自己以外唯一的家庭成员，等他过世了，她将接收他不得不留下的所有财产。

在他们的对话过程中，他还提起过一次，说想把伯瑟尼带到纽约和他一起生活。

法官和气却又毫不犹豫地告诉他，他这个愿望是无法被满足的。同时，法官暗暗下了决心，就算把整个联邦的财富都给他，他也不会把伯瑟尼交给一个如此自私的人来抚养。

海特科尔先生似乎一点儿也没觉得失望，事实上，他的心态很奇怪，甚至没开口要求去见那孩子一面，还是法官本人建议让孩子到房间里来一趟的。

说到那几个想绑架伯瑟尼的犯人时，他略微显出了一丝好奇，听说斯莫利和那两个女人被判了长期监禁，他也流露出了些许满意的神情。法官对他说，这一切对他们都是有好处的。

"爹爹老爷！"伯瑟尼摸着他的手喊了起来。

法官收起飘荡的思绪。当他在忙着回想时，斯蒂尔太太和孩子们都在一旁干等着。

"没问题，没问题，我亲爱的孩子们，"他说，"我会陪你们玩游

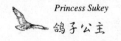

戏的。我们去楼下好吗？"

艾丽愿意回到会客厅里去，因为她喜欢排场和仪式感。

当廷斯比家的姑娘拿腔拿调地说"会客厅更好些"时，伯瑟尼连声说："不，不去。"

"不，不去，"这孩子接着说，"就在书房里陪着爹爹老爷和苏姬，这里更舒适。"

于是他们全都围着炉火坐了下来，斯蒂尔太太也开始了猜谜游戏。

苏姬公主在自己的篮子里，抬着她围着毛领的脑袋，用睿智的目光观察着她的这一圈朋友。她黄绿色的眼睛在那个她最爱的白发苍苍的头上停留的时间最长。他是家里的首领，也是她最重要的朋友。而法官那慈爱的目光呢，虽然密切地关注着簇拥在他身旁的那一张张快乐的脸，却也没忘了偶尔看一眼那个深爱着他的小家伙，尽管她只不过是一只鸟。